KB260898

문학의 창으로 본
조선의 궁중문화

삶과 죽음의 공간

문학의 창으로 본 조선의 궁중문화❶
삶과 죽음의 공간

1판 1쇄 인쇄 ｜ 2009년 2월 20일
1판 1쇄 발행 ｜ 2009년 2월 28일

지은이 ｜ 정은임
펴낸이 ｜ 서채윤
펴낸곳 ｜ 채륜

주   소 ｜ 서울특별시 동대문구 장안동 153-22
전   화 ｜ 02) 6080-8778
팩   스 ｜ 02) 6080-0707
등   록 ｜ 2007년 6월 25일(제7-830호)
이메일 ｜ chaeryunbook@naver.com

ⓒ 정은임, 2009
ⓒ 채륜, 2009, printed in Korea

ISBN 978-89-960140-9-6
ISBN 978-89-93799-00-2(세트)

문학의 창으로 본 조선의 궁중문화

삶과 죽음의 공간

정은임

채륜

도서출판 채륜

차 례

머리말

　　궁중문학이란 용어가 처음 사용된 것은 1922년 안확安廓에 의해서다. 그는 "궁정시宮廷詩는 군덕君德을 기리고 신도를 찬양하는 가조歌調로 쓴 작품들로 〈신도가新都歌〉, 〈문덕곡文德曲〉 등을 예시하고 근세문학의 기초는 궁정으로부터 일어났으며 최초의 작품은 〈용비어천가〉다."하여 미흡하지만 궁중문학의 개념과 위상을 제시했다. 그 후 가람이 〈인현왕후전〉의 원문과 해설이 발표한 후에도 "이 소설은 저자 미상의 궁중소설로 인현왕후와 장희빈 사이의 군총君寵 싸움을 그리었다."고 하여 소설분야에서도 궁정문학이란 용어를 처음 사용했다. 가람은 소설을 크게 궁정소설宮廷小說과 여항소설閭港小說로 나누고 "근조의 궁정소설에는 〈계축일기〉, 〈한중록〉, 〈인현왕후전〉 등이 있다."고 하여 궁중문학의 위상을 알게 하였다.

　　이후 궁정문학이란 용어는 운문분야에서는 사용되지 않고 산문에서도 〈계축일기〉, 〈인현왕후전〉, 〈한중록〉이 궁정에서 일어난 사건을 서술한 작품이기에, 궁중 비사나 비화悲話를 묘사하고 있기 때문에, 또는 서민의 생활과 동떨어진 산문으로 쓰여 졌다는 이유로 궁중문학은 세 작품으로 한정되면서 이들 작품은 소설이다. 수기다, 또는 수필이라면서 논의의 초점이 장르에 맞추어지면서 문학성 탐색은 소홀하게 되었다.

　　그러나 장르에 대한 논의도 세 작품이 각기 지닌 내재적 질서와 원리를 존중한 것이 아니어서 논의는 계속되었다. 김용숙 선생님은 그 대안으로 P. Hernardi의 탈 장르적 입장에서 시도된 주제적 양식에 귀속시켜 '실기문학'이라는 장르를 제시하였다. 필자는 고소설에서 〈남이장군실기〉, 〈세종대왕실기〉 등 '실기'라는 명칭이 붙은 작품의 내용을 역사기록물과 비교 검토하여 실기문학의 하위개념으로 '궁정실기문학'이란 장르를 제시한 바 있다. 그 후에도 기존의 삼분법이나 오분법에 의한 양식론이 제기되어 세 작품을 ①창작의도

②표현수법 ③서술시점에 적용하여 〈계축일기〉와 〈한중록〉은 수필로, 〈인현왕후전〉은 소설로 오분법에 의한 장르론을 재조명하였다. 이렇게 궁중문학은 세 작품으로 고정되면서 여항문학에 비해 상대적으로 경시되고 있다.

필자는 이러한 문제를 극복하기 위하여 기존의 궁중문학 개념을 보다 분명하게 정리하여 그 범위를 확대하고자 했다. 즉 "궁중문학은 봉건시대 최고의 통치자가 거처하던 궁궐과 그의 친족이 거처하던 궁가·궁방에서 일어난 일들을 소재로 하거나 그곳에서 생활하는 사람들(환관과 궁녀)의 삶이 투영된 작품을 궁중문학이라 한다."라고 정의하고 그 기원을 단군신화와 고주몽·박혁거세 등 개국이나 건국의 내용을 담은 신화에 두었다. 그러므로『삼국유사』나『삼국사기』의 '임금님 귀는 당나귀 귀'와 같이 통치자와 관련된 문헌설화와, 문학적인 평가가 확인된 〈황조가〉, 〈서동요〉 등과,『삼국사기』,『고려사』,『조선왕조실록』과 같은 정사와『삼국유사』,『연려실기술』의 야사에는 왕족들의 내면세계를 엿볼 수 있는 작품들을 궁중문학에 수용하는 작업을 계속하고 있다.

이 책을 준비하기에 앞서 초학자들이 원진에 충실하면서 보다 쉽게 궁중문학에 접하게 하려는 목적으로 궁중문학의 백미로 평가되는 〈계축일기〉, 〈인현왕후전〉, 〈한중록〉의 교주 본을 출간하였다. 그 후 출간한『궁궐사람들의 삶과 문화』에서는 궁중문화의 여러 부분을 간략하게 정리하였으나 숙명여자대학교 한국어문화연구소의 기획으로 출간하였기에 기획 의도에 따라 약 200면이란 한정된 지면에 사진을 첨부할 수가 없었다. 왕조국가에서 왕실문화는 그 시대의 여항閭巷문화를 선도하는 고급문화의 정수다. 문학의 창窓으로 궁중문화를 만나려는 첫 번째 나들이가 건축물이다. 통치자는 하늘이 선택한 사람이기에 이승에서 삶의 공간인 궁궐과 저승의 영원한 안식처인 왕릉은 당대 최고의 장인에 의해 건축되므로 왕조의 규모와 건축 수준을 가늠케 하는 기준이 된다.

그 중 삶의 공간인 경운궁(현 덕수궁)의 석어당은 〈계축일기〉의 주인공 인목대비가 아들 영창대군을 빼앗기고 10년이나 유폐되었던 사건을 간직한 곳이고, 창덕궁과 창경궁, 경희궁, 온양행궁은 〈인현왕후전〉과 〈한중록〉의 배경 공간이었다. 그러므로 그곳에서 선의 화신인 인현왕후와 악의 전형인 장희빈을 만날 수 있고, 아들을 뒤주에 갇혀 죽인 영조와 그 아들 사도세자, 그리고 비극의 사건을 10년 동안 네 번이나 글로 남겨야 했던 혜경궁 홍씨의 가슴 아픈 이야기를 들을 수 있다.

영혼의 안식처 중 서오릉에는 〈인현왕후전〉의 주요 등장인물인 숙종과 그의 아내들(인경왕후, 인현왕후, 인원왕후, 장희빈)과 〈한중록〉에서 '세자를 죽이라'라는 악역을 감당한 세상에서 가장 슬픈 사도세자의 어머니 영빈이씨가 영면한 곳이다. 궁중문학은 실존했던 사람들이 직접 체험한 사건을 서술하였으므로 작품의 주인공들이 이승에서 육신이 거처했던 궁궐과 저승에서 영원히 안식하는 왕릉은 궁궐 사람들의 이야기를 간직한 조선조 최고의 건축물이다.

이 책의 서문을 쓰면서 서가에서 가장 찾기 쉬운 곳에 항상 꽂아두는 은사님(김용숙 교수님)의 저서 중에서 『조선조 궁중풍속 연구』를 다시 펼쳐들었다. 첫 장에 鄭恩任先生 惠存 著者라고 쓰신 선생님의 시원한 옥필玉筆을 보면서 코끝이 찡했다. 타계하신지 6주기가 다가온다. 다음 장에는 '왕실의 단란(좌로부터 영친왕, 순종, 고종, 윤비, 덕혜옹주)', '영친왕 가례 때 조현의朝見儀 직후', '순종과 윤비 가례 때 행렬' 등과 영친왕과 덕혜옹주의 어린 시절, 종친들의 사진들이 22면에 걸쳐 총 48장의 사진이 실렸다. 무척이나 어렵게 한 장 두 장 모으셨다고 했다.

내가 지금 머리말을 쓰듯이 선생님도 책 머리말에 "가도 가도 다함이 없는 깊은 계곡과, 높은 봉우리와도 같은 학문의 靑山 기슭에 서서 여기 또 한 책을 세상에 내놓는다. ……10년 지각으로 출발한 학문의 길에서 입궁 15년에 머리를 얹고(관례), 또다시 15년 만에 비로소 상궁 직에 올라 제 구실을 했던 궁녀와도 같이 궁중풍속 연구에 들어선지 꼭 30년 만에 단행본으로 펴내니 감회가 새롭다."고 쓰신지(1987) 20년이 지났다.

　　그동안 선생님은 소천하시고 수업 시간에 〈한중록〉을 소리 내어 읽던 제자도 궁중문학에 입문한 지 30년이 훌쩍 지났다. 선생님은 궁중풍속연구가 문학작품의 배경연구를 위해 시작한 외도였다고 늘 말씀하셨듯이 궁중문학을 연구하다가 보면 자연스레 궁중문화에 관심을 갖게 되는 가보다. 그것은 궁중문화 전반에 대한 이해가 없으면 작품을 제대로 연구하기가 어렵기 때문이다. 나 자신도 외도라고 인식하지 못하면서 외도를 하게 되었다.

　　필자가 재직하고 있는 강남대학교에는 전국에서 유일하게 '궁중문학과 풍속'강좌가 개설되어 있고, 대학원에는 궁중문학의 지평을 확대하고 문학성을 탐색하는 연구로 애쓰는 후학들이 있다. 나는 내가 지닌 능력으로 보아 기존에 하던 연구를 마무리하는 것으로도 벅차고 시간이 부족하다는 것을 알고 있기에 궁중문학의 지평을 확대하고 활성화하는 것은 그들의 몫이다. 나는 다만 후학들이 연구에 시행착오가 없도록 도와주고 격려하는 조력자로도 충분히 행복하다.

　　이 책을 준비하는 막바지에 본문에 적합한 사진을 찾아 해설하는 작업과 교정을 위해 애쓴 김효림과 이숙진 예비박사에게 고마운 마음을 전한다. 또한 어려운 여건임에도 출판을 위해 애써주신 서채윤 도서출판 채륜 사장님과 관계자 여러분께 감사드린다.

2009년 겨울의 끝자락에
시내산 기슭 연구실에서
정은임

경복궁 흥례문 〈계축일기〉·〈인현왕후전〉·〈한중록〉은 조선조 궁중문학을 대표하는 작품들이다. 이 작품들은 시대적 배경은 서로 다르지만 역사에서 한 장을 장식하는 큰 사건들과 궁중이라는 특수한 공간에서 생성되었기에 동시대의 다른 작품들과 쉽게 구별된다. 이러한 공간적 배경으로 조선시대는 여러 궁들이 존재하는데, 특히 조선조 궁중문화에 있어서 최고의 정점에 있던 공간이 바로 경복궁이다. 여기서 우리는 흥선대원군이 여러 어려움을 극복하면서 경복궁을 재건하려고 했던 이유를 짐작해 볼 수 있다.

제1부

궁중문학과 문화

1. 궁중문학이란?

궁정문학宮廷文學, 또는 궁중문학宮中文學으로 분류되는 작품들은 조선조 역사에서 중요한 사건들을 배경으로 하고 궁중이라는 특수한 공간에서 생성된 공통점을 지니고 있다. 그러므로 작품의 배경과 등장인물들이 같은 시대의 다른 작품들과는 쉽게 구별된다.

궁중문학 용어가 처음 사용된 것은 1922년 안확安廓에 의해서다. 그는 시詩 분야에서 궁정시宮廷詩는 군덕君德을 기리고 신도를 찬양하는 가조歌調로 쓴 작품들로 〈신도가新都歌〉, 〈문덕곡文德曲〉 등을 예시했다. 근세문학의 기초는 궁정으로부터 일어났으며 최초의 작품은 〈용비어천가〉라 하여 미흡하지만 궁중문학의 개념과 위상을 제시했다. 그 후 가람伽藍이 〈인현왕후전〉의 원문과 해설을 발표(1940)한 후에 "이 소설은 저자 미상의 궁중소설로 인현왕후와 장희빈 사이의 군총君寵 싸움을 그리었다."고 하여 소설분야에서도 궁정문학이란 용어를 처음 사용했다(1950). 가람도 소설을 크게 궁정소설宮廷小說과 여항소설閭巷小說로 나누고, "근조의 궁정 소설에는 〈계축일기〉, 〈인현왕후전〉, 〈한중록〉 등이 있다."고 하여 주왕산과 견해를 같이했다.

이후 궁정문학이란 용어는 운문분야에서는 사용되지 않고 산문에서도 〈계축일기〉, 〈인현왕후전〉, 〈한중록〉에만 한정되어 사용되었다. 그것은 이 세 작품이 궁정에서 일어난 사건을 서술한 작

품이기에, 또는 궁중 비사나 비화悲話를 묘사하고 있기 때문에, 서
민庶民의 생활과 동떨어진 산문으로 쓰여 졌다는 것에 초점을 둔
명칭이었다.

　필자는 궁중문학의 개념을 "봉건시대 최고의 통치자가 거처하
던 궁궐과 그의 친족이 거처하던 궁가宮家·궁방宮房에서 일어난
일들을 소재로 하거나 그곳에서 생활하는 사람들(왕족, 환관, 궁녀 등)
의 삶이 투영된 작품을 궁중문학이라 한다."라고 정의하고, 그 기
원을 단군신화와 고주몽·박혁거세 등 개국이나 건국의 내용을 담
은 신화에 두었다. 그러므로 『삼국유사』나 『삼국사기』의 '임금님
귀는 당나귀 귀'와 같이 통치자와 관련된 문헌설화나 문학적인 평
가가 확인된 〈황조가〉, 〈서동요〉 등의 작품, 『삼국사기』, 『고려사』,
『조선왕조실록』과 같은 정사正史, 『삼국유사』, 『연려실기술』 등 야
사野史에서 왕족들의 내면세계를 엿볼 수 있는 작품들 등 모두 궁
중문학의 지평을 확대할 수 있는 소중한 작품으로 인식하여 연구
하고 있다.

　왕조국가에서 왕실문화는 그 시대의 여항문화를 선도하는 고
급문화의 정수다. 20세기 중반(1945)까지 군주제였던 한국은 음식
과 복식 등 우수한 문화유산을 남겼다. 문학은 작자의 주관적인
시선으로 표현되었지만 그 시대의 정치, 경제 등 사회 전반의 시
대정신이 투영된다. 그러므로 궁중문학에는 문학 이외의 궁중문
화(건축, 음식, 복식, 풍속, 언어 등)가 자연스럽게 투영되어 궁중문화의

보고라고 할 수 있다.

2. 조선조 궁중문학의 백미白眉

1) 〈계축일기〉

〈계축일기〉는 광해군 5년(계축, 1613)에 광해군이 영창대군을 죽이고, 모후인 인목대비를 서궁에 유폐시킨 사건들을 대비편의 시각에서 기술한 작품이다. 광해군은 선조의 후궁 공빈 김씨恭嬪金氏의 소생으로 둘째 아들이지만 일찍이 세자로 내정되었다. 그것은 왕후(의인왕후)의 소생이 없었고, 장자인 동복형同腹兄 임해군珒이 왕위를 계승할 자질이 없다고 판단되었기 때문이다. 그러나 정식으로 세자로 책봉되어 명나라의 승인을 얻은 것은 아니었다.

임진왜란으로 한양을 떠나야 할 위급한 상황에 처하자, 선조는 둘째 아들 혼琿에게 분조分朝(비상시에 조정을 둘로 나누어 통치하는 것)를 함으로써 세자로 책봉하였다. 그는 전쟁 중에 민심을 수습하고 의병을 일으키는 등 세자의 책임을 성실히 이행하여 많은 사람들의 신뢰를 얻었다. 그러나 전쟁이 끝난 후 조정에서는 명나라에 세자 승인을 받기 위하여 여러 차례 사신을 보냈으나 장자가 아니라는 이유로 승인을 받지 못했다.

계축일기 광해군이 영창대군을 죽이고, 모후인 인목대비를 서궁에 유폐시킨 사건들을 인목대비의 시각에서 기술한 작품

이러한 상황에서 의인왕후가 승하하여 선조(51세)는 김제남의 딸(19세)을 왕비로 맞이했다. 계비 김씨는 입궁 후 곧 잉태하여 공주를 생산하더니 이어서 왕자를 생산했다. 그가 비극의 주인공 영창대군이다. 왕이 노년에 얻은 대군에 대한 사랑이 각별하자 유영경을 중심으로 한 소북파는 영창대군을, 정인홍 등을 중심으로 한 대북파는 세자(광해군)를 지지하면서 첨예하게 대립되어갔다. 당시 세자는 명나라의 승인을 받지 못한 상황에서 대군이 탄생하자 불안이 가중되었고, 영창대군은 왕의 사랑을 독차지했으나 나이가 어릴 뿐만 아니라 부왕의 병세가 악화되고 있어서 양측 모두 앞일을 예측하기 어려운 상황이었다.

선조 41년(1608) 2월 1일, 선조는 동궁 처소에서 온 약밥을 먹은 후에 목이 막히어 대군(당시 3세)이 자라는 것을 보지 못하고 승하했다. 승하 직후 왕후는 지난겨울 선조가 병석에서 손수 쓴 편지라며 두 통의 편지를 내놓았다. 세자에게 준 편지에는, "대군을 헐뜯

는 말이 있더라도 믿지 말고 대군을 어엿비 여기라.”는 내용이었
고, 겉봉에 유영경·한응인 등 일곱 신하의 이름을 쓴 편지에는,
“내가 죽더라도 어린 대군을 보호해 달라.”는 내용이었다.

선조를 이어 왕이 된 광해군은 집권 이듬해에 장자인 임해군을
왕권 수행에 걸림돌이 된다는 이유로 죽인다. 그 뒤 재위 5년(계축,
1613)에 조령에서 박응서 등 명문대가의 서얼 출신들이 은銀 상인
을 습격하다가 붙잡히는 사건이 있었다. 이이첨 등 대북파는 이들
이 김제남 등 소북파가 영창대군을 옹립하기 위한 거사 자금을 준
비하는 도적이라며 일명 ‘박응서 옥사’로 확대한다. 이 옥사로 김
제남 등 소북파의 상당수가 죽거나 유배되고 화근의 씨앗으로 여
겼던 영창대군도 죽임을 당했다.

박응서 옥사로 연일 수많은 사람이 화를 당하는 때에 박동량은
‘전일 선조가 위독하여 병세에 차도가 없었을 때, 죽은 의인왕후의
탈이라며 인목대비 측의 궁인과 무속인들이 왕후의 능에 가서 방
정을 했다’고 고변한다. 이 일로 30여 명의 내인들이 죽거나 화를
당하게 된다. 이어서 광해군 측의 상궁 개시는 대비 측에서 영창
대군을 구하기 위해 명나라 사신에게 서신을 보내고, ‘왕과 세자가
죽기를 축원하는 제사를 지냈다.’하여 대비 측의 내인들이 다시 수
난을 당한다. 연이어 일어난 저주와 방정 사건의 모든 책임이 대
비에게 있다는 이유로 광해군은 모후인 인목대비의 작위를 폐하고
서궁에 유폐시킨다.

　이러한 패륜 행위가 인조반정의 명분과 원인이 되었다. 〈계축일기〉는 이 모든 과정을 몸소 겪은 작자가 광해군 편의 악행을 고발하고, 인목대비 편의 고통과 수난의 세월을 알리려는 창작 의도로 기술된 작품이다. 내용과 서술 기법이 거의 같아 이본으로 볼 수 있는 〈서궁일기〉가 있고, 두 작품의 속편과 같은 인조반정을 소재로 한 〈계해반정록〉이 있다.

(1) 작자와 창작 연대

　현재 〈계축일기〉는 작자가 확인되지 않았다. 필자는 작품 끝머리에 '계해년 삼월 십삼일에 문을 여니라. 내인들이 잠깐 기록하노라.'라는 구절이 있는 것으로 보아 대비와 모든 수난을 함께 했던 내인들이라고 생각한다. 인목대비 또는 정명공주가 작자라는 설도 있으나 아래와 같은 이유로 가능성이 없다고 본다.

　① 인목대비 작자 설을 부인하는 이유

　첫째, 혼례 전에는 사대부가의 자녀로 교육받았고 혼례 후에는 왕비로 모든 백성의 어머니였던 대비가 극한 상황이라고 '요년' 또는 '그년'과 같은 상스러운 말을 서슴없이 할 수 있었겠는가?

　둘째, 작품에 시녀 계난이, 보모상궁의 종 보름이, 보삭이와 같이 수많은 내인들의 이름이 거명된다. 상궁의 이름은 알 수 있더라도 상궁의 종 이름까지 기억할 수 있었겠는가?

셋째, 영창대군이 죽은 후에는 공주가 유일한 혈육인데 공주와 관련된 부분은 간략하게 기술하면서 내인들의 수난 대목에 많은 지면을 할애할 수 있었을까?

공주와 관련된 사건이 매우 간략하게 다루어졌기 때문이다. 혜경궁 홍씨는 환갑 해에 쓴 〈한중록〉에서, 9살 때 세자빈으로 간택되던 일들을 매우 소상히 기술하고 있는 것과 대조되기 때문이다.

(2) 창작 시기

창작 시기에 대한 이견으로 ①인조반정 직후, ②인조반정 전(광해군 재위시절), ③인조반정 이후 등이 있으나 필자는 ①의 인종반정 직후를 창작시기로 본다. 그 이유는 아래와 같다.

① 작품에는 모후(인목왕후)께 불효하는 모습은 말할 것도 없고, 공적인 일을 처리 못할 정도로 무식하고, 부왕(선조)의 장례 때에도 곡을 하지 않을 정도로 불효하는 장면이 매우 희화하여 묘사된 부분이 많다. 한 나라의 군왕을 이러한 식으로 표한한다는 것은 죽음을 각오한 일이기 때문에 광해군 재위시절에 창작하기 어려웠으리라 생각된다.

② 당시 글쓰기의 공통점은 선(善)한 자가 악인에 의해 고난을 당

하다 문제가 해결되면 악행을 행한 자들의 말로를 보여주어 훗날의 교훈으로 삼게 하였다. 그러나 반정 후에 악인(광해군 측)들이 죽거나 귀양을 가는 등 수난을 겪는 모습을 보았을 것임에도 사필귀정이나 고진감래와 같은 후일담이 없다.

작품은 끝부분까지 수난을 겪는 내용을 묘사하다가 "계해년 삼월 십삼일 삼경에 문을 여니라."라고 한 후에는 오래 잠겨 있던 문이 열려 기뻐하는 모습과 "자신들이 고생한 이야기는 남산의 대를 다 베어와 써도 다 기록할 수 없으며 말을 하려고 하면 선천지先天地가 다 가더라도 할 이야기가 남기에, 후천지後天地에 가서 다시 이야기해야겠다. 내인들이 잠깐 기록하노라."라고 하여 고난 후의 기쁨과 할 이야기가 많다는 것을 묘사하였을 뿐, 악인들의 후일담이 없는 것으로 보아 반정 직후라고 생각된다.

(3) 양식론

수필, 소설, 수기 등의 이견이 있으나 필자는 아래와 같은 이유로 수필 장르에 수용한다.

① 〈계축일기〉는 조선조 광해군편의 악행을 고발하고, 인목대비편이 수많은 시련을 극복했던 과정을 알리려는 창작 의도를 지닌 작품이다.

② 소설로 보는 연구자들은 표현 수법에서 사실과 다르거나 과장되게 표현하여 소설이 지닌 허구적인 요소가 발견되는 것에 초점을 두고 있다. 그러나 허구적인 요소는 소설 장르에서만 발견되는 것이 아니다. 오히려 '자기가 중심이 되며 타인과의 공통점이 아닌 사소한 변화에도 작자는 충분한 의의를 부여할 수 있다.'는 수필문학의 특성에 더 잘 어울리는 표현 수법이다.

③ 서술 시점에서 〈계축일기〉에는 고소설의 특징인 주인공의 가계를 서두로 하여 탄생에서 말년에 이르는 일대기를 순차적으로 서술하지 않았고 행복한 결말과 악인에 대한 일장의 훈계도 생략했다. "다만 그동안 겪은 고통의 날들을 다 기록하지 못하는 것이 한스러울 뿐이다."에서 서술자가 스스로 이야기하는 서술시점으로 보아 〈계축일기〉는 소설이 될 수 없다.

그러므로 〈계축일기〉는 필자가 장르 혼란의 대안으로 제시한 궁정실기문학론에 의거하여 주제적 양식에서는 궁정실기문학이지만, 오분법(시, 소설, 수필, 평론, 희곡)에 의한 분류에서는 수필 양식에 수용할 수 있다.

〈계축일기〉는 말미에 '내인들이 잠깐 기록하노라'에서 알 수 있듯이 내인들의 시선에서 서술된 작품이다. 그러므로 〈인현왕후전〉이나 〈한중록〉에서 많은 지면에 할애되는 왕족들의 이야기보다는 내인들의 이야기가 많다. 궁정적인 일에는 내인들의 당연한 의무로 여기고 공적을 헤아려 상을 주지 않다가 부정적인 일에 연루되면 죄목도 모른 채 수난과 고통을 당하거나 형장의 이슬로 사라졌던 내인들의 비원이 가슴을 적신다. 독자에게 궁궐이 왕족들만의 공간이 아니라 곳곳에서 말없이 살았던 수많은 내인들에 대해서도 관심과 흥미를 갖게 한다. 〈인현왕후전〉·〈한중록〉과 함께 궁중 실기문학의 백미로 평가되기에 부족함이 없다.

2) 〈인현왕후전〉

〈인현왕후전〉은 우리문학사에서 유일한 궁중(궁정)소설이다. 이 본들 간에 차이는 있으나 대체로 조선조 숙종조에 있었던 인현왕후의 폐위와 복위 과정에 일어난 역사적 사건이 숙종을 중심으로 하여 선善의 화신인 인현왕후와 악惡의 전형으로 인식되는 장희빈과의 대비로 구성되어 있다. 작품의 주인공은 물론이고 사건에 직접 또는 긴접적으로 연루되었던 수많은 사람의 이야기가 허구적인 것보다 더 극적이다.

인현왕후는 짧은(35년) 생을 살았지만 오늘날까지 우리 곁에 살아있는 여인이다. 어려서는 지극한 효심으로 계모를 섬겼고, 귀신이 돕는 것 같이 뛰어난 솜씨(길쌈과 바느질)를 지녔음에도 조금도 자랑하지 않았기에 왕비로 간택될 수 있었다. 왕비가 된 후에는 웃어른(대왕대비와 대비)을 지성으로 모시고 후궁과 궁인들에게는 덕으로 다스렸기에 온 백성의 모범이 되었다. 더욱이 장희빈의 모함으로 폐출되었을 때에는 근신하면서 남을 원망하지 않았고, 복위 된 후에도 전과 조금도 다르지 않았다. 처해진 상황에 따라 쉽게 변하지 않고 한결같은 왕후의 모습은 그 시대의 윤리관과 일치하여 가장 이상적인 인물의 전형이 되었다.

창작 동기는 〈민듕뎐 덕행록〉·〈인현왕후 성덕 현행록〉·〈인현성모 민씨 덕행록〉 등 이본들의 제목에서 알 수 있듯이 인현왕후의 덕을 기리고 본받기 위하여 창작되었다고 본다. 현재 21종[필사본 20종, 구활자본(舊活字本) 1종]의 이본이 발견되어 세 편의 궁중문학 중에서 독자층이 가장 많았음을 알 수 있다.

(1) 작자와 창작시기

〈인현왕후전〉의 작자에 대한 이견은 ① 궁궐 밖 서인 후예의 남성 ② 서인 후예의 여성 ③ 인현왕후를 모셨던 궁인 등이 있다. 이본 간의 차이는 있으나 필자는 ① 궁궐 밖 서인 후예의 남성으로 추정한다. 그 이유는,

첫째, 작품에 어려운 고사가 많고, 『숙종실록』이나 『연려실기술』에 있는 내용과 일치되는 것이 많으나, 궁중과 관련된 문화는 발견할 수 없다.

둘째, 〈계축일기〉는 궁녀들의 일상사가 세심하게 묘사되었고, 〈한중록〉에 왕족들의 생활모습이 우아한 궁중어로 표현된 것과는 다르기 때문이다.

셋째, 이본 중에서 국립도서관본은 서인 중 인현왕후의 폐출을 반대하다가 목숨을 잃은 박태보의 후예로 추정된다. 그것은 다른 이본들에 비해 박태보의 충절에 관한 내용을 많이 추가했기 때문이다.

그러므로 처음엔 인현왕후의 덕을 본받기 위한 행장문行狀文이 후대에 윤색가미潤色加味를 거듭하면서 당시 유행하던 소설형식을 빌어 전문작가에 의해 재탄생되었다고 본다.

(2) 양식론

〈인현왕후전〉은 추상적이고 서술적인 표현, 인물들의 성격이나 사건의 형상화 등이 거의 완벽에 가까워 전문 작가의 솜씨가 느껴진다. 특히 작품의 서두가 주인공의 가계와 탄생과정으로 이어지는 구성 기법은 고소설과 일치되었다. 작자는 고전 산문 중 전轉의 양식을 차용하여 인물의 성격을 형상화하는 데 성공하여 인현왕후를 구원久遠의 한국적 여인상으로 창조하였다. 또한 작품 속의 삽화揷話는 고도의 상징과 비유적 기법을 사용하여 작품의 효과를 부각시키고, 숙종을 상황에 따라 변화하는 입체적 성격으로 재창조함으로써 독자로 하여금 갈등과 흥미를 갖게 했다. 그러므로 〈인현왕후전〉은 우리 문학사 최고의 궁중소설이며, 〈계축일기〉·〈한중록〉과 함께 궁중실기문학의 백미로 평가된다.

3) 〈한중록〉

〈한중록〉은 혜경궁 홍씨의 작으로 우리 문학사에서 작자와 창작 시기를 정확히 알 수 있는 몇 안 되는 작품이다. 작자는 비극의 주인공인 사도세자의 빈嬪으로 10년(61세, 67세, 68세, 71세)에 걸쳐 한 많은 생을 뒤돌아보며 네 편의 글을 남겼다. 작자가 환갑 되는 해에 처음 붓을 들었을 때에는 네 편을 집필하겠다는 의도를 지닌 것은 아니었다. 그것은 네 편의 창작 동기가 서로 다르고 같은 내

한중록 사도세자의 부인이며 정조의 어머니인 혜경궁 홍씨가 10년에 걸쳐 한 많은 생을 뒤돌아보며 쓴 네 편의 작품

용들이 여러 편에 거듭 다루어진 것으로 알 수 있다.

작품은 작자의 나이 9살에 동갑인 동궁의 빈으로 간택되는 것으로 시작된다. 이듬해인 10살에 가례嘉禮를 치르고 궁중에 입궐한 후, 81세로 생을 미감할 때까지 줄곧 궁중에서 생활하면서 실로 너무나 많은 일을 겪었다. 입궐 초기에는 영조의 각별한 사랑을 받으며 앞으로 군주가 될 동궁의 빈으로서 쇠락하던 친정 집안을 다시 일으켰고, 후에 정조가 된 국본을 생산하는 일들로 기쁨의 날들도 있었다.

그러나 사도세자는 입궐 초에 징후가 나타나던 병세가 날로 심해져 백약이 무효하고, 주변 사람들의 지극한 정성도 빛을 보지 못

한 채 28세의 나이에, 그것도 생부인 영조에 의하여 뒤주에 갇혀 죽는 비극의 주인공이 된다. 이 사건은 작자에게 지울 수 없는 여러 가지 한의 고리가 되었다. 이때 작자가 생명을 부지한 이유는, 겨우 11살이 된 아들에게 아버지와 어머니를 동시에 잃는 아픔을 줄 수가 없고, 아버지를 대신해 보위寶位에 오르게 하여 아버지의 한을 풀기 위해서라고 작품에서 거듭 밝히고 있다.

이 염원을 이루기 위하여 작자는 아들에 대한 사사로운 정을 덮어둔 채, 할아버지인 영조의 처소로 그를 보내고 그리움의 나날을 보낸다. 다시는 이러한 비극을 되풀이하지 않기 위하여 조손祖孫 간에 두터운 정을 쌓게 하기 위해서였다. 그것은 남편 사도세자를 죽음에까지 이르게 하였던 병의 근본적인 원인이 부자간 사랑의 결핍에서 비롯되었다고 갈파하였기 때문이다. 이러한 작자의 선견은 적중하여 그 아들은 영조의 지극한 사랑을 받으며 후사後嗣가 되었다. 그분이 조선조에서 세종을 이어 성군으로 추앙받는 정조다.

그러나 정조는 보위에 오르자마자 외가인 풍산 홍씨 집안을 치기 시작하여 작자에게 깊은 상처를 남긴다. 그것은 아버지를 가둔 뒤주를 외할아버지인 홍봉한이 들이게 했다는 이유에서였다. 물론 작자는 이러한 처분들이 시누인 화완 옹주와 시모媤母인 정순왕후 측의 이간에서 비롯되었음을 알고 있었지만, 당시의 상황에서는 고스란히 당할 수밖에 없었다. 그 후 정조는 전날의 처분들을 후회하면서 어머니에게 지극한 효성을 다하였다. 그러므로 작자가 환갑 되는 해에 처음 붓을 든 1편에서는 지난날의 아픔을 담담하게 뒤돌아 볼 수 있는 마음의 여유까지 볼 수 있다.

아들인 왕의 극진한 효도가 있어 만년은 평온하게 보낼 수 있으리라 믿었는데 정조의 갑작스러운 죽음으로 작자에게 다시 비운이 감돌게 된다. 그것은 손자인 순조가 보위를 계승했으나 나이가 어렸으므로, 대왕대비인 정순 왕후의 수렴청정垂簾聽政이 시작되었기 때문이다. 이후 작자와 시모의 두 외척 간에는 끝이 없는 투쟁이 시작된다. 이 과정에서 억울하고 가슴 아픈 일들이 연이어 일어나자 노구老軀를 무릅쓰고 67세와 68세에 작품 2~3편을 집필하게 된다.

그 후 작자는 이러한 모든 비극의 실마리는 사도세자의 죽음에서 비롯되었음을 인식하고, 차마 말할 수 없었던 남편 사도세자의 병의 원인과 그 증세를 자세히 밝힌다. 또한 사도세자 처단 때 사용된 뒤주는 영조가 스스로 생각해 낸 것임을 분명히 힘으로써 이 일로 인해 수차에 걸쳐 수난을 겪은 친정 집안의 억울함을 손자가 풀어 주기를 소망하면서 71세의 노년에 10년에 걸친 회고록을 마감한다.

(1) 〈한중록〉의 제목(명칭)

한중록의 원전이 발견되지는 않았지만 〈계축일기〉나 〈인현왕후전)에서 제기되는 작자와 창작시기, 창작동기에 대한 이견은 없으나 명칭에 대한 이견이 있다. 현재 국내에 9종, 국외에 5종으로 총 14종의 명칭이 〈한듕록〉·〈한중록〉·〈한듕만록〉·〈혜경궁읍혈록〉·〈읍혈록〉·〈閑中漫錄〉·〈泣血錄〉 등으로 다양하게 표기되어 있기 때문이다. 각각 네 편의 서두에 밝힌 창작동기를 보면 작자는 위와 같은 제목으로 후대에 남기를 바라면서 집필하지 않았음을 알 수 있다. 그러므로 현재 모든 이본의 제목은 후세에 작품을 읽은 독자나, 베껴 쓴 사람들[筆寫者]이 자신이 느낀 감상을 제목으로 붙인 것으로 생각된다. 또한 연구자들도 이본들의 제목에 근거하여 명칭으로 사용하게 된 것이다. 각 편 첫머리에서 밝힌 창작동기를 중심으로 작자가 원하는 제목을 추론해본다.

① 1편(61세 집필, 정조 19년, 1795)

"백질 수영이 본집에 마누라 수적이 머문 것이 없으니 한번 친히 무슨 글을 써 내려오셔서 보장하여 집에 길이 전하면 미사美事가 되겠다하니 그 말이 옳아 써 주고자 하되 틈없어 못하였더니 올해 내 회갑 해를 당하니 추모지통이 백배 더하고 세월이 더하면 내 정신이 이때만도 못할 듯하기 내 흥감한 마음과 경력한 일을 생각하는 대로 기록하였으나 하나를 건지고 백을 빠치노라." 하여 친정조카에게 주기위해 쓴 것으로 친정과 관련된 일들이 많이 할애되었다.

② 2편(67세 집필, 순조 원년, 1801)

친정 집안이 연이어 화를 당하게 된 여러 사건의 진실을 밝히고, 신왕인 순조에게 신원伸寃을 부탁하기 위해 집필했다.

③ 3편(68세 집필, 순조 2년, 1802)

2편의 후반부와 같이 숙제의 억울한 죽음을 항변하면서 친정 집안이 무고하게 화를 당하는 것은 천리에 어긋남을 강조한다. 순조의 효심을 자극하기 위하여 정조의 일화와 치적을 상기시킨 것은 수렴청정을 하는 대왕대비 정순왕후의 의도를 갈파하여 할미의 한을 풀어주기를 바라면서 집필했다.

④ 4편(71세 집필, 순조 5년, 1805)

당시는 수렴청정을 했던 영조의 계비 정순왕후가 승하(1805년 1월 12일)한 후였다. 그러므로 순조가 주도적으로 왕권을 행사할 수 있다고 생각하고 순조의 생모인 가순궁에게 이글을 주면서 순조에게 꼭 읽히게 해 달라고 부탁한다. 1~3편에서 차마 말할 수 없었던 임오화변(사도세자가 뒤주에 갇혀 죽은 해가 육십갑자로 임오년이다. 작자는 이 사건을 임오화변이라 한다)의 원인과 과정을 상세하게 기록하였다.

이와 같이 작자는 10년에 걸쳐 네 편의 작품을 집필하면서 한 번도 다음 편을 기약하거나 제목을 붙이지 않았다. 그러므로 네 편은 각기 독립된 작품으로 후세인이 자신의 느낌에 의해 붙여진

명칭이라면, 네 편을 한데 묶어 명칭을 논하는 것 자체가 무의미한
지도 모른다. 그러나 이미 작자의 의도와는 관계없이 독자의 대상
이 확대된 이상 작품의 얼굴인 명칭이 없을 수가 없다. 필자는 현
존하는 이본의 명칭들을 작자의 창작 동기와 내용에 따라 다음과
같이 재정리하고 싶다.

1편	61세 집필, 정조 19년, 1795년	〈한중록(閑中錄)〉
2편	67세 집필, 순조 원년, 1801년	〈읍혈록(泣血錄)〉
3편	68세 집필, 순조 2년, 1802년	
4편	71세 집필, 순조 5년, 1805년	〈한중록(恨中錄)〉

(2) 양식론

〈한중록〉의 양식에 대한 이견으로 소설, 수기, 수필 등이 있다.
그것은 자신이 직접 경험한 일들을 간결하고 사실적인 수법으로
표현했지만, 뛰어난 필력과 그녀의 삶 자체가 한편의 소설보다도
더 극적이었기에 장르 혼란의 빌미를 마련하였기 때문이다. 그러
나 각 편마다 서두에 창작 의도를 분명히 하여 소설적 창작 의도
로 집필된 것이 아님을 알 수 있고, 창작 의도나 표현과 서술시점
에서 소설적인 요소를 발견하기보다는 비극의 원인과 결과를 서술
하는 수법이 수필의 특성에 일치되고 있다. 그러므로 필자가 제시
한 주제적 양식에서는 궁정실기문학이지만, 오분법(시, 소설, 수필, 평

론, 희곡)에 의한 분류에서는 수필 양식에 수용할 수 있다.

〈한중록〉은 작자가 입궐 전 친정에서 생활한 10여 년을 제외하고는 거의 전 생애를 궁중에서 생활하였고, 신분 또한 왕족의 심층부라 궁중문학의 진수를 맛보게 한다. 당사자에게는 감내하기 어려운 고통이었지만 그 한의 고리를 엮어 낸 작자의 뛰어난 문학성으로 인해 우리는 세월을 넘어 비극의 원인과 생명력 있는 인물들을 만나게 된다. 작품 곳곳에서 느낄 수 있는 수려한 문체와 문학적 향훈은 궁중문학의 백미로 평가받기에 부족함이 없다.

3. 궁중문학의 문예적 가치

〈계축일기〉·〈인현왕후전〉·〈한중록〉은 조선조 궁중문학을 대표하는 작품들이다. 이 작품들은 시대적 배경은 서로 다르지만 역사에서 한 장을 장식하는 큰 사건들과 궁중이라는 특수한 공간에서 생성되었기에 동시대의 다른 작품들과 쉽게 구별된다. 필자는 사실에 바탕을 두고 생성된 기록문학 중에서 개인적인 기록이 아닌 역사적인 사실에 기인하여 승화된 작품을 '실기문학'의 하위 개념으로, 궁중을 배경으로 한 실기문학은 '궁정실기문학'으로 장르적 수용을 하였다. 이에 근거하여 특질과 가치를 정리하면 다음과 같다.

1) 여성의 삶과 문학을 재조명할 수 있는 귀중한 자료다

임진왜란 후에 서서히 싹튼 근대정신은 문자사용에도 큰 변화를 가져오게 되었다. 그것은 여러 해 동안 외침에 시달리고 고난을 겪는 가운데 본능적으로 싹튼 자아의식이 빚은 문화면의 신사조와 서민들의 사상을 담기엔 오랜 학습기간을 요하는 한문보다는 한글이 적당할 수밖에 없었으므로 모어의식母語意識이 개발되었을 것으로 본다. 이렇게 싹튼 모어의식은 한글로 작품 활동을 가능하게 하였으며 여성들도 국문학의 귀중한 문화유산에 참여하게 되었다.

한국 문학사에서 고전여성작가는 남성들에 비해 수적으로 비교할 수 없을 정도로 열세劣勢하며, 질적인 면에서도 상대적으로 낮게 평가되어 왔다. 그것도 시조나 가사, 한시 등에 편중되어 있다. 그러나 궁중문학은 실명이든 아니든 그 작가가 여성 또는 여성의 시각에서 서술되었다. 조선조 여인들의 원초적인 한과 궁중이라는 폐쇄된 사회에서 자신과 자식, 그리고 친정의 성쇠를 어깨에 짊어진 한의 무게를 우리는 쉽게 짐작할 수 있다. 문학작품이 현실과 화자의 부조화에서 생성된다고 볼 때, 궁중 여인들의 고통과 아픔이 작품으로 승화된 것은 어쩌면 당연한 귀결일 것이다. 이렇게 규원에서 지어미, 어머니, 며느리로 살아가던 여성과는 또 다른 측면의 조선 시대 여성의 삶과 문학을 새롭게 조명할 수 있는 자료를 궁중문학은 제공한다.

2) 중요한 역사적 사건에서 이면의 진실을 알 수 있게 한다

동서고금을 막론하고 위정자들에 의해 역사적 사건에서 진실이 왜곡되는 경우는 허다하다. 특히 조선조는 당쟁이 극심했기에 예외는 아니었을 것이다. 〈한중록〉에는 영조가 임오년(재위 38년, 1762)에 세자를 뒤주에 가두어 죽인 사건이 실록에는 "임금이 창덕궁에 나아가 세자를 폐하여 서인을 삼고 안에다 엄히 가두었다."라고 간략하게 기록된 이유를 71세에 쓴 〈한중록〉의 서두에 아래와 같이 기술하였다.

임오화변壬午禍變이 천고에 없는 변變이라. 선왕이 병신 초에 영묘께 상소하서 "정원일기政院日記를 없이하여지라." 하여 그 문적을 없이하였으니, 선왕의 효사지심孝思之心으로 그때 일을 중인衆人이 아니 볼 이 없이 설만이 보는 것을 설워하심이라. 연대 오래고 사적을 알 이 없어 가니 그 사이에 이利를 탐히고 화禍를 즐기는 무리들이 사실을 번란하고 청문을 현혹하여, 혹 하되 "경모궁이 병환이 아니 계오신 것을 영묘께오서 참언讒言을 듣자오시고 그 처분을 하오시다." 하며, 혹 하되 "영묘께오서 못 생각하신 일을 신하가 권해드려 망극지경이 되다." 하니, "선왕이 영명英明하오시고, 그때 비록 충년沖年이시나 다 목도하신 일이라, 어찌 속으시리오마는 위친爲親한데 범연泛然하다." 할까 두려오셔, 경모궁께 속하고 '모년사某年事'라 하면 일례로 "그렇다" 하셔, 일찍이 시비진가是非眞假를 분별치 아니하시니 이는 당신 지통至痛으로 부득이 하신 일이라. 선왕은 다 알고 지정至情에 이끌려 그리하여 계시나, 후왕은 선왕과 정지情地 적이 다르고 어떠한 큰일을 자손이 되어 인하여 모르기는 인정 천리에 어긴 일이라.

주상이 어려 계신데 이 일을 알고자 하시나 선왕이 차마 자세히 이르지 못하시고, 다른 사람이 뉘 감히 이 말을 하며 또 뉘 능히 이 사실을 해비該備히 알리오. 나 곧 없으면 궐내에서는 알 이 없어 인하여 모르게 하였으니 자손이 되어 조선祖先의 큰일을 망매茫昧할 일을 위하여, 망극하여, 한 번 전후사前後事를 기록하여 주상을 뵈고 없이 하고자 하되, 내 붓을 잡아 차마 쓰지 못하여 임염荏苒하더니, 내 첩첩한 공사 참화公私 慘禍 후 일명一命이 실 같아서 거의 끊어지게 되니 이 일을 주상을 모르게 하고 돌아가기 실로 인정人情 밖인 고로 죽기를 참고 피를 울어 이리 기록하나, 차마 쓰지 못할 마디는 뺀 것이 많고 지리한 곳 다 거두지 못하며, 내 영묘英廟 자부로 평일 자애지덕慈愛之德과 그때 재생지은再生之恩을 입삽고, 경모궁 처자로 소천所天 위한 정성이 하늘을 깨칠 것이니 부자 두 분 사이에 일호 말이 과하면 천신天臣의 주극誅殛하심을 면치 못하리니, 외인外人의 모년사로 "여차여피如此如彼하다." 하는 것은 다 맹랑무계지설이요, 이 기록을 보면 모년 시종을 소연昭然히 알 것이요.

- 한중록 -

인용문은 정조가 아버지의 죽음이 세상에 회자되는 것을 꺼려 할아버지 영조께 사건과 관련된 기록을 『승정원일기』에서 삭제할 것을 상소하여 실록에 간략하게 기록된 것임을 알게 한다. 이와 같이 작품은 진실을 말할 수 없는 시대 상황이나, 대의명분이란 이름으로 희생된 수많은 사건속에서 역사기록문에서는 밝힐 수 없었던 이면의 진실이 궁중문학에서 밝혀지기도 하고 때로는 보다 선명하게 구체화되기도 했다.

3) 조선조 궁중 풍속 연구의 귀중한 자료가 된다

〈한중록〉의 작자 혜경궁 홍씨는 9살에 세자빈으로 간택되어 10살에 세자빈이 되었다. 작품에는 간택단자揀擇單子와 세 차례의 간택방식, 신부 수업을 하는 별궁 생활, 대례大禮까지의 모든 의식(음식, 복식 등) 등 가례嘉禮 제도의 전 과정이 생생하게 묘사되었다. 또한 〈계축일기〉에서 영창대군을 죽이는 과정에 일어난 계축년의 옥사癸丑年獄事와, 인목대비를 폐모廢母하고 서궁에 유폐하기의 과정에서 무속巫俗이 사건 전개의 중요한 역할로 부각된다. 〈인현왕후전〉도 인현왕후의 폐비와 복위, 왕후의 죽음과 장희빈이 사약을 받기까지의 주요 사건들에 무속이 개입되어 이야기를 이끌어 간다. 이와 같이 궁중문학은 조선조 상층문화의 정수인 궁중문화 연구의 귀중한 자료다.

4) 피지배자들의 삶의 모습을 만날 수 있다

〈계축일기〉는 작품의 상당 부분이 내인들의 이야기다. 그들은 내인의 처지를 숙명처럼 받아들이며 자신들이 모시는 상전들과 희로애락을 함께한다. 그러나 결정적인 순간에 긍정적인 상황일 때는 공적을 헤아리지 않으면서 부정적인 일에 연루되었을 때는 가장 먼저 화를 당하는 모습들이 상세하게 묘사되었다. 즉 실록이나 공적인 기록에서는 알 수 없는 피지배자인 내인들의 가슴 아픈 이야기를 들을 수 있다.

5) 잃어가는 고어를 간직한 보물창고다

〈계축일기〉에는 '참뫼 이셔도 신참치 말고 대군을 어엿비 여기라'는 구절이 있다. 광해군이 즉위한 후에 형 임해군과 동생 영창대군을 없애려는 계교를 꾸미자 작자는 선조가 생전에 헐뜯음과 모략이 있더라도 어린 대군을 불쌍히 여기라고 한 말을 상기시키는 부분이다.

'어엿비'는 〈용비어천가〉 50장에 '내 百姓 어엿비 너기샤'(我愛我民)와 '민연憫然'은 '어엿비 너기실씨라'(訓正註解)에서 알 수 있듯이 '불쌍히'라는 뜻으로 쓰여 한글 창제 당시의 의미와 같이 쓰이고 있다.

〈계축일기〉에 '날은 늦어가고 어서 내라 곰븨님븨 재촉하고'의 구절은 영창대군을 어머니 인목대비 품에서 뺏어갈 때 대군을 어서 내라 재촉하는 대목이다. '곰븨님븨'는 '자꾸자꾸', '앞 뒤 계속해서'의 옛말로 '德으란 곰븨에 받잡고 福으란 님븨에 받잡고 德이여 福이여 호난 나라 오소이다. 아으 動動다리'라는 조선조에 기록된 고려가요인 〈동동動動〉의 뜻과 일치된다.

이 외에도 〈계축일기〉에는 고어가 많이 발견된다. 창작시기를 정확히 알 수 없지만 창작의도와 내용으로 보아 인조반정(1623) 후로 볼 때, 한글 창제 때인 15C의 언어가 200여 년이란 시간이 흐른 뒤인 17C의 작품에서 찾을 수 있는 것은 외부와 단절된 궁중의 폐쇄성 때문일 것이다.

6) 우아하고 다양한 계층의 궁중어를 알 수 있다

궁궐은 왕이나 왕비같이 하늘이 선택한 존귀한 사람들이 사는 곳이지만, 그들이 품위를 유지할 수 있도록 보필하는 천민출신의 내시와 궁녀, 그보다 더 천한 방자와 무수리 등이 함께 살던 곳이다. 다양한 계층과 연령의 구성원들은 궁궐 밖 사람들과는 다른 삶을 살았으므로 사용된 언어 또한 달랐다. 그 중 유모를 가리키는 '아지'를 예로 들면 아래와 같다.

이튿날 감찰상궁 둘을 다 잡아내어다가 유월 이십팔일에 대군아지 네히니 소명 써 와서 "이 수대로 다 내라. 아기시 자라시매 유모가 다 나가고 없다." 하니,

- 계축일기 -

영창대군을 잡아가기에 앞서 대군의 유모를 잡아가는 장면이다. 〈한중록〉에도 작자가 회갑 해에 쓴 작품에서 50여 년 전 궁중에 들어올 때를 회상하는 부분에서도

내 들어올 적 유모로 아지와 시비하나를 데리고 들어오니……

- 한중록 -

라는 어휘가 있다. '유모'가 '아지'로 궁중에서 통용되었음을 알 수 있다. 이 외에도 독특한 궁중어가 많이 발견되므로 특수어特殊語 연구의 귀중한 보고라고 할 수 있다.

7) 궁중과 관련된 문화사업의 콘텐츠를 제공한다

최근에 방영된 TV 드라마 〈왕의 여자〉는 〈계축일기〉의 주요 사건을 배경으로 하고 있고, 〈장희빈〉은 〈인현왕후전〉을, 〈하늘아, 하늘아〉와 〈이산〉은 〈한중록〉의 내용을 재창조한 것이다. 그것은

세 작품 모두 궁궐이라는 신비한 공간을 배경으로 하고 역사적으로 중요한 사건이 예술로 승화되었기에 가능한 것이다. 또한 사극 〈여인천하〉나 〈대장금〉, 영화 〈궁녀〉, 〈왕의 남자〉, 오페라 〈명성황후〉 등도 궁중을 배경으로 한 작품이다. 앞으로도 궁중문학은 여러 장르에서 새로운 문화로 재탄생될 수 있는 토대가 되리라 생각된다.

창덕궁 숙장문 역대 임금들은 즉위식 등의 국가적인 행사는 법궁인 경복궁에서 치르지만, 창덕궁에서 생활하는 때가 더 많았다. 그것은 개국 초에 왕자의 난으로 수많은 사람들이 살해된 장소인 경복궁을 꺼려 창덕궁을 지은 것과 같은 맥락이다. 임진왜란 후에 훼손된 궁궐을 복원할 때에도 경복궁보다 먼저 중건하여 조선조의 중요한 역사가 이곳에서 이루어지게 된다.
또한 궁궐 조성의 기본을 지키면서 주변의 자연 경관을 그대로 살려 독창적이고 아름다운 건축과 후원을 조성하였으므로 경복궁보다 왕실문화의 향기를 가장 많이 간직한 곳이다.
창덕궁의 정문인 돈화문을 통과하여 금천교와 진선문을 지나면, 진선문 맞은편에 나오는 중문(中門)이 바로 이곳 숙장문(肅章門)이다.

궁중문학의 공간적 배경

궁궐宮闕은 중앙집권적인 봉건 군주사회에서 최고 통치자가 거처하던 곳이다. 왕이나 황제는 하늘의 뜻에 의해 나라를 다스리라는 명을 받은 사람이기에 일반 백성과는 다른 특별한 삶을 살았고 백성들은 그에게 충성할 수 있었다. 이러한 왕족은 통치자를 중심으로 부인과 그 자녀들로 구성된다. 더하여 왕의 어머니(대비)와 할머니(대왕대비) 그리고 형제자매와 삼촌들로 확대된다. 그러나 왕과 함께 대궐에서 생활하는 가족은 대왕대비와 대비, 왕과 그 부인들(중전과 후궁들)과 혼인 전의 자녀들, 후계자인 세자와 그 부인들(세자빈과 후궁들)과 혼인 전의 자녀들이다. 그 외의 가족들은 대궐 밖에서 독자적인 생활을 했다. 그러므로 궁궐은 왕을 중심으로 직계가족과 왕족을 보필하는 내시와 궁녀 등 천여 명이 각기 다른 신분과 역할을 하면서 살던 곳이다

1. 궁궐宮闕의 어원語源

'궁'은 상형 문자로 사각형 마당에 주위로 4개의 방을 배치한 건축 평면도의 모습으로 표기(宮)되다가 현재 쓰는 글자로 바뀌었다. 중국 최초의 사전인 『석명釋名』에 "궁宮은 궁穹이다. 가옥이 담 위로 우뚝 보이는 것이다."라고 하였다. 궁은 실室과 합하여 '궁실'이라는 용어로 사용되었는데 『석명』에 "실室은 실實이다. 사람과

사물이 그 속에 가득한 것을 말한다.”라고 해석되어 있다.

한대漢代(기원전 206~220년) 이전의 궁실은 일반 가옥을 가리키는 말이었으나 한대 이후는 황제가 사는 집을 '궁'이라고 하면서 일반 가옥은 궁이라고 하지 않게 된다. 이후 '궁'은 '전殿'과 함께 쓰이면서 황제가 의례儀禮를 거행하고 사무를 처리하는 공적인 건물은 모두 '전'이라 하고, 사적인 공간은 '궁'이라 하였다.

'궐'은 원래 부락 시대의 주거지 입구 양옆에 설치한 방어용 강루崗樓에서 비롯된 것으로, 오늘날 군사 기지 입구에 세우는 초소와 같은 것이다. 궁의 문밖에 2개의 대臺를 만들고 위에 누관樓觀(초루, 망루)을 지었으며, 가운데에는 문을 만들지 않고 양옆에 문을 두어서 중앙이 뚫려 자연스레 길이 되었다고 한다. 문헌에 의하면 한대의 궁문宮門은 쌍궐雙闕이나 양관兩觀으로 웅장한 고관대궐高觀大闕로 발전하였다. 이러한 쌍궐 형식은 나중에 문제門制로 대치되었으나, 궐의 의미는 청대(1616~1911)까지 지속되었다.

우리나라도 이러한 형식을 취하여 조선시대(1392~1910) 궁궐인 창경궁의 정문 홍화문弘化門 좌우의 각루와 경복궁 남쪽 양끝에 있는 동서십자각東西十字閣도 궐이 변형된 것이다. 그러므로 궐이 처음에는 방어용으로 세워진 초소였으나 궁전이 생기면서 규모를 확대하여 견고하게 쌓고 그 위에 높은 호루護樓(망루)를 세운 양관이 군사용 전망대로 사용되었음을 알 수 있다.

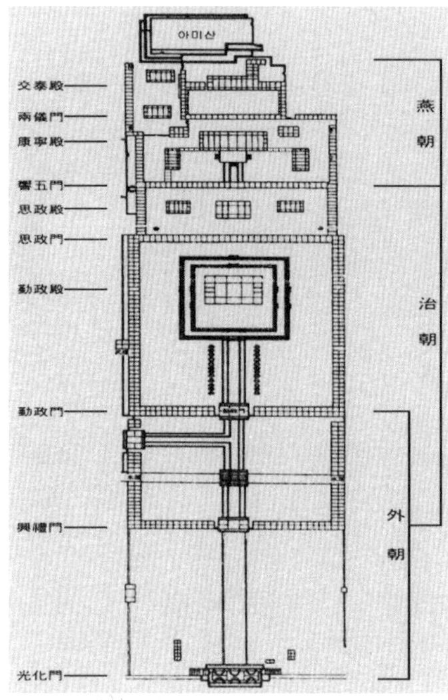

오문삼조 『주례』의「고공기」편에 규정되어 있는 것으로 고문(皐門), 고문(庫門), 치문(稚門), 응문(應門), 노문(路門)의 오문(五門)과, 외조(外朝), 치조(治朝), 연조(燕朝)의 삼조(三朝)를 의미한다.

궁궐 건축은 밖으로 성을 둘러싸고 『주례周禮』의 「고공기考工記」 편에 규정되어 있는 '오문삼조五門三朝'를 기본으로 하였다. 남에서 북으로 들어가면서 고문皐門, 고문庫間, 치문稚門, 응문應門, 노문路門을 설치하여 다섯 개의 구역으로 나눈다. 첫 번째 고문 안을 외조外朝, 네 번째 응문 안을 치조治朝, 다섯 번째 노문 안을 연조燕朝로 하여 삼조三朝라고 한다. 우리나라도 여러 왕조에 걸쳐 궁궐을 조성할 때 이를 기본으로 하였으나 우리의 지형에 맞게 변용하였다.

이러한 궁궐은 중앙집권적 국가가 성립되면서 통치자는 세력과 위엄을 과시할 목적으로 거대한 규모의 장엄하고 화려한 궁궐 건축을 다투어 건설하게 된다. 따라서 당대 최고의 장인에 의해 건축된 궁궐은 당시 왕조의 규모와 건축 수준을 가늠케 하는 기준이 된다.

2. 궁궐의 역사

1) 조선조 이전의 궁궐

(1) 고구려(기원전 37~668년) 궁궐

고구려(기원전 37~668년)는 약 700여 년 동안 존속한 왕조로서 5세기에서 7세기에 걸쳐 북만주, 요동, 한반도 중남부에 이르는 드넓은 영토를 지닌 강대한 왕국이었다. 기원전 1세기에 국가 체계를 갖추고, 오늘날 동가강 유역인 환인 지방에 있던 홀승골 성을 수도로 정하였다. 그 뒤 기원 초에는 압록강 북안의 통구通溝(중국 길림성 집안현)로 수도를 옮기고 국내성과 환도성을 쌓았다.

그 후 장수왕대(427년)에 평양으로 도읍을 옮기고 지금의 대성산 일대에 수도를 건설하였다. 이때 평양성은 집안현에 있는 국내성의 성 포치布置 제도와 비슷하게 왕궁을 둘러싼 평지의 성들과 유사시에 피해 들어가 방어할 산성으로 나누어 건설되었다. 국내성과 안학궁성은 왕을 비롯한 통치 집단의 정사政事와 일상생활에 필요한 건물과 시설물만을 갖추었고, 일반 백성은 성 밖에서 살았으므로 성의 규모는 그리 크지 않았다. 평원왕 28년(586)에 대동강 연안의 장안성으로 옮긴 후에 비약적인 경제 발전과 국방력으로, 새로운 형식의 수도를 건설하여 궁성의 면모를 갖추게 되었다. 이로 보면 고구려가 수도를 정할 때 험한 산을 뒤로하고 앞에 큰 강을 낀 평야를 택한 것은 군사적인 면과 경제적인 면을 고려하여 정하였음을 알 수 있다.

(2) 백제(기원전 18년~663년) 궁궐

백제는 한강 북쪽에 첫 도읍지를 정하였다가 강남으로 옮기고, 다시 웅진(공주), 사비(부여)로 옮겨 궁궐을 지은 것으로 추측되나 아직 구체적으로 밝혀진 것이 없다. 문헌에 무왕 때 신하들에게 연회를 베풀었다는 망해루望海樓와 의자왕이 왕궁 남쪽에 세웠다는 망해정望海亭, 지극히 사치스럽고 화려하게 수리했다는 태자궁太子宮 등이 있었다는 기록이 있다. 또한 무령왕릉의 건축술과 출토된 유물의 예술성, 사비시대의 22부에 이르는 정비된 관부官府로 미루어 상당히 높은 수준의 왕궁 건물이 있었을 것으로 추측된다.

(3) 신라(기원전 57년~935년) 궁궐

신라는 기원전 57년(혁거세거서간 1)부터 935년(경순왕 9)까지 56대가 992년 동안 존속한 왕조다. 고대 국가로서 7세기 중엽에 이르러 고구려와 백제를 평정하여 삼국 통일을 이룩하였음으로 통일을 전후한 두 시기로 나누어 구분할 수 있다.

통일 전은 다시 세 시기로 구분하여 첫 번째, 기원전 57년부터 흘해니사금 47년(356)까지는 연맹왕국의 완성기라 할 수 있다. 혁거세 21년(기원전 37)에 금성金城을 쌓아 경성京城으로 삼았으며, 5대 파사니사금 22년(101)에 월성月城을 쌓고, 왕이 이곳으로 옮겨 거처하였다는 『삼국사기』와 『삼국유사』의 기록으로 보아, 정치, 경제, 문화의 중심지는 경주 평야 일대로 고정되지만, 도성은 부락 집단 사이의 세력 균형 관계에 따라 경주 안에서 여러 차례 이동되었음을 알 수 있다.

두 번째, 내물마립간 1년(356)부터 지증왕 15년(514)까지는 귀족 국가가 태동되어 지배자의 호징을 따라서 마립간 시대로 왕권이 강화되어 왕위 세습이 확립된 시기다. 따라서 궁궐도 앞 시기에 비하여 발전되었을 것으로 짐작되나 구체적인 기록은 발견되지 않는다. 다만 "487년에 월성을 수리한 뒤 이듬해에 금성에서 월성으로 거처를 옮겼다.", "496년에 궁실을 중수重修하였다."는 기록과, 황남대총, 금관총, 천마총 등의 고분에서 출토된 유물로 그 규모를 짐작할 뿐이다.

　세 번째는 법흥왕 1년(514)부터 진덕여왕 8년(654)까지로, 귀족 세력이 연합하여 비약적인 발전으로 삼국 통일의 기반을 마련한 시기다. 궁궐에 대한 구체적인 기록은 없지만 "법흥왕이 자극지전紫極之殿에서 즉위했다."에서 당시 궁궐의 정전을 자극전이라 불렀음을 알 수 있다. 또한 진덕여왕 5년(651) "정월 초하루에 왕이 조원전朝元殿에 나아가 백관百官들의 신년 축하를 받았다."는 것은 궁궐 안에서 치러진 의례에 관한 최초의 기록으로 그 규모를 가늠할 수 있다.

　통일 후에는 태종 무열왕 1년(654)부터 혜공왕 16년(780)까지가 통일신라의 황금시대다. 문무왕은 고구려를 멸망시켜(문무왕 8년, 668) 삼국 통일을 이룩하고, 경주를 통일왕조의 수도답게 변모시키려 하였다. 재위 후반부인 14년(674) 이후부터 21년(681) 숨을 거둘 때까지 줄곧 궁궐을 확대하거나 새로운 궁을 짓는 데 몰두하였다. 문무왕 14년 2월에 "궁 안에 못을 파고 산을 만들고 화초를 심고 진기한 짐승을 길렀다."는 것과, 5년 뒤인 19년 2월에는 "궁궐을 매우 웅장하고 장려하게 중수하였으며, 같은 해 8월에는 동궁을 창조하고 궁궐 안팎 여러 문에 써서 걸어 놓을 이름을 처음으로 정하였다."는 기록이 있다. 그 중 못은 안압지이며, 중수한 궁궐은 월성의 정궁, 창조된 동궁은 안압지를 포함한 주변 건물터 전체인 것으로 짐작된다. 그 후 경덕왕 때는 왕국의 전성기로 석굴암을 비롯한 많은 예술품으로 보아 통일신라 황금기를 최대한으로 반영한 궁궐 건축이 있었을 것으로 생각된다. 그러나 그 후에는 호족

들의 세력이 확대되면서 신라는 빠르게 쇠퇴하였음으로 신라가 멸
망하기까지 궁궐을 새로 지을 재정적인 여유가 없었을 것으로 생
각된다.

(4) 발해(698~926년) 궁궐

발해渤海는 고왕高王(대조영 699~719년)으로부터 15대 애왕哀王(901~
926년)에 이르기까지 229년 동안 지속된 왕조다. 794년부터 926년
까지 130여 년 동안 발해의 마지막 수도였던 상경에는 궁성, 황성
(왕성 또는 내성으로 부르기도 함), 외성으로 이루어진 대규모 도성터都城
址가 발굴되어서 당시의 문화 수준을 가늠할 수 있다. 그러나 요나
라에 의해 멸망하는 과정에 대다수의 건물이 파괴되었다. 상경 용
천부에 남아 있는 석등, 석불 등에서 고구려의 자(1자는 35센티미터)를
사용했음이 확인되었고, 출토된 유물에서도 고구려의 전통을 계승
한 것으로 파악되는 것이 많다. 이로 보아 상경 용천부는 발해의
정치, 경제, 문화의 중심지였을 뿐민 아니라, 당시 동방에서도 이
름 있는 도시 가운데 하나로서 발해의 위력 및 고구려를 계승한
높은 건축술이 있었을 것으로 생각된다.

(5) 고려(918년~1392년) 궁궐

고려는 개성에 도읍을 정하여 고구려를 계승하고, 북쪽의 잃어
버린 발해 땅을 되찾겠다는 의지로 평양을 서경西京으로 삼는다.

고려 초기에는 개경開京을 중심으로 서경(평양), 동경(경주)의 3경을 두어 각각 도시를 발전시켰고, 문종 20년(1066)에는 동경 대신 남경 (서울)을 중요시하여 3경에 포함시키는 한편 이곳에도 몇 차례 궁궐을 지었다.

고려 궁전은 평지가 아닌 높은 지대에 건설된 것이 특징인데, 고구려의 건축 형식을 계승하면서 궁전건물의 배치는 중국형식을 본받았기 때문이다. 1124년에 송의 사신으로 고려에 왔던 서긍徐兢 (1091~1153)이 『고려도경高麗圖經』에서 웅장하고 화려한 궁궐에 대하여 상세히 묘사하고 찬탄한 것으로 궁궐의 규모를 짐작할 수 있다. 특히 의종(1146~1170)은 풍수지리 및 도참설을 신봉하여 호화로운 건축과 조원造園을 여러 곳에 만들었지만, 명종 1년(1171)에 발생한 화재로 많은 건물이 소실되고 후원의 정자 몇 채만을 남기고 있다. 이리하여 귀족 문화가 꽃피었던 시기의 궁궐 건축은 완전히 자취를 감추게 되었으며, 무신의 집권으로 왕의 권력이 크게 위축되자 궁궐의 중건도 부진하였다.

고려의 궁성은 경사가 가파른 언덕을 그대로 활용하여 높은 기단을 쌓고, 정전을 비롯한 주요 건물은 4면에 행각行閣을 둘러 폐쇄적인 공간이 형성되고 있다. 정전 뒤쪽의 건물군은 지형상의 이유로 정전의 남북 중심축으로부터 약간 동쪽으로 벗어나 배치되어 있다. 터의 현황을 기초로 짐작해 보면, 웅장한 건물들이 언덕을 따라 올라가면서 겹겹이 포개져 있는 모습은 송악과 어우러져 장관을 이루었을 것으로 짐작된다.

2) 조선조(1392년~1910년) 궁궐

조선은 태조 1년(1392)부터 순종 4년(1910)까지 27대에 걸쳐 518년 동안 지속된 왕조로, 고려 왕조의 수도였던 개성을 버리고 한양에 도읍을 정하였다. 한양의 천도 과정과 궁궐, 종묘, 사직의 건설 및 도성의 축조 과정이, 『태조실록』과 『신도궁궐조성도감新都宮闕造成都監』에 상세하게 기록되어 있다. 조선시대에는 『왕조실록』을 비롯한 다양하고 풍부한 문헌 자료와 궁궐 및 도성이 남아 있지만, 임진왜란과 병자호란으로 궁궐이 크게 훼손되어 그 뒤에 다시 짓거나 복원하였기에 이를 중심으로 전기와 후기로 나눌 수 있다.

조선 전기는 법궁法宮인 경복궁에 이어 창덕궁과 창경궁을 지을 때 주례周禮를 기본으로 하면서도 우리의 지형에 맞게 조성하여 독창적이고 아름다운 궁궐 문화를 이루었던 시기다. 조선후기는 전쟁 후 훼손된 궁궐을 복원하고 경운궁과 경희궁 등 새로운 궁궐을 짓게 된 것을 말한다.

3. 조선조 궁궐의 공간구성

1) 법궁과 이궁

왕조사회에서는 왕족의 건강과 휴가를 위해서, 그리고 변란과 같이 위험한 상황에서 신변을 보호하기 위하여, 또는 화재나 재앙에 대한 대비 등으로 궁궐을 여럿 두는 경우가 많았다. 그 중 조선조 개국과 함께 건축된 경복궁과 같이 여러 궁궐 중에서 가장 으뜸으로 여기는 궁궐을 '법궁法宮'이라 하고, 나머지 궁궐들은 '이궁離宮'이라 한다. 그러나 법궁이라 하여 궁궐 규모가 가장 크거나 임금들이 가장 오래 머물렀던 것은 아니다. 조선조의 역대 임금들은 법궁인 경복궁보다는 이궁인 창덕궁에 가장 많은 임금이 가장 오래 살았다. 이렇게 임금이 그 중 어느 궁궐에 들어가 사는 것을 임어臨御라 하고, 다른 곳으로 옮겨가는 것을 이어移御라 하며, 다시 원래의 궁궐로 돌아오는 것을 환어還御라 한다. 이러한 궁은 앞에 궁宮자가 붙은 별궁이나 행궁과 구별하기 위하여 정궁正宮이라고도 하였다.

조선의 정궁은 경복궁, 창덕궁, 창경궁, 경운궁(현 덕수궁), 경덕궁(현 경희궁)이 있었다. 삼국시대와 고려로 계승되어 온 궁궐 건축사의 전통을 계승하는 한편, 성리학을 통하여 들어온 제도와 사상을 전통에 융합시켜 새로운 형식의 궁궐 건축을 창조하였다. 경복궁이 조선 궁궐의 기본형이라면 창덕궁과 경희궁, 창경궁 등은 변형된 형식이다. 특히 창덕궁은 산과 골짜기의 형세를 잘 이용한 한국적인 고유 건축과 정원의 특징을 보인다. 궁궐의 위치에 따라 창덕궁과 창경궁이 한 궁성 안에 있어 함께 동궐東闕이라 하고, 경희궁은 서궐西闕, 경복궁은 북궐北闕이라 불렸다.

2) 별궁, 행궁, 사당

서울에는 5대 궁궐인 경복궁, 경운궁, 경희궁, 창경궁, 창덕궁 외에도 다른 여러 '궁宮'이 있었다. 왕이 궁궐에서 태어나서 생활하다가 즉위하는 것이 전형이지만, 실제로 궁궐 밖에서 생활하다가 왕이 되는 경우가 더 많았다. 그럴 때 왕이 살던 집을 잠저潛邸라 하며 별궁別宮이라고 한다. 또한 왕비나 세자빈이 입궁 전 궁중법도를 익히면서 신부수업을 하던 곳도 별궁이라 했다. 그 외에도 조선조 말 고종이 태어나고 그 아버지 흥선대원군이 살던 집을 운현궁雲峴宮이라 한 것과 같이 왕의 아버지가 사는 집도 '궁'자를 붙였다. 왕자나 공주 등 왕족들의 집은 '방房'이라 하였음으로 '궁'과 '방'을 합쳐서 흔히 '궁방'이라 하여 왕족들이 사는 집과 함께 그들의 토지를 관리하는 기구를 가리키기도 하였다

행궁은 능행陵行과 같이 공적인 행사나 질병 치료와 휴양을 목적으로, 또는 군사적 요충지로 필요한 곳에 건축한 것을 말한다. 조

선조는 수원행궁, 강화행궁, 전주행궁, 의주행궁, 양주행궁, 부안행궁, 온양행궁, 남한산성행궁(광주, 남한), 북한산성행궁 등을 두었다.

사당은 왕비가 아닌 왕의 생모 위패를 모시고 토지를 관리하면서 제사를 모시는 곳으로 '궁'이라고 하기도 하였다. 영조는 생모 숙빈최씨淑嬪崔氏가 후궁이어서 신위를 종묘에 모시지 못한 것이 안타까워 육상궁毓祥宮이라는 사당을 지어 모셨다. 그 후 순종은 여러 곳에 흩어져 있던 사당을 육상궁에 함께 모셨다. 지금은 원종의 생모 인빈김씨仁嬪金氏, 경종의 생모 희빈장씨禧嬪張氏, 진종의 생모 정빈이씨靖嬪李氏, 장조(사도세자)의 생모 영빈이씨暎嬪李氏, 순조의 생모 수빈박씨綏嬪朴氏, 영친왕의 생모 순비엄씨淳妃嚴氏의 위패를 모시고 칠궁七宮이라 한다. 칠궁은 현재 청와대 경호실 서편에 남아 있다.

4. 조선시대 궁궐의 공간 배치

왕이 생활하는 궁궐은 백관百官의 조하朝賀를 받고 빈객賓客을 맞을 때 사용하는 공적인 공간과 아내와 자식을 거느리고 사는 사적인 공간, 궁중관청의 행정적인 공간으로 구성되어 있다. 공적인 공간은 봉건군주제에서 왕이 공식적인 업무를 수행하는 곳으로 정전正殿, 또는 법전法殿이라고도 한다. 회랑回廊으로 둘러싸인 네모난 넓은 마당의 조정朝庭에서 조회朝會나 외국 사신 접견, 공적인 의식이나 연회 등 국가적인 행사를 치르는 공간이므로 위엄을 과시할 수 있도록 궁궐에서 가장 화려하고 장엄하게 했다. 경복궁의 근정전勤政殿, 창덕궁의 인정전仁政殿, 창경궁의 명정전明政殿, 덕수궁의 중화전中和殿, 경희궁의 숭정전崇政殿이 각 궁궐의 정치공간이다.

생활공간은 연조침전燕朝寢殿 또는 내전內殿이라 하며, 왕과 왕비, 세자와 세자빈, 대왕대비와 대비, 후궁 등 왕실 가족이 살던 곳이다. 경복궁의 강녕전康寧殿과 교태전交泰殿, 창덕궁의 희정당熙政堂과 대조전大造殿 등과 같이 왕(대전)과 왕비(중전, 중궁전)의 공식 활동과 일상적인 생활을 하던 곳이므로 궁궐의 핵심 축으로 가장 중앙에 두었다. 이곳을 중심으로 대비와 세자의 거처는 동쪽에 배치했다. 동쪽은 해가 떠오르는 방향으로 만물이 소생하는 봄을 상징한다. 그러므로 왕실의 어른(대비와 대왕대비)과 왕위 계승자의 거처를

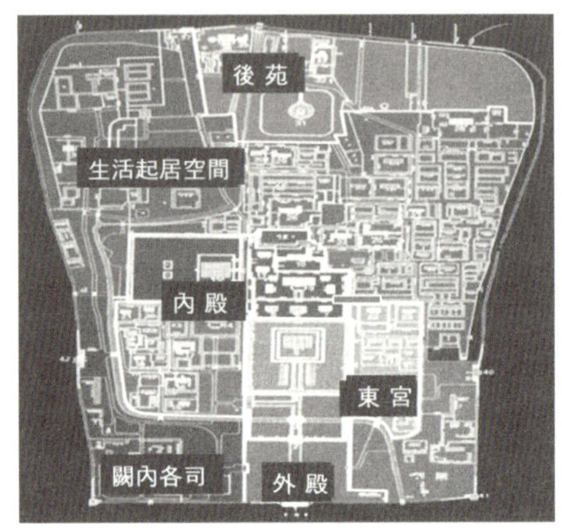

궁궐 배치도 조선의 궁궐은 크게 공적인 공간과, 사적인 공간, 행정적인 공간으로 나눌 수 있다.

둔 것이다. 이러한 이유로 대비를 동조東朝, 세자를 동궁 또는 춘궁이라 부르게 된 것이다. 동궁 일대에는 세자를 교육하고 보필하는 업무를 맡았던 세자시강원世子侍講院 즉 춘방春坊과, 세자를 경호하는 임무를 띠고 있는 세자익위사世子翊衛司 즉 계방桂坊이라고 하는 관서 등이 함께 있었다. 왕과 세자의 후궁들은 침전에서 북쪽에 살게 했음으로 후궁後宮이라 했다. 생활 기거 공간에는 왕족들을 보필하는 내시와 궁녀 등의 생활공간도 포함된다.

궐내각사闕內各司 또는 외조外朝라 하는 곳은 궁중 관청의 행정공간으로 비서기관인 승정원承政院, 의료담당의 내의원內醫院, 음식을 담당한 사옹원司饔院, 궁중 수비를 담당하던 내병조內兵曹와 선전관청宣傳官廳 등이 정치공간의 서쪽과 남쪽에 배치되었다.

후원은 궁궐의 북쪽 산자락에 있는 원유苑囿를 가리킨다. 아무나 들어갈 수 없는 금단의 구역이기에 금원禁苑이라고도 불렀다. 후원은 궁궐 사람들의 휴식공간이지만 군사훈련이나 과거 시험을 치르기도 하고, 종친들의 모임과 같은 대규모 집회를 열기도 하였다. 또 내농포內農圃라는 소규모 논을 만들어 왕이 농사를 직접 체험하는 실습장으로도 이용되는 등 용도가 매우 다양했다.

덕수궁　　‘덕수궁’은 이름이 지닌 뜻이 좋아서인지 중국 송나라 때에도 이 이름의 궁궐이 있었고
조선조 초에도 개성에 덕수궁이 있었다.
덕수궁은 임진왜란 직후와 조선조 말 고종 때에 법궁으로 사용되었다. 선조 때는 모든 궁궐이 불타
어쩔 수 없었기 때문이고, 고종은 명성황후 시해 후에 외국 영사관이 많았기 때문이었다. 이렇게
덕수궁은 우리나라와 일본의 불행한 역사와 인연이 깊은 궁궐이다. 그 중 조선조 중기 선조, 광해군,
인조 때의 역사적인 주요 사건의 무대가 되었던 경운궁(덕수궁)은 〈계축일기〉의 공간적 배경이기도
하다.

문학에 투영된 삶의 공간

반만년 역사를 지닌 우리나라는 해방 전까지 왕이 통치하던 봉건군주제였다. 왕王은 한자의 상형이 말해주듯이 하늘[天]·땅[地]·사람[人]으로 상징되는 우주의 중심을 관통하는 존재였기에 그의 권력과 영향력은 절대적이었다. 이러한 권력의 상징으로 조선시대 주요 행사나 왕이 거처하는 곳에 도끼(금도끼와 은도끼) 문양이 자주 사용되었던 것은 도끼의 용도가 생사를 좌우할 수 있는 왕의 권력을 단적으로 나타내기 때문이었다.

그러나 왕은 하늘의 뜻에 의해 인간사회를 통치하는 초월자이지만 왕도정치王道政治를 시행하지 않으면 하늘이 인간과 신의 중재자를 바꾼다고 생각했음으로 왕은 백성을 덕으로 다스리고, 백성은 왕에게 조건 없는 충성을 할 수 있었다. 이렇게 신의 뜻에 의해 입법·행정·사법권을 부여받은 왕은 궁궐이라는 폐쇄된 공간에서 궁궐 밖의 사람들과는 차별화된 삶을 살았다. 따라서 궁궐 건축물은 500년 조선의 공적인 사건과 함께 신분과 계급, 성별과 연령이 다양한 1000여 명의 삶이 투영된 곳이다. 이제 시간의 벽을 넘어서 폐쇄된 공간에서 희로애락을 주고받으며 살았던 옛 사람들을 문학의 창으로 만나보자.

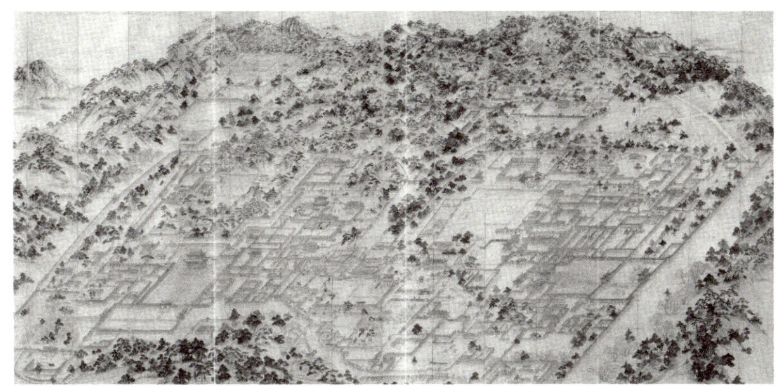

경복궁 조선조가 한양을 도읍으로 정한 후 가장 먼저 만든 궁궐로 조선왕조를 상징하는 법궁

1. 조선조의 법궁, 경복궁

경복궁景福宮은 조선조가 한양을 도읍으로 정한 후에 가장 먼저 만든 궁궐이다. 1394년(태조 3) 9월에 '신도궁궐조성도감新都宮闕造成都監'을 설치한 후 조선조 개국 공신으로 경복궁 창건에 주도적인 역할을 한 정도전은 "궁궐은 임금이 정사하는 곳이요, 사방에서 우러러보는 곳입니다. 신민臣民들이 다 조성造成한 바이므로, 그 제도를 장엄하게 하여 존엄성을 보이게 하고, 그 명칭을 아름답게 하여 보고 감동되게 하여야 합니다."라고 궁궐 조성의 이유를 밝혔다. 이어서 궁궐의 이름과 뜻은 『시경詩經』의 「대아大雅」에 나오는 시 〈기취旣醉〉의 내용을 따서 지었으니 이곳에서 생활할 임금께서는 경전의 내용을 명심하길 아래와 같이 권면했다.

신이 분부를 받자와 삼가 손을 모으고 머리를 조아려 『시경詩經』〈주 아周雅〉에 있는 '이미 술에 취하고 이미 덕에 배부르니 군자는 영원토 록 그대의 크나큰 복을 모시리라.'라는 시詩를 외우고, 새 궁궐을 경복 궁이라고 이름 짓기를 청하오니, 전하와 자손께서 만년 태평의 업業을 누리시옵고, 사방의 신민으로 하여금 길이 보고 느끼게 하옵니다. 그 러나 『춘추春秋』에, '백성을 중히 여기고 건축을 삼가라.' 했으니, 어찌 임금이 된 자로 하여금 백성만 괴롭혀 자봉自奉하라는 것이겠습니까? 넓은 방에서 한가히 거처할 때에는 빈한한 선비를 도울 생각을 하고, 전각에 서늘한 바람이 불게 되면 맑고 그늘진 것을 생각해 본 뒤에 거 의 만백성의 봉양하는데 저버림이 없어야 할 것입니다.

아래 〈기취〉의 전문은 경복궁이 뜻하는 내용이 보다 구체적으 로 묘사되었다.

기취이주既醉以酒	술에 이미 취하였고
기포이덕既飽以德	덕에 이미 배 부르니
군자만년君子晚年	군자께서는 만년토록
개이경복介爾景福	큰 복을 누리시기 비네

조선전기는 성리학이라는 새로운 사상을 바탕으로 양반 관료 사 회를 형성해 간 시기이다. 유학자들이 생각하던 이상적인 궁궐은

중국 주나라의 궁궐 건축을 정리한 『주례周禮』의 「예서禮書」에 명기된 궁실제도였다. '주례고공기周禮考工記'에 명시된 도읍의 원리는 전조후시前朝後市, 좌묘우사左廟右社였다. 즉 궁궐을 중심으로 앞쪽에는 정치를 행하는 관청을, 뒤쪽에는 시가지를, 그 왼쪽에는 왕실 조상의 사당인 종묘, 오른쪽에는 사직단을 배치하는 것이다. 또한 궁궐은 전조후침前朝後寢, 3문3조三門三朝로 궁궐의 앞쪽은 왕이 대신들과 정치를 행하는 공적인 공간을 뒤쪽에는 임금과 그 가족이 생활하는 사적인 공간을 배치하고, 궁궐 전체를 3개의 독립된 구역으로 분할하여, 각 구역 사이에 문으로 연결시키는 것이다. 이러한 제도적 규정은 주대周代 이후 줄곧 중국의 도성 및 궁궐 건축의 기본원리로 사용되었다.

개국 초 정도전도 경복궁 설계에 이를 적용하려 했었으나, 뒤에 북악산北岳山이 있어 궁궐 뒤에 시가지를 둘 수 없었다. 그럼에도 이곳에 궁궐을 건립한 것은 기본은 『주례』를 따르면서 능선이 이어진 지형을 군사적인 방어용으로 활용하고, 자연에 순응하려 했던 고구려의 정신이 대대로 내려온 우리나라 궁궐건축의 지혜와 전통을 계승하려고 했기 때문이다.

조선조 법궁法宮으로 처음 조성된 궁궐, '경복궁景福宮'의 '경'은 '크다'의 뜻을 지니고 있다. 그러므로 '경복궁'은 '큰 복이 있는 궁이다.' 개국 초 유신들은 390여 칸의 궁궐에 왕실 가족의 공간은 간소하게 하고, 중추원, 삼군부 등을 궐 안에 배치하여 자신들이 추구하던 이상정치가 이곳에서 실현되기를 바랐다.

　그러나 3년 후 태조 7년(1398), 왕위계승권으로 불거진 두 차례에 걸친 왕자의 난으로 개국 공신들의 이상정치는 이곳에서 실현 해 볼 수가 없었다. 더욱이 태종에 의해 왕이 된 정종은 한양의 지세가 좋지 않다는 이유로 수도를 다시 개경으로 옮겨 갔음으로 경복궁은 큰 복을 받는 궁이라는 이름값도 못한 채 지방의 행궁으로 남을 뻔했다. 다행히 형 정종으로부터 왕위를 물려받은 태종이 재위 5년(1405)에 다시 도읍을 한양으로 옮기게 되어 법궁의 명맥을 이을 수 있었다. 그 후 태종과 세종대에 정치가 안정되어 왕권이 강화되면서 경복궁 내부에 많은 건축물이 건립되어 법궁으로서의 위용을 갖추게 되었다. 그러나 명종 8년(1553) 화재로 정전, 편전을 제외한 모든 건물이 불에 타 이듬해 대대적으로 중건하였으나 임진왜란 때 완전히 소실되었다.

　임진왜란 후 여러 차례 중건 논의가 있었으나 270년이나 실행에 옮기지 못하다가 고종 2년(1865) 4월에 홍선 대원군이 주도하여 복원이 시작된다. 그는 순조, 헌종, 철종 3대(1800~1863)의 세도 정치로 실추된 왕권을 회복하고, 열강의 틈바구니에서 조선을 다시 부흥시키려는 목적으로 법궁인 경복궁 중건에 심혈을 기울였다. 그 후 2년 7개월 만인 1867년 11월에 거의 끝냈지만, 1872년 9월에야 마무리 공사가 완료된다. 이때 이루어진 궁궐은 궁성의 둘레가 1,813보, 높이가 20여 자이며, 건물의 총 칸수는 7,481칸에 이르고,

행각이나 장랑長廊을 제외한 단독 건물만도 150여 채가 넘는 방대한 규모의 궁궐이었다.

그러나 773만 6,898냥의 총 공사비를 8년 동안 원납전願納錢이라는 이름으로 징수하였기 때문에 백성의 고통이 매우 컸다. 어려운 시기에 백성의 노역과 재물로 건설된 경복궁은 왕조 부흥의 터전이 되지 못한 채, 일본에게 나라를 빼앗기는 비운으로 처참하게 파괴되어 변형, 왜곡되었다. 일본은 경복궁의 정전인 근정전 앞에 조선총독부 청사를 세우고, 왕과 왕비의 침전을 헐어서 창덕궁을 짓는 데 사용하는 등 정전 주변의 수많은 건물은 헐고 새로운 건물들을 건축하였다. 불탄 후 270년이 지나서 대대적인 복원이 이루어져 법궁으로서의 면모를 되찾은 경복궁은 또다시 외적에 의해 수난을 겪은 슬픈 역사를 지닌 궁궐이다.

1) 경복궁의 상징 광화문

광화문光化門의 광光은 『서경書經』의 「요전堯典」에 "옛 요 임금을 떠올려 보니, 공을 크게 세우신 분이대[日若稽古帝堯 日放勳]. 경건하고 밝으시며 문채가 빛나고 생각함이 편안하고도 편안하며 진실로 공손하고 참으로 겸손하시었대[欽明文思安安 允恭克讓]. 빛이 온 천하에 빛나 하늘과 땅에 가 닿았대[光被四表 格于上下]."는 뜻으로 쓰였다. 화化는 『주역周易』의 〈건乾〉에 "세상을 좋게 하고도 자신의 공

광화문 광화(光化)는 천자나 군주의 덕화(德化), 즉 임금의 도덕적 교화라는 의미로 경복궁의 정문인 광화문은 그 웅장한 면모를 엿볼 수 있다.

로를 자랑하지 않으며 덕이 넓어 교화한다[善世而不伐, 德博而化].”의 뜻을 지니고 있다.

‘광’과 ‘화’가 합쳐진 뜻은 『위서魏書』 「함양왕희전咸陽王禧傳」에 ‘폐하의 성스러움은 요 임금님이나 순 임금보다 더 뛰어나 중원을 광화하셨습니다[禧對曰, 陛下, 聖過堯舜, 光化中原].’라는 구절에서 확인할 수 있다. 광화는 곧 천자나 군주의 덕화德化, 즉 임금의 도덕적 교화를 뜻하고 있음을 알 수 있다.

2) 궁궐의 핵 근정전

근정전勤政殿은 봉건군주제에서 왕이 공식적인 업무를 수행하는 정치공간으로 정전正殿, 법전法殿이라고도 한다. 회랑回廊으로 둘러싸인 네모난 넓은 마당은 중앙에 임금의 길인 어도御道를 중심으로 동쪽에는 문반의 품계석, 서쪽에는 무반의 품계석이 놓여 있다. 왕

근정전 공적인 의식이나 연회 등 국가적인 행사를 치르는 공간으로 경복궁에서 가장 크고 화려하다.

의 즉위식과 조회朝會, 외국 사신 접견, 공적인 의식이나 연회 등 국가적인 행사를 치르는 공간이므로 위엄을 과시할 수 있도록 경복궁에서 가장 크고 화려하며 장엄하다.

'정치를 부지런히 하라'는 의미를 지닌 근정전의 정문인 근정문 동쪽 행각에는 아래와 같이 열세 개의 주련이 있다.

입애돈친 교민이목立愛敦親　敎民以睦

　사랑을 확립하고 친족끼리 돈독힘으로써 백성들을 화복하게 하고

호학낙선 위세소종好學樂善　爲世所宗

　배움을 좋아하고 선을 즐김으로써 세상 사람들이 받드는 바가 된다.

서소육친 은도융성序昭六親　殷道隆盛

　질서가 육친에 밝으니 온 나라의 도가 융성하고

덕추구목 치요협화德推九睦 治堯叶龢

　　덕이 구족에 미치니 요 임금의 정치가 화목하도다.

열경상서 낙화저춘주列卿尙書 洛花底春酒

　　구경과 상서들은 떨어지는 꽃 아래에서 봄 술을 마시고

왕손공자 방수하청가王孫公子 芳樹下淸歌

　　왕손과 공자들은 아름다운 나무 아래에서 청아한 노래를 부르도다.

한어종방 유성유한捍禦宗邦 維城維翰

　　나라를 막고 지키는 것은 성城과 중신中臣이며

협개왕실 지병지번夾介王室 之屛之藩

　　왕실을 감싸 보호하는 것은 병屛과 번藩이로다.

휴척여동 충애미독休戚與同 忠愛米篤

　　기쁨과 슬픔을 더불어 함께하면 충성심과 사랑하는 마음이 더욱
돈독해지며

염희시계 문무구전恬嬉是戒 文武俱全

　　편하게 놀고 즐기는 것을 경계하면 문文과 무武가 두루 온전해진다.

천한전고 숙불흠경天漢殿高 孰不欽敬

　　천한전 드높으니 그 누가 공경하지 않으리요.

춘추문근 지시청요春秋門近　地是淸要

　　춘추문 가까우니 청요의 자리로다.

완의미의 공자위선거完矣美矣　公子謂善居

　　완전하고 아름다움은 공자 형兄의 훌륭한 살림살이를 얘기하는
것이라네.

　* 마지막 주련은 분실된 것으로 생각된다. 이 주련을 제외한 모든
주련이 대련對聯으로 되어 있기 때문이다.

3) 비극의 장소, 건청궁과 곤녕합

'건청'은 '하늘이 맑다.'는 뜻으로 고종 10년(1873)에 친정親政을
시작하면서 새로 조성된 궁궐이다. 경복궁의 '궁' 안에 다시 '건청
궁乾淸宮'이라 하여 이름을 지은 것과 왕의 공간인 장안당長安堂과
왕비의 공간인 곤녕합坤寧閤을 한울타리 안에 배치한 것도 관례와
다르다. 봉건군주제에서 임금은 하늘乾을 상징하고 왕비는 땅坤을
상징함으로 임금인 고종이 정무를 보는 곳은 '건청궁', 왕비인 명
성왕후가 거처하던 공간은 '곤녕합'이라 한 것이다. 왕의 밝은 정
치가 하늘에 상달되어 하늘은 맑고, 왕비의 덕성으로 '땅이 편안하
다'는 궁궐의 이름이 지닌 깊은 뜻을 저버리고 비극의 장소가 되
었다.

곤녕합 고종 32년(1895)에 명성황후가 곤녕합에서 살해된다. 그 후 옥호루에 잠시 옮겨 홑이불을 덮고 녹산(鹿山) 남쪽으로 끌고 가 시신에 석유를 붓고 불을 붙여 처참하게 시해된 날이다.

고종 32년(1895) 8월 20일(양력 10월 8일)에 명성황후가 곤녕합 툇마루에서 또는 곤녕합에 딸린 장안당 뒤뜰에서 살해된다. 그 후 옥호루에 잠시 옮겨 홑이불을 덮고 녹산鹿山 남쪽으로 끌고 가 시신에 석유를 붓고 불을 붙여 처참하게 시해된 날이다. 당시 세자는 상투를 잡힌 채 폭도들이 휘두른 칼에 맞아 의식을 잃었고, 궁내부 대신 이경직李耕直은 곤녕합 기둥에서 살해당했다. 아래의 시는 곤녕합과 부속 건물인 옥호루, 정시합 기둥에 붙여진 주련의 시다. 현실과 이상의 괴리를 생각하게 한다.

맥상요준경북두陌上堯樽傾北斗

밭두둑의 요 임금 술잔은 북두北斗를 기울게 하고

누전순악동남훈樓前舜樂動南薰

누각 앞의 순 임금 음악은 남쪽 훈풍 불어오게 하네.

천문일사황금방_{天門日射黃金榜}

　황궁_{皇宮} 문엔 햇빛이 황금편액을 비추고

춘전청훈적우기_{春殿晴曛赤羽旗}

　봄 전각엔 저녁 해가 적우기를 비추네.

쌍궐서연농함담_{雙闕瑞煙籠菡萏}

　대궐의 상서로운 연기는 연꽃을 감싸고

구성초일조봉래_{九城初日照蓬萊}

　도성_{都城}의 아침 해는 봉래궁_{蓬萊宮}을 비추도다.

벽소쌍인란성세_{碧簫雙引鸞聲細}

　벽옥_{碧玉} 퉁소 쌍으로 난새 소리 가느드랗고

채선평분치미제_{綵扇平分雉尾齊}

　고운 부채 반으로 나뉘니 치미선_{雉尾扇}이 기지런하네

　명성왕후 시해 사건 후에 고종은 주변에 외국 공사관늘이 밀집해 있던 경운궁으로 옮겨간다. 오랜 세월을 기다린 후에 찬란하게 복원하여 법궁의 위용을 갖추었지만 또 다시 법궁의 역할을 못하게 되었다. 이런 이유로 조선조 궁중문학을 대표하는 세 작품에서 경복궁을 배경으로 한 내용은 없다. 〈계축일기〉의 시대적 배경은 선조와 광해군 때여서 임진왜란으로 경복궁이 소실된 후였고, 〈인

현왕후전)과 〈한중록〉의 시대적 배경인 숙종, 경종, 영조, 정조, 순조 때는 아직 경복궁이 복원되지 않은 시기였기 때문이다. 다만 현재 복원된 주요 건물의 주련에 새겨진 시詩에서 경복궁에 살았던 상층 사람들의 삶을, 경복궁 중건 당시에 널리 불렸던 '경복궁 타령'으로 과중한 노역과 세금으로 고통받았던 민초들의 삶을 엿볼 수 있다.

'경복궁 타령'

남문을 열고 파루罷漏를 치니 계명산천鷄鳴山川 밝아 온다
에헤야 어허야 얼럴럴거리고 방아로다(후렴)
을축 4월 갑자일에 경복궁을 이루었네
우리나라 좋은 나무는 경복궁 중건에 다 들어갔네
덜커덩 소리가 웬 소린가 경복궁 짓느라고 헛방아 찧는 소리다
석수장이 거동을 보소 방망치를 갈라잡고 눈만 껌뻑거린다
남문 밖에 막걸리 장수야 한 잔을 걸러도 큰아기 솜씨로 걸러라
경복궁 역사가 언제나 끝나 그리던 가족을 만나 볼까

2. 조선조의 여러 이궁爾宮

1) 역대 왕들의 사랑을 독차지 한 창덕궁

'창昌'은 '밝다, 선하다, 창성하다'의 뜻을 지녔으므로 창덕궁昌
德宮은 '밝은 덕을 창성하게 한다.'는 뜻을 지닌 궁궐이다. 태종 5
년(1405)에 외전 74칸, 내전 118칸의 규모로 건설된 조선조 최초의
이궁이다. 그 후 여러 임금에 의해 광연루, 진선문, 금천교, 돈화
문(정문), 집현전, 장서각 등이 증설되면서 궁궐로서의 면모를 갖추
게 되었다. 역대 임금들은 즉위식 등 국가적인 행사는 법궁인 경
복궁에서 치르지만, 창덕궁에서 생활하는 때가 더 많았다. 그것은
개국 초에 일명 왕자의 난으로 불리는 형제들 간의 투쟁에서 수많
은 사람이 살해된 장소인 경복궁을 꺼려 창덕궁을 지은 것과 같은
맥락이었다. 임진왜란 후에 훼손된 궁궐을 복원할 때에도 경복궁
보다 먼저 중건하여 조선조의 중요한 역사가 이곳에서 이루어지
게 된다.

또한 궁궐 조성의 기본을 지키면서 주변의 자연경관을 그대로
살려 독창적이고 아름다운 건축물과 후원을 조성하여 궁궐 문화
의 진수를 보여주는 궁궐이기도 하다. 그러므로 궁궐의 규모나
가치로 보아 법궁인 경복궁보다 왕실문화의 향기를 가장 많이
간직한 곳이다. 현재 복원된 주요 건물의 주련에는 주옥같은 시

들이 많지만 〈한중록〉을 중심으로 궁궐의 주요 건물을 만나려 한다.

(1) 창덕궁의 정문인 돈화문

'돈화敦化'는 '교화를 돈독하게 한다.'는 뜻이다. 『중용中庸』 30 장에 "만물이 서로 해치지 않으며, 도가 함께 이루어져 서로 어그 러지지 않는다. 작은 덕은 냇물의 흐름이요 큰 덕은 교화를 돈독 하게 하니, 이는 천지가 위대해지는 것이대[萬物竝育而不相害, 道竝行 而不相悖, 小德川流, 大德敦化, 此天地之所以爲大也]."라는 부분이 있다. 이 는 "공자의 덕을 크게는 임금의 덕에 비유할 수 있다."는 뜻이 "임 금이 큰 덕을 베풀어 백성들을 돈독하게 교화한다."는 뜻으로 의 미가 확대된 것이다.

돈화문敦化門은 창덕궁의 서남쪽 모서리에 세워졌다. 궁궐의 정 문正門이면서도 모서리에 치우친 것은 궁궐 정면에 북악의 매봉과 종묘가 있었기 때문이다. 태종 12년(1412) 5월에 처음 세우고, 13년 (1413) 1월에 대종大鐘과 북을 함께 걸어 매일 정오와 인정人定(통행금 지, 밤 10시경)에 종을 울리고 파루罷漏(통행금지 해제, 새벽 4시경)에 북을 쳤다. 그 후 문종 즉위년(1451)에 지금의 규모로 다시 세웠으나 임 진왜란으로 불타 버린 것을 광해군 즉위년(1608)에 복원하여 오늘 에 이르게 된 것이다. 그러므로 현존하는 궁궐 대문으로는 가장 오래된 것이다.

창덕궁의 돈화문 경복궁보다 왕실문화의 향기를 가장 많이 간직한 창덕궁의 상징인 돈화문은 현존하는 궁궐 대문으로는 가장 오래된 것이다.

(2) 창덕궁의 정전, 인정전과 인정문

'인정仁政'은 '어진 정치'라는 뜻이다. 맹자는 자신의 저서 『맹자』에서 '인정'을 열 번이나 거듭 강조하면서 그 필요성을 역설했다. 〈양혜왕장구상梁惠王章句上〉에 "왕께서 인정을 백성에게 베푸시어 형벌을 신중히 살피며, 세금을 적게 거두면, 백성들은 밭을 깊이 갈고 김을 잘 매며, 장성한 자는 여가를 이용하여 예의를 닦을 수 있어 집에서는 부모를 섬기고 밖에서는 윗사람을 잘 섬기게 된다. 이들에게 몽둥이를 만들게 하여 진나라와 초나라의 견고하고 예리한 병기도 매질할 수 있다[王如施仁政於民, 省刑罰, 博稅儉, 深耕易耨, 壯者以暇日, 修其孝悌忠信, 入以事其父母, 出以 事其長上, 可使制梃, 以撻秦楚之堅甲利兵矣]."라고 하며 '인정'의 중요성을 강요하고 있다. 이렇게 '인정'은 맹자가 강조하는 왕도정치王道政治로 그 바탕은 덕치德治에 있다는 것이다.

인정전仁政殿은 태종 5년(1405)에 창덕궁 건립 때 처음 지었으나 좁다는 이유로 태조 18년(1428)에 다시 지었다. 그 후 임진왜란 때 불에 타 광해군 원년(1609)에 중건했다. 순조 3년(1803)에 화재로 불에 타자, 이듬해(순조 4년)에 재건하였고, 철종 8년(1857)에 다시 고쳐 지었다. 역대 왕들이 가장 많이 이용한 궁궐이므로 여러 임금이 이곳에서 승하했다.

임금이 즉위하는 장소는 선왕이 훙서薨逝한 궁궐의 빈전에서 선왕의 왕비에게 왕의 상징인 대보大寶(옥새)를 받고 그 궁궐의 정전 정문에서 거행하는 것이 관례다. 그러므로 인정문은 연산군, 효종, 현종, 숙종, 영조, 순조, 철종, 고종 등 여덟 임금이 즉위식을 치른 곳이다.

(3) 임금의 생활공간 선정전

'선정宣政'은 '정치와 가르침을 널리 떨친대[宣揚].'는 뜻으로 아침마다 임금에게 정무를 아뢰던 조계청朝啓廳을 세조 7년(1461) 12월에 선정전宣政殿으로 고쳤다. 봉건군주제에서 '어진 정치를 베푼다.'는 것은 통치자의 가장 중요한 덕목이므로 당나라 때 장안의 대명궁大明宮 안에 이 이름을 쓴 건물이 있었고, 고려 시대에도 개경에 선정전이라는 궁전이 있었다는 기록이 있다.

'선정전'은 임진왜란 때에 불에 탄 것을 광해군 때 재건하였고, 인조반정(1623) 당시 불탄 것을 인조 25년(1647) 11월에 인경궁을 헐어 재건하였다. 현재의 선정전은 순조 3년(1803)에 또 다시 불탄 것

선정문 임금은 일월오악도가 그려진 병풍을 뒤로 한 옥좌에 앉고, 문무백관들은 마루 바닥에 두 줄로 앉아 정사를 논하던 장소인 선정전으로 통하는 문

을 이듬해(1804)에 재건한 것이다. 영화나 TV사극에서 자주 등장하는 장면중에서 임금은 일월오악도日月五岳圖가 그려진 병풍을 뒤로 한 옥좌에 앉고, 문무백관들은 마루 바닥에 두 줄로 앉아 정사를 논하는 장소가 바로 선정전이다. 조선조의 법궁이 오랜 세월 제구실을 하지 못하였음으로 이곳이 영상매체를 통해 가장 많이 만나게 되는 장소다.

(4) 당대 최고의 여성인 왕비의 거처 대조전

'대조大造'는 '큰 공업을 이룬다.'는 뜻으로 어원은 춘추전국 시대 좌구명左丘明이 노나라의 역사서인 춘추春秋를 해설한 『춘추좌전春秋左傳』 「성공成公 13년 조」 중 "문공께서 그 사태를 걱정하셔서 제후들을 타이르시자, 진나라의 군사들이 돌아가 아무 해가 없었으니 이는 우리나라가 서방의 그대 나라에 대해 큰 공이 있는 것입니다[文公恐懼, 綏靜諸侯, 奏師克還無害, 則是我有大造于西也]."라고 한

대조전 정성왕후의 생애는 당대 여성 중에서 가장 높은 국모로서 왕비의 거처 중 가장 으뜸인 대조전에서 지내지만 생전에 남편의 사랑을 받지 못하고 쓸쓸히 이곳에서 죽음을 맞이한다.

데서 나온 것이다. 또한 '큰 공로功勞와 인덕仁德을 갖추었다', '지혜롭고 현명한 왕자의 생산을 의미한다.'는 뜻도 지니고 있으므로 이곳이 왕비가 거주한 곳임을 알게 한다. 대조전大造殿도 선정전과 같이 여러 차례 불탄 것을 재건했다. 현재의 대조전은 1920년에 경복궁의 내전인 교태전交泰殿을 옮겨 세운 것이다.

대조전은 왕과 왕비의 침전이므로 성종, 인조, 효종, 철종, 순종 등 여러 임금이 이곳에서 승하했다. 그러나 왕비는 대조전에서 승하하는 경우가 거의 없다. 그것은 역대 많은 왕비들이 대비나 대왕대비가 되면 대비 처소인 영모당이나 경복전으로 옮겨서 생활하다가 승하하였기 때문이다. 또한 대조전은 매우 지엄한 공간이므로 왕비의 병세가 위급해지면 다른 곳으로 옮겨 투병하게 된 것도 그 이유다. 아래의 〈한중록〉에서 확인할 수 있다.

정성왕후께오서 상시에도 대조전大造殿 큰 방에 거처하오시되 침수와 감기만 계셔도 건넌방에 와 지내오시더니, 환후 위중하오시니 "대조전이 어찌 지중하건데 내 이 집에서 몸을 마치리오." 하오셔 서익각 관리합觀理閣이라 하는 집으로 바삐 내려오셔 계셔 승하하여 계시더니, 염하온 후 경훈각에 뫼와 입재궁하와 빈전이 되옵고, 옥화당이라 하는 집에 동궁 거려청을 만들고 오삭거려를 게서 하오시고, 조석전과 조석상식 후 주다례에 연하여 참사參祀하오셔, 어떤 날은 육시 곡읍을 거의 다 하오시고, 나는 관리합 맞은 방 융경헌隆慶軒에 있더니라.

- 한중록 -

영조 33년은 국상이 달을 이어 있었다. 실록에는 당시의 상황이 자세하게 기록되어 있다. 중궁전이 편찮은 까닭에 약방에서 주원廚院에 옮겨 직숙하였다. 당시 곤전이 피를 토한 것으로 인하여 원기가 갑자기 가라앉았는데, 연달아 인삼차參茶를 올렸지만 조금의 동성이 없었으므로 상하가 허둥지둥 어쩔 줄을 몰라 하였다.

- 영조 33년(1757) 2월 14일 -

〈한중록〉은 이때의 상황을 다음과 같이 기술하였다.

정축 이월 십삼일에 정성왕후께오서 숙환이 졸연 중하서 수조가 다

푸르오시고 토혈하오신 것이 한 요강이나 되는데 빛이 바로 붉은 피도 아니요 검고 괴이한 것이 소시부터 적년에 모이신 것이 나오신지 경황하기 어이 측량하리오 …… 날이 밝은 후는 십사일이니 위에서 아오시고 오오시니 양전사이 극진치 못하오시나 병환이 위중하오시니 오오신지라

- 한중록 -

인용문은 왕후가 오랫동안 숙환으로 고생하다가 갑자기 악화되어 승하하였음을 알게 한다. 또한 작자는 "양전 사이가 극진치 못했다."고 짧게 언급했지만, 실록에 기록된 영조의 처신은 결코 만인의 모범이 되는 군주의 모습이 아니다.

신시에 중궁전 서씨가 관리합에서 승하하였다. 임금이 말하기를 "나의 경우는 오래 슬퍼할 바가 없으나 원량이 슬퍼하며 야위는 모습을 보면 장차 어떻게 억제하도록 하겠으며, 동조東朝에는 또한 무슨 말로 진달해야 하겠는가? 옛날 사람은 색동옷을 입고 어버이를 섬겼는데, 이제 앞으로 기년복朞服을 입고 동조를 섬기는 처지가 되었다. 옛날에 내가 상복을 입고 여輿에 오르자 보는 사람이 울먹였는데, 더구나 지금 왕후 승하하던 날 나이 64세이겠는가?"

- 영조 33년(1757) 2월 15일 -

이날 일성위 정치달이 졸卒하였다. 예단禮單이 들어오고 조금 있다가 중궁전이 승하하였으므로, 여러 신하들이 장차 곡반哭班에 나가려 하는데, 갑자기 좌의정과 우의정을 입시하도록 명하여 "경들이 이 가슴속의 슬픔을 이해하여 한 번 덜 수 있게 하라." 하자 한마디 말도 꺼내지 못하고 물러난다. 승지 이최중이 "이렇게 망극한 시기를 당하여 전하께서는 어찌하여 이런 망극한 일을 하시려 합니까?" 하니, 임금이 엄중한 하교를 내리며 진노하여 물러나기를 명한다. "신이 청하는 바를 이루지 못하면 감히 물러날 수 없습니다." 하자, 합문을 닫고 마침내 보련으로 연영문을 나섰다. 대사간 이득종이 "신의 관직을 체임하더라도 이번 행차는 결단코 할 수 없습니다." 하니, 임금이 삼사의 신하를 중도부처中途付處하도록 명하고 나갔다가 밤 4경에야 비로소 궁궐로 돌아와 영의정 이천보를 총호사摠護使로 삼았다.

- 영조 33년(1757) 2월 15일 -

위의 인용문에서 정성왕후에 대한 영조의 미음을 읽을 수 있다. 평소 아무리 소원한 사이였다지만 50년 이상을 부부의 연으로 살았고, 왕위 등극 과정에 있었던 여러 사건을 함께 한 배우자에 대한 예의가 아니다. 아내의 죽음에서 "나는 오래 슬퍼할 바가 없다." "상복을 입고 어머니를 모실 일이 걱정이다."면서 울지 않다가, 사랑하는 화완옹주의 부마 일성위의 부음을 듣자 통곡하고, 대신들의 만류를 뿌리치고 일성위 상가로 출궁하여 새벽

에야 환궁하는 영조의 행동은 상식적으로 이해하기 어렵다. 당시
의 민망한 상황을 정성왕후의 며느리인 작자는 다음과 같이 기술
하였다.

공교히 일성위 병이 위중하니 옹주를 내 보내오시고 영묘께오서 산
란하오신 용려를 이를 것이 아니 계오신데 문안은 점점 위급하서 십오
일 신시에 승하 하오시니 망극하기 이를 것이 어이 있으리오. 동궁은
관리합 아랫방으로 내려오서 발상하려 하오시고 나도 발상 할 차로 고
복을 막 하려 할 즈음에 위에서 허다 내인들과 양전이 서로 만나오시
던 말씀과 길게 하오시니, 날이 저물어 동궁께오서는 가슴을 쳐 망극
애통 하오시고 때는 어기되 발상 거애를 못하고 망극망조하더니 일성
위 부음이 들어오니 위에서 그제야 애통하오서 통곡하오시고 즉시 거
동을 나오시니 신시에 운명하신데 저물게야 발상들하니 그런 망극황황
한 일이 없는지라. 십육일에 습하고, 대조 환궁을 기다리와 염을 하였
나니라.

- 한중록 -

작품과 실록에서 보듯, 정성왕후는 당대의 여성 중에서 가장 높
은 국모였지만 생전에 남편의 사랑을 받지 못했고, 사후에도 필부
의 아내 대접도 받지 못한 비극의 주인공이었다.

2) 사도세자의 숨결을 간직한 창경궁

창경궁昌慶宮의 '창경昌慶'은 '성대한 경사'라는 뜻을 지닌 궁궐로 창덕궁 동쪽에 있다. 세종 원년(1419)에 자신에게 왕위를 물려준 상왕 태종이 거처할 처소로 수강궁壽康宮을 건축함으로써 시작되었다. 그 후 성종 14년(1483)에 왕실의 어른인 정희왕후(세조 비이자 성종의 할머니), 소혜왕후(덕종 비이며 성종의 어머니), 안순왕후(예종 비이며 성종의 작은 어머니)를 위하여 건물을 지은 후에 창경궁이라 하였다. 일종의 대비궁大妃宮이지만 임금들이 이곳에서 정사를 보기도 하였기 때문에 여성들의 공간만은 아니었고 정궁인 창덕궁의 별궁과 같이 사용되었다.

전쟁 후 광해군은 1608년에 재건된 창덕궁에 거처하기를 꺼려하고, 다시 1615년에 창경궁을 중건하였다. 그러나 인조 2년(1624)에 이괄의 난으로 외전을 제외한 내전 대부분이 소실되는 수난을 다시 겪었다. 그 후 인조 11년(1633)에 광해군이 짓다가 그만두었던 인경궁의 재목을 헐어다 복원했으나, 여러 차례 화재로 건축과 복원이 계속되었다. 1908년에는 일제가 동물원과 식물원을 만들고 벚꽃을 심어 일본식 공원으로 개조하고, 1911년에는 창경원으로 이름을 바꾸어 놀이공간으로 개방하였다. 1983년부터 복원공사가 시작되어 잃었던 궁궐의 품위와 모습을 되찾아가고 있다.

창경궁 일종의 대비궁(大妃宮)이지만 임금들이 이곳에서 정사를 보기도 하였기 때문에 여성들의 공간만은 아니었고 정궁인 창덕궁의 별궁과 같이 사용되었다. 비운의 왕자 사도세자가 주로 생활했던 곳으로 아버지 영조에 의해 비극적인 죽음을 맞이하는 공간이기도 하다.

　창경궁의 정문인 홍화문弘化門은 동향에 있다. 창경궁의 정전인 명정전과 중문인 명정문 역시 동향으로 홍화문과 일직선으로 되어 있으나 내전은 대부분 남향으로 되어 있다. 이렇게 궁궐 전체가 동향으로 배치되어 있기 때문에 정궁으로 사용되지 못하고 재실로 사용하기도 하였다. 또한 왕들의 후궁들이 많이 살던 곳이라 창덕궁 전체의 건물 1천8백39칸보다 많은 2천3백79칸으로 내전 건물들이 많았다.

　〈한중록〉에는 창경궁에 있던 많은 전각의 이름들이 사건 전개에 주요 배경으로 등장한다. 그것은 사도세자가 생전에 주로 창덕궁과 창경궁에서 생활했기 때문이다. 세자는 영조 11년(1735) 1월 21일에 창경궁 집복헌集福軒에서 태어나 백일도 되기 전인 3월 15일에 세자로 책봉되어 동궁 처소인 창경궁 저승전儲承殿에서 세자 수업을 받으며 성장했다. 영조 25년(1749)인 15세에 시작한 대리청정 때도 창덕궁 옥화당玉華堂과 창경궁 시민당時敏堂을 정치공간으로 하고 창경궁 경춘전景春殿을 침소로 하였음으로 정조가 이곳에서 태어났다. 그 후 아버지 영조와의 갈등을 심화시켰던 여러 사건과, 상식으로 이해할 수 없는 여러 병적인 행동들도 이 궁이 배경이고 비극적인 죽음의 장소도 창경궁이다.

(1) 임금과 백성들의 만남의 장소 홍화문

'홍화弘化'는 '조화를 넓힌다.'는 뜻으로『서경書經』「주관周官조」에 "소사, 부사, 소보는 삼고라 하니, 삼공에 버금하여 덕화를 넓히고 천지의 가르침을 크게 밝혀서 임금인 나를 돕느니래少師少傅少保曰三孤, 貳公弘化, 寅亮天地, 弼子一人]."라고 한 데서 유래하였다. 즉 임금을 가까이서 보필하는 관직이나 사람을 뜻한다. 홍화문弘化門 앞에는 넓은 마당이 있어서 활터를 세우고 무과武科 시험을 치르기도 했다. 또한 이 문은 임금이 백성들을 직접 만나는 장소였다. 영조

홍화문 영조는 균역법을 시행하기 전에 홍화문에서 백성들의 의견을 듣고 시행했으며, 정조도 어머니의 회갑을 기념하면서 가난한 백성들에게 쌀을 나눠주기도 했다.

는 균역법을 시행하기 전에 홍화문에서 백성들의 의견을 듣고 시행했으며, 정조도 어머니의 회갑을 기념하면서 가난한 백성들에게 쌀을 나눠주기도 했다. '널리 덕화德化를 펼친다.'는 궁궐 이름과 일치된 아름다운 정경을 상상할 수 있다.

(2) 왕의 또 다른 침전 통명전

'통명通明'은 '통달하여 밝다.'는 의미로 '옥황상제가 사는 집'이란 뜻이다. 정백창鄭百昌이 지은 〈통명전상량문通明殿上樑文〉에 '크게 밝은 집大明宮'으로 풀이한 통명전通明殿은 창경궁 내전의 대표 건물로 회갑연이나 가례 등 궁궐의 중요 행사를 하던 곳이다. 통명전은 성종 15년(1484)에 창건되어 임진왜란 때에 소실된다. 광해군 8년(1616) 때 재건하였으나 이괄의 난(1624) 때 다시 소실되어 인조 11년(1633)에 중건하였다. 그 후에도 정조 14년(1790)의 화재와 순조 원년(1801)의 화재로 훼손된 것을 순조 34년(1834)에 현재의 모습으로 복구하였다. 통명전은 창덕궁의 대조전과 같이 사용되었으므로 궁중문학에서 주요사건의 배경이 되었다. 그 중 드라마, 영화, 연극 등 여러 장르에서 재창조되고 있는 인현왕후와 장희빈의 이야기를 궁중문학의 백미인 〈인현왕후전〉에서 만나보자.

〈인현왕후전〉은 주인공 인현왕후의 탄생과 어린 시절의 이야기로 시작된다. 그녀가 아버지 민유중閔維重과 송준길宋俊吉의 딸 은진송씨恩津宋氏를 어머니로 하여 태어날 때(현종 8년, 1667년 4월 23일)는 집 위에 서기瑞氣가 일어나고 산실에는 향취가 가득하여 보통 아이와 다를 것을 예견하게 했다. 또한 항상 세수 물에 붉은 무지개가 찬란하여 귀하게 될 줄 알지만 물이 극히 맑으면 귀신이 꺼려 수명이 길지 못할까 근심하였다. 자라면서 효성과 덕성이 뛰어나 집안에서 주나라 문왕文王의 어머니 태임太妊과 부인 태사太姒의 덕(妊姒의 德)을 갖춘 숙녀로 성장했다. 숙종 6년 겨울(1680년 10월 26일) 인경왕후가 출산 중 승하한 후, 왕이 궁인 장씨를 총애하자 어머니 명성왕후가 그녀를 내쫓는다. 그리고 삼년상을 마치기도 전인 이듬해(1681년 5월 2일)에 좌의정 송시열의 추천으로 왕후는 숙종의 계비繼妃로 입궁(15세)하였다.

봉건군주제에서 왕은 하늘이 선택한 사람이기에 그 자손이 번창할 수 있도록 후궁을 권장하는 것이 관례다. 그럼에도 왕이 총애하는 궁녀를 내쫓은 것은 당시 서인과 남인으로 대립된 정국에서 명성왕후와 인경왕후, 인현왕후 집안은 서인 측이었으나 장희빈은 남인 측에서 정치적으로 입궁시킨 것을 알고 남인 세력을 견제하기 위해서였다.

장희빈은 효종 10년(1659) 역관 장경張炯의 둘째딸로 태어났으며 어렸을 때 이름은 장옥정이다. 어머니 윤씨는 장경의 재취再娶로 시집오기 전에 조사석趙師錫 처갓집의 종이었다. 현종 10년(1669)에 그녀가 11살 때 아버지가 돌아가신 후 어머니는 조사석의 정부情夫로 가까이 지냈다. 조사석은 남인으로 종친 숭선군崇善君(인조의 아들)

과는 사촌 처남 매부 간이고, 그 아들 동평군東平君 이항李杭은 사
촌 여동생從妹의 아들이며, 대왕대비인 인조의 계비 장렬왕후莊烈王
后는 숭선군 부인의 이모였다. 이러한 연으로 궁궐에 들어간 장옥
정은 쫓겨난 후에도 숭선군의 아내 신씨의 비호를 받고 있었다.
후일 조사석을 정승으로 임명하려 할 때 영의정 정수항이 "조사석
이 궁액宮掖에 연줄을 대어 남몰래 정승 자리를 도모한 것이다."면
서 그런 사람과 함께 일할 수 없다고 여러 차례 사직을 원하는 상
소를 올린 것(숙종 13년 7월 24일)으로 보아 장희빈의 정치적 배경을
짐작하게 한다.

한편 인현왕후는 입궁 후 왕의 은총을 받은 여인을 사가에 둘
수 없으므로 입궁시키려 했다. 그때 명성왕후가 "내전이 그 사람
을 아직 보지 못하였기 때문이요. 그 사람은 매우 간사하고 악독
하고 주상이 평일에도 희로喜怒의 감정이 느닷없이 일어나시는데
만약 꾐을 받게 되면 국사의 화가 됨은 말로 할 수 없을 것이니,
내전은 후일에도 마땅히 나의 말을 생각해야 할 것이오"라며 허락
하지 않았다. 숙종 9년(1683) 12월 5일 명성왕후가 승하한 후 명성
왕후의 예견은 사실로 다가왔다. 숙종은 어머니 때문에 사랑하는
여인과 헤어졌었는데 덕성스러운 왕후가 불러들여야 한다 말하고,
제일 어른인 장렬왕후가 힘써 권하니 궁궐 밖에 둘 이유가 없었
다. 이렇게 장희빈이 다시 궁궐에 입궁하면서 극적인 이야기가 시
작된다.

장희빈이 재입궁하자 왕이 총애하고 왕후는 아직 원자를 생산하지 못하자 서인 측은 위기의식을 느끼게 되고 숙종 12년(1686년 3월 28일)에 영의정 김수증金壽增의 손녀이며 김창국金昌國의 딸을 간택 후궁 숙의淑儀로 입궐시켰다. 그러나 장희빈에 대한 숙종의 사랑은 더욱 깊어진다. 숙종 12년 9월에 인적이 드문 아침저녁에 남몰래 공사하여 별당을 짓더니, 12월 10일에는 숙원淑媛으로 책봉하여 정식 후궁으로 삼았다. 왕의 총애를 받더라도 자녀를 낳지 않은 궁녀가 정식 직책을 받는 것은 관례에 어긋나는 처사였다. 그럼에도 14일에는 숙원방淑媛房에다 나라에 공이 있는 신하와 종친 왕족에게 내려주는 사패노비賜牌奴婢 100명을 주라는 명을 내리자 총애가 지나치다면서 대신들의 반대가 많았다. 그러나 왕은 이듬해(1687) 2월 25일에 전에 사패노비를 줄 때 누락 되었다면서 논밭田土 1백 50결結을 주도록 한다. 그때에도 대신들은 흉년을 이유로 후일로 미루기를 청하였고, 그 해 6월 13일에 여러 도에서 큰 수해가 나자, 대신들은 왕이 장씨를 지나치게 총애하는 것을 경계하는 징조라고 생각할 정도였다.

장희빈에 대한 총애는 여기서 멈추지 않아 숙종 13년(1687) 7월 24일에는 그녀의 비호 세력인 조사석을 정승으로 임명한다. 그때 인경왕후의 숙부가 부당하다고 말하여 9월 15일에 선천으로 귀양을 가게 된다. 그가 바로 우리 문학사의 중요한 작품인 〈구운몽〉과 〈사씨남정기〉의 작자인 김만중金萬重이다. 9월 14일에

사씨남정기 서포(西浦) 김만중(金萬重)이 인현왕후와 장희빈을 사씨와 교씨로 설정하여 인현왕후와 서인들의 억울함을 우회적으로 표현한 작품이다.

귀양지 선천宣川으로 떠나면서 자신의 마음을 아래의 시로 표현했다.

정지우망발情知又妄發	또 망발인 줄을 분명히 알거니,
하족보심인何足報深仁	어찌 족히 깊은 어지심에 보답할 만하겠는가.
상유구구의尙有區區意	아직도 구구한 뜻이 있으나,
종자공막신從玆恐莫伸	이로부터 펴지 못할까 걱정스럽다.

숙종의 이러한 사랑에 보답이라도 하듯이 숙종 14년(1688) 10월 28일 숙원 장씨는 그토록 바라던 왕자를 탄생했다. 실록에 "왕자가 탄생하였으니 소의 장씨昭儀張氏가 낳았다."고 한 것으로 보아

시기는 확인되지 않지만 이미 종 4품 '숙원'에서 정 2품의 '소의'로 품계를 높였음을 알 수 있다. 숙종은 왕자가 탄생한 후 곧 세자로 책봉하려 하자, 당시 송시열 등 서인 측은 왕후가 아직 젊어(당시 인현왕후 23세) 대군 탄생이 가능함을 들어 반대한다. 그러나 남인 측의 협조로 숙종 15년(1689) 1월 11일 왕자를 원자元子로 정하고 15일에는 종묘와 사직에 고하였다. 이런 처사를 반대하던 송시열(제주도 유배 후 사망), 김수항 등 많은 서인들을 파직이나 귀양을 보내고 남인 목내선睦來善, 김덕원金德遠 등을 등용한다.

4월 23일은 중전의 탄신일이었다. 숙종은 중궁전 내관인 주빈朱彬을 "왕비의 탄신일에 신하들이 문안을 하지 말라."는 명령을 대신들에게 알리지 않았다는 이유로 문책한다. 그날 영의정 권대운權大運 등 여러 대신들이 중전 탄신일에 문안을 금하는 것은 예에 어긋난다고 하자, 숙종은 중전의 질투심이 극에 달하여 원자를 보호하기 어려운 상황에 처하였기 때문이라고 말한다. 이튿날(4월 24일) 서인에 의해 입궁한 긴덕후궁 김씨를 폐출시킨다.

4월 25일, 현종의 3녀 명안공주의 남편 오태주吳泰周의 아버지 오두인吳斗寅과 박태보朴泰輔 등 80여 명이 인현왕후 폐위를 반대하는 상소를 올린다. 크게 진노한 숙종은 여러 날 친히 문초하면서 참혹한 형벌로 서인들을 죽이거나 유배시키자 정국은 남인들이 주도하게 되었다. 이때 박태보는 주동자로 지목되어 심한 형벌을 받고 진도로 유배되는 도중 고문의 후유증으로 노량진에서 죽었다.

그가 가혹한 형벌에도 당당하고 의연한 모습으로 임금과 주고받은 대화가 매우 흥미로워서인지 그를 주인공으로 한 〈박태보전〉, 〈박태보실기〉의 소설이 전한다. 이렇게 희빈 장씨 소생을 원자로 정하는 문제와 인현왕후 폐비 사건으로 서인은 몰락하고 남인이 득세한 정권교체 사건을 훗날 사가들은 기사환국己巳換局, 또는 기사사화己巳士禍라 한다.

5월 2일, 숙종은 왕비 민씨를 폐하여 서인庶人으로 삼았다. 숙종은 비망기에서 왕후의 죄가 성종成宗 때 투기로 폐한 윤씨(연산군의 생모)보다 더 심하고, 윤씨도 하지 않은 것을 겸하였기 때문이라 했다. 윤씨도 하지 않은 것을 겸한 것은 무엇일까. 〈인현왕후전〉은 왕비의 억울한 누명을 아래와 같이 묘사했다.

> 궁인 장씨 비로소 후궁에 참예하여 희빈禧嬪을 봉하시니 간교하고 민첩혜힐하여 상의上意를 영합하니 상이 극히 총애하시더라. …… 이 해 동冬 시월에 희빈 장씨 처음으로 왕자를 탄생하니 상의 과애過愛하심은 이르도 말고 …… 중궁전을 참소하되, "신생新生 왕자를 짐살하려 한다." 하며, "희빈을 저주한다." 하여 …… 중궁전 간해奸害하는 말이 날로 치성하니 상이 점점 의심하사 중궁을 아주 박대하시고 장씨 요악한 정태로 천심을 영합迎合하며 왕자로 협종하여 권세 중하니, 상이 점점 편벽히 혹익하사 능히 흑백을 분변치 못하시니, …… 사월 이십 삼일은 중궁전 탄일誕日 이시라, 각 궁과 내수사에서 공상단자를

드리니 상이 단자를 내치시고 음식을 다 무르라 하시고, 대신과 이품二品이상을 인견하사 폐비함을 전교하시니, ……

- 인현왕후전 -

그날 "인현왕후가 흰 가마를 타고 친정으로 돌아가니 현재 관직에 있는 사람과 관직에서 물러난 사람, 성균관유생들이 곡哭을 하면서 따르는 이가 넓은 길을 메웠다."고 실록에 기록되었다. 그때를 〈인현왕후전〉은 다음과 같이 서술하고 있다.

상노上怒가 급급하사 나심을 재촉하시니 차시 본곁에서 새문 밖 애오개로 나가고 약간 부인네만 있더니, 미처 가마를 꾸미지 못하여 벌써 요금문에 나오셨단 말이 들리거늘 황황급급하여, 흰 명주보明紬袱로 위를 덮어 들어가니, 벌써 경복당 앞에 내려 기다리시는지라. 개연히 교자轎子에 올라 요금문을 나실 새 궁녀 칠팔 인이 통곡하며 뒤에 따르니, 액성소속들이 일시에 따라오며 통곡하니, 행색이 치량히어 수운이 일어나며 천기 또한 음음하여 슬픔을 돕는지라. 참담함을 어찌 다 형언하리요. 선배 오십여 인이 요금문 앞에 대령하고 백여 인은 돈화문에 엎디어 상소를 드리고 호읍하더니, 중전 나심을 보고 대경망극하여 뒤에 따르며 방성대곡하며, 선배 백여인이 안동 본곁까지 이르니 울음소리 천지에 진동하고, 백성 남녀 없이 길을 막아 통곡하며 각전시정이 다 저자를 파하고 통곡하니, 초목금수草木禽獸가 다 슬퍼하는 듯 수

운이 참담하여 일색이 무광하는지라. ……

- 인현왕후전 -

5월 6일, 임금이 "희빈 장씨는 좋은 집에 태어나서 머리를 땋아 올릴 때부터 궁중에 들어와 인효공검仁孝恭儉하여 덕이 후궁後宮에 드러나 일국의 모의母儀가 될 만하니, 함께 종묘를 받들고 영구히 하늘의 상서로움을 받을 것이다. 이에 올려서 왕비를 삼노니 예관으로 하여금 일체 예절에 따라 즉각 거행하게 하라."고 명한다. 그 날 이현일李玄逸 등 남인을 등용하고, 희빈의 아버지 장경을 옥산부원군玉山府院君으로 추증하고, 어머니 윤씨는 파산부부인坡山府夫人으로 봉하였다.

5월 13일, 장씨가 비妃가 되었음을 종묘와 사직에 고한다. 8월 11일에는 동평군 이항을 주청정사奏請正使로 삼아 인현왕후를 폐하고 장희빈을 왕비로 책봉해 줄 것을 허락받기 위하여 청나라에 보내어 이듬해(숙종 16년) 1월 23일에 돌아온다. 그 후 숙종 16년(1690) 6월 16일에 3살인 원자(경종)를 세자로 책봉하고, 숙종 17년(1691)에 오빠 장희재는 금군별장禁軍別將, 18년(1692)에 총융사摠戎使, 19년(1693)에 한성부 우윤右尹으로 임명되는 등 장씨와 오빠 장희재의 권력이 극에 달하게 된다.

숙종 20년(1694) 3월 23일, 서인 김만기金萬基(인경왕후의 아버지)의 손자 김춘택金春澤 등이 폐비의 복위운동을 꾀하다가 고발되었다.

이때 남인의 영수 우의정 민암閔黯 등은 이를 기회로 서인을 완전히 제거하려고 김춘택 등 수십 명을 하옥하고 큰 옥사를 일으켰다. 이때 숙종은 인현왕후를 폐한 것을 후회하고 있었으므로 4월 1일 민암을 파직하여 사사賜死하고 소론 남구만南九萬, 박세채朴世采 등을 등용한다. 이 사건을 계기로 남인은 몰락하고 소론이 득세하여 정국은 노론과 소론으로 재편되었다.

숙종 20년(1694) 4월 12일, 왕은 국운이 안태를 회복하여 중곤中梱이 복위하였으니 백성에게 두 임금이 없는 것은 고금을 통한 의리다. 장씨의 왕후 세수를 거두고 이어서 희빈의 옛 작호를 내려주라고 명한다. 이것을 갑술환국甲戌換局, 갑술옥사甲戌獄事라 한다.

이때를 〈인현왕후전〉은 아래와 같이 서술했다.

이렇듯 삼사 년을 지내매, 천운天運이 세환하여 고진감래苦盡甘來요 홍진비래라 하니 부운浮雲이 점점 걷히매 태양이 밝은지라 성총이 깨달으사, 민후의 원익하심을 아시고 징빈의 요익힘을 짐작하사 의심이 가득하오시니 기색이 전과 다르시고, 소인과 간신이, "후의 삼촌숙질三寸叔姪을 다 안율하여지이다." 날마다 계사하되 마침내 불윤不允하시니, 이러므로 민씨의 일문이 보전하니라. 장씨가 그윽이 상의를 짐작하고 크게 두려워 오라비 희재로 더불어 꾀하여 갑술년 묵은 옥사를 다시 일으켜 어진 이를 다 죽이고 또한 중궁을 사약하려 하니 변이 크게 나매, 상이 그 하는 양을 보시며 그 심법心法을 살피사 완연宛然히 간인의

흉모를 알으시고 즉일에 옥사를 뒤집어 환탈換奪하여 영신을 다 물리
치시며 옛 신하를 다 내어 쓰실새, 갑술 삼월에 대전별감이 세 번 나와
궁을 둘러보고 들어가더니, 사월 초구일 비망기를 내리와 중궁전의 무
죄함을 밝히시고 별궁으로 모시라 하시며, ……

- 인현왕후전 -

이렇게 하여 6년 전 억울한 누명을 쓴 채 초라한 모습으로 내쫓
기듯 궁궐을 떠났던 왕비 일행은 다시 백성들의 뜨거운 환영을 받
으며 화려하게 입궐하게 된다. 그 장면이 〈인현왕후전〉에는 아래
와 같이 표현됐다.

허다위의 대로大路를 덮었고, 칠보홍장七寶紅粧한 시녀가 쌍쌍이 앞
에 벌였고, 각 군문대장軍門大將이 어림군 수천을 거느려 호위하고 대
신·중신으로 시위하여 입궐하시니, 예모가 존중하여 향취옹비香臭擁鼻
하고 광채찬란하며 천기화창天氣和暢하여 혜풍惠風이 일어나고 상운祥雲
이 하늘에 가득하니, 장안 백성이 영락하여 굿 보는 이 길이 막히고
일변 옛일을 생각하고 눈물을 흘리며, 재상 명사의 부인이 의막을 잡
고 굿 보기 틈이 없어 도리어 가례嘉禮하실 때에 더하고, 향년向年에
흰 보 덮고 나오실 제 궁인과 선배 통곡하며 따르던 일을 생각하매 어
찌 금일을 기필하였으리요. 이는 전혀 민후의 원억함과 덕행으로 천시
아름다이 여기사 천의天意를 감동하심이라. 제諸 부인네 기쁘고 슬퍼

혹 울며 혹 웃더라. ……

- 인현왕후전 -

인현왕후가 다시 복위됨으로써 서인과 남인이 서로 권력을 주고
받으며 많은 인재를 잃었지만 옥사獄事는 막을 내리는 듯했다. 그
러나 복위 7년이 되는 해(숙종 26년, 1700)부터 왕후의 병으로 궁중은
다시 근심에 쌓이게 된다. 왕은 지난날을 뉘우치면서 심혈을 기울
여 치료에 힘썼으나 이듬해 5월부터 병세가 악화되더니, 인현왕후
는 복위 8년 만인 숙종 27년 8월 14일에 35세의 젊은 나이로 창경
궁 경춘전에서 승하한다. 궁중에 곡성이 진동하고 왕은 땅을 두드
리며 방성대곡放聲大哭하며, 눈물을 비 오듯이 흘려서 용포가 다 젖
어 궁중이 차마 우러러 뵙지 못할 정도였다 한다. 9월 초사일에 숙
종은 친히 아래의 제문祭文을 지어

"오호리, 현후는 평안히 돌아가니 민세를 잊었기니와 과인은 길고
먼 세상에 슬픔을 어찌 견디리요. 오호라, 현후의 맑은 자품資品으로
일개 혈육이 없고 어진 성덕으로 하수를 누리시지 못하시고. 천도天道
가 과히 무심한지라. 이는 반드시 과인의 실덕무복失德無福함을 하늘이
미워하사, 과인으로 하여금 무궁한 한이 되게 하시는도다. 통명전을
바라보매 현후의 덕음德音과 의용儀容을 듣고 볼 듯하되, 이제 길이 막
힘이 몇 천 린고. 과인이 중간 실덕함이 없이 지금까지 무고하시다가

돌아가서도 오히려 슬프다 하려든 하물며 과인의 허물로 육년 고초를 생각하니 차악한 유한이 여광여취로다.”(제문이 장황하여 지리하매 그치노라.)

- 인현왕후전 -

읽기를 마치며 방성대곡하시니 좌우시신左右侍臣이 다 체읍하고 감히 우러러 뵈옵지 못하였다. 그 후에도 낮과 밤을 애통해하여 천안天顔이 야위게 되니 신하들이 옥체를 돌보시라고 간절히 아뢰자 “과인이 부부지정으로 슬퍼함이 아니라 그 덕을 생각하고 전일 일을 잊지 못하노라.” 하시니 여러 신하들이 감탄하며 함께 슬퍼한다.

구월 초칠일이 돌아오매, 추기秋氣 선선하고 초월初月이 희미한대 심사가 더욱 처량하사, 촉燭을 대하여 용루를 내리오시다가 안석案席을 의지하여 잠깐 조으시더니, 사몽비몽似夢非夢간에 죽은 내관이 앞에 와 아뢰되, “궁중에 사기邪氣와 요얼이 왕성하여 중궁이 참화慘禍를 당하시고 차후 대화大禍가 불 이듯 하올 것이니, 복원伏願 성상은 살피소서.” 하며 손을 들어 취선당就善堂을 가리키고 상을 인도하여 모시고 한 곳을 가니, 후의 혼전魂殿이라. 전상殿上에 중궁이 시녀를 거느리시고 앉으시되 안색이 참담하여 애연히 우시며 상께 고告 왈, “첩妾의 명이 비록 단短하나 독한 병에 잠겨 죽지 아니할 것이로되, 장녀張女가 천

명정전 남쪽문인 광정문 취선당은 명정
전 남쪽에 낙선당과 같이 있었으나 영조
때 소실되었다. 이곳은 희빈 장씨가 머물
며 복위된 인현왕후를 저주했던 곳으로
결국 숙종에 의해 사약을 먹게 된다.

백가지로 저주와 방자하여 요얼의 해를 입어 비명에 죽었사오니 이는
장녀張女로 더불어 불공대천지수라. 원혼寃魂이 운간雲間에 비겨 한恨을
품었사오니 당당히 장녀의 명을 끊을 것이로되, 성상이 친히 분별하사
흑백을 가리어 원수를 갚아 주심을 바라오며, 요사를 없이하여야 궁중
이 다 평안하오리이다." 상이 크게 반기사 옷을 잡고 물으려 하시다가
깨치시니, 남가일몽이라.

인현왕후전 -

슬픔에 지쳐 잠깐 조는 사이에 왕후가 나타나 '장녀의 저주로
죽게 되었다.'는 것을 알게 된 왕이 희빈 처소인 영숙궁으로 향했
다. 그날은 장빈張嬪 생일이라 장희재의 첩 숙정이 들어와 중궁 모
해함을 치하하여 모든 궁인이 공을 다투고 옛말을 이르며, 신당에
서는 무녀·술사들이 설법說法하고 있는 중이었다. 갑작스러운 왕

의 방문을 궁녀들은 희빈의 생일이라 중궁이 아니 계시니 오신 줄 알고 야반 수라를 준비한다. 그날 왕은 취선당에서 화살을 수없이 맞아 헤어진 인현왕후의 화상畵像과 저주에 사용되던 도구들을 발견한다. 장희빈의 저주 사건은 이렇게 세상에 알려지게 되었다고 〈인현왕후전〉은 전한다. 그러나 인현왕후의 동생인 민진원閔鎭遠이 궁중의 암투를 적은 책『단암만록丹巖漫錄』에는 이와는 다르게 기록하고 있다.

신사 …… 궁중에 무고의 일이 발각되었다. …… 당시 숙빈최씨淑嬪崔氏가 인현왕후가 아래에 끼친 은혜를 추념하여 원통한 감정을 견디지 못해 국상國喪의 빌미가 무고에 있다는 뜻으로 임금께 밀고했다. 임금이 크게 놀람과 애통을 더하시고 갑자기 직접 장씨가 거처하는 궁에 이르렀다. 문 밖에서 궁인에게 명령해 들어가 장씨의 품속을 더듬으라 했으나 얻은 것이 없었다. (생각에 통모한 무서가 품속에 감추어져 있으리라 해서였다.) 드디어 의심할 만한 궁인들을 추궁해 물어 그 실정을 얻었다.

- 단암만록 -

위의 내용에는 저주사건이 숙빈 최씨가 숙종에게 알림으로써 발각되었다고 한다. 숙빈 최씨는 장희빈이 왕비로 있을 때 승은을 입은 후궁으로 장희빈에게 갖은 수난을 겪었으며 후에 경종을 이어 왕이 된 영조의 생모로 숙빈 최씨가 저주사건을 고발했을 가능성은 충분히 있다. 이렇게 모든 죄가 밝혀짐으로써 조정은 다시 장희빈의 처분에 대한 이견으로 혼란이 시작된다. '세자를 위해 용서해야 한다.'는 소론과, '세자의 적모嫡母가 저주에 의해 승하했음으로 처분해야 한다.'는 노론으로 맞선다. 숙종은 '내가 있을 때에도 이러한 일을 저지르는데 후일에는 안팎으로 당을 만들어 나라에 화가 미칠 것이 염려된다.'면서 장희빈 처분에 앞서 9월 23일에 오빠 장희재를 처형하라 명한다. 이 일로 희빈 처소의 궁인과 무녀 등이 처분을 받고, 장희빈에 대하여 관대한 태도를 취한 남구만南九萬 등 소론이 몰락한 사건을 '무고의 옥巫蠱獄'이라 한다.

숙종 27년(1701) 9월 25일, '국가를 위하고 세자를 위하여 장씨에게 자진自盡하라.'라고 명한다. 10월 3일, 장희빈 처소의 내인들을 문초하여 저주사건이 구체적으로 밝혀지게 된다. 궁녀들이 실토한 사례들이 〈인현왕후전〉에는 아래와 같이 묘사되었다.

을해년부터 신당을 배설하고 무녀, 술사로 축원하여 중궁이 망하시고 장씨 복위하게 빌던 말과 화상을 걸고 쏘아 임염하여 묻은 말이며 절절히 아뢰고, …… 희빈 오라비 장희재 첩 숙정을 불러들여 구구히 의논하고 작은 동고리를 치마 속에 싸 가지로 철향과 소인을 데리고 황혼에 통명전通明殿의 연못가에 곳곳에 묻고, 또 무엇인지 봉한 것을 봉봉이 만들어 상춘각賞春閣 부중 섬 아래 곳곳에 묻고, …… 해골을 오색 비단 옷을 입혀 중전 성씨 생일·생시를 써 묻고, 의복 지은 데 해골 가루를 솜에 뿌리고 또 해골을 빻아서 염습하여 묻었다가 들여가니, 중전이 받지 아니하시더니 이듬해 탄일에 올리오니 또 받지 아니하시다가 춘궁저하의 낯을 보사 받으시던 일을 아뢰고,

- 인현왕후전 -

이와 같이 장희빈은 왕후가 입궁한(甲戌, 숙종 20, 1694) 다음 해(乙亥, 숙종 21, 1695)부터 저주를 시작하여 승하할 때(辛巳, 숙종 27, 1701)까지 여러 기괴한 방법으로 저주를 계속했음을 알 수 있다. 당시 희빈은 자진하라는 명을 이행하지 않고, 궁녀들이 가져온 약그릇을 내치며 "너희가 감히 나를 죽이고 후일 세자의 손에 살까 싶으냐?" 하며 협박하고, 숙종에게는 "민씨 내게 원앙을 끼치어 형벌로 죽었거늘 내 무슨 죄 있으며, 전하가 정치를 아니 밝히시니 인군의 도리 아니시라.", "세자와 함께 죽이라. 내 무슨 죄 있느뇨."라며 버티는 등 이런 날들이 반복되면서 보름이 지났다.

숙종 27년(1701) 10월 10일, "장씨가 이미 자진하였으니 예조禮曹로 하여금 상장喪葬의 제수祭需를 참작하여 거행하라."고 명하고, "이제부터 나라의 법전을 명백하게 정하여 빈어嬪御가 후비后妃의 자리에 오를 수 없게 하라."고 했다고 실록은 전한다. 〈인현왕후전〉은 이때의 상황을 아래와 같이 묘사했다.

상이 익노益怒하사, "좌우로 붙들고 먹이라." 하시니, 제녀가 황황히 달아들어 팔을 잡고 허리를 안고 먹이려 하나 상이 내리밀어 보시고 더욱 대노하사 분연히 일어나시며, "막대로 입을 벌리고 부으라." 하시니, 제녀가 술총으로 입을 벌리는지라. 장씨 이에는 위급한지라. 실성애통 왈, "전하, 내 죄를 보지 말으시고 옛날 정과 자식의 낯을 보아 일명一命을 용서하소서." 상이 들은 체 않으시고 먹이기를 재촉하시니, 장씨 공교한 말로 눈물이 비같이 흐르며 상을 우러러 뵈오며 참연慘然히 빌어 왈, "이 약을 먹여 죽이려 하시거든 자식이나 보아 구원에 한이 없게 하소서." 간악한 소리로 슬피 우니, 요악妖惡한 정태情態 사람의 심장을 녹이고 처량한 소리 차마 듣지 못할 듯 하니, 좌우가 도리어 불쌍한 마음이 있으되 상이 조금도 측은지심이 아니 계시고 '빨리 먹이라' 연하여 세 그릇을 부으니, 경각에 크게 한 소리를 지르고 섬 아래 거꾸러져 유혈流血이 샘솟듯 하니, 일기약一器藥으로도 오장이 다 녹으려든 세 그릇을 함께 부으니 경각에 칠규로 검은 피 솟아나 땅에 고이니, 슬프다, 조그마한 궁인의 몸으로서 천승국모를 모살하고 여러 인명이 다 검하劍下에 죽게 되니 하늘이 어찌 앙화를 내리오지 않으시리요. 상이 그 죽는 양을 보시고 의전으로 나오시며 신체를 궁외로 내라 하시고, 이튿날 하교 왈, "장씨 죄악이 중하여 왕법을 행하였으나 자식은 모자지정母子之情이라. 세자의 정리를 보아 초초히 예장禮葬하라." 하시고, 장희재를 극형하여 육신을 이체하여 죽이시고 가재를 적몰하시니, 일국 신민이 상쾌하여 아니 즐거한 이 없더라.

- 인현왕후전 -

통명전 창경궁 안에 있는 왕의 생활공간으로 숙종과 그의 계비인 인현왕후, 그리고 희빈 장씨 사이의 비극적인 이야기의 배경이 되었던 장소이다.

이러한 비극의 장소가 창경궁 통명전이다. 숙종을 이어 장희빈의 아들이 왕(경종)이 되었다. 어린 나이인 7살(1594)에 어머니가 폐위되고 14살(1701)에 사약으로 죽는 비극 때문인지 재위 4년 동안 줄곧 병으로 고생했다. 경종 4년(1734) 1월 13일에 통명전으로 이어하여 편전으로 사용하다가 그해 8월 25일 37세로 승하했다. 통명전은 그 후에도 왕세자의 동뢰연同牢宴이나 대왕대비의 존호를 올리는 등 국가의 중요 행사가 거행되는 중요한 공간이었다. 정조 14년(1790)에 화재로 소실되었으나 순조 33년(1833)에 현재의 모습으로 중건되었다.

(3) 혜경궁의 한이 서린 경춘전

'경춘전景春殿'은 '햇볕이 따뜻한 봄'이라는 뜻을 지닌 전각이다. 성종 때 모후인 인수대비와 할머니 정희왕후(세조 비)를 위해 건립한 대비전이다. 임진왜란 후에는 왕비의 거처로 사용되어 인현왕

경춘전 성종 때 건립한 대비전으로 임진왜란 후에는 왕비의 거처로 사용되어 인현왕후가 이곳에서 승하한다. 또한 〈한중록〉의 작자 혜경궁 홍씨는 9살에 있었던 삼간택 때 이곳과 인연하여 정조의 승하 후 경춘전에서 지내게 된다.

후가 이곳에서 승하했고 정조와 헌종이 이곳에서 탄생했다. 〈한중록〉의 작자 혜경궁 홍씨도 경춘전과 인연이 많다. 아들 정조는 어머니를 위해 자경전을 지어 드리고 남다른 효심으로 모시면서 어머니의 아픔을 헤아렸다. 그러나 정조가 갑자기 승하하여 순조가 즉위하자 며느리 효의왕후 김씨에게 자경전을 물려준 후 경춘전에서 거처하였다.

혜경궁이 경춘전과 처음 인연한 것은 9살에 있었던 삼간택 때였다. 순조 15년(1815) 12월 15일, 81세로 한 많은 생을 마감할 때까지 강산이 일곱 번이나 바뀌고도 남는 세월을 높은 담장 안 궁궐에서 사는 동안 참으로 많은 일을 겪었다. 〈한중록〉에는 장차 왕비가 될 세자빈으로 입궁할 당시의 심경을 매우 섬세하고 자세하게 기술하여 궁중 가례연구의 귀중한 자료다. 간택절차를 중심으로 경춘전을 만나보자.

궁중 혼례 풍속으로 알려진 간택揀擇 제도는 왕과 그 자녀에 걸

맞는 배우자를 가려 뽑기 위해 전국에 금혼령禁婚令을 내린 후, 해당 남녀의 집에서 관가에 신고한 단자單子(명단)를 보고 가려 뽑는 것을 말한다. 이러한 절차가 처음 제도화된 것은 조선조 태종 때였다. 당시 태종의 후궁 소생인 옹주의 배필로 춘천 부사 이속의 아들 팔자가 거명되었다. 이속은 옹주가 비천한 궁녀 소생이므로 혼인할 수 없다고 거절했다. 분노한 태종은 이속을 서인으로 전락시켰으나 죽여야 한다는 상소가 이어져 일족을 노비로 전락시키고, 금혼령을 내린 후 배우자를 선택한 것에서 시작되었다.

조선조는 궁중의 중요한 행사가 있을 때에는 도감都監이라는 임시기구를 설치하여 모든 절차를 관장하게 했다. 왕이나 왕세자의 혼인이 결정되면 가례도감嘉禮都監을 설치하여 전국에 금혼령禁婚令을 내리고 배우자가 될 가능성이 있는 처녀들의 혼인을 금하게 했다. 금혼령이 발표된 후 후보자가 될 처녀를 둔 가정에서 관가에 신고하는 것을 처녀단자處女單子라 한다. 단자에는 처녀의 사주와 거주지, 그리고 부父, 조부祖父, 증조부曾祖父, 외조부外祖父의 이력을 기록하여 가문의 내력을 한눈에 알 수 있게 했다. 후보자의 조건은 다음과 같다.

〈후보자 자격 조건〉

가. 국성(이씨) 이외의 사대부의 딸

나. 대왕대비와 같은 성의 6촌부터

다. 왕대비의 같은 성의 8촌부터 왕대비의 외가 성은 7촌부터

라. 왕비와 같은 동성동본은 8촌부터

마. 왕과 다른 성을 가진 친척은 9촌부터

바. 양친이 다 생존해 있는 처자

사. 세자(또는 왕 자녀)보다 2~3세 연상

왕조사회에서 왕권을 수행하는 통치자는 나이가 환갑을 지난 고령이라도 중전의 자리를 비워둘 수는 없다. 하늘과 땅, 음과 양이 조화되어야만 완전한 하나가 되기 때문이다. 그러므로 선조는 51세에 19세의 계비(인목왕후)를, 영조는 66세에 15세의 계비(정순왕후)를 맞이했다. 두 여인은 입궁과 동시에 11살과 10살 위의 아들, 며느리와 손자, 손녀를 둔 할머니가 되었다. 이렇게 왕의 둘째나 세 번째 정비가 되는 경우를 제외하면, 대개 10세 전후에 세자빈이나 왕자의 배우자로 입궁한다. 천명으로 선택된 왕족이기에 그 배필 또한 그에 걸맞게 가려 뽑아야 했다. 현재 진해지는 긴빅제도(삼간택)가 정착된 것은 세종 때 세자(문종)빈 간택에서 두 번이나 실패한 후 시행하게 되었다.

첫 번째는 폐 휘빈 김씨로 그녀는 명문 동녕부판사 김덕구의 손녀이며 김오문의 딸이었다. 명문가의 딸이 쫓겨난 것은 세자의 사랑을 얻지 못한 휘빈이 시녀 호초가 가르쳐 준 두 가지 술책을 시행하려다 발각되었기 때문이다. 호초는 박신의 첩 중가에게 들은

술법이라며 세자가 좋아하는 두 시녀(효동과 덕금)의 신을 잘라 불에 태워 그 가루를 세자에게 먹이려 했으나 실행에 옮기지 못하자, 정효문의 첩 하봉래가 가르쳐 준 술법(뱀이 교접할 때 흘린 정액을 수건으로 닦아서 차고 있으면 남자의 사랑을 얻을 수 있다)을 시행하려다 발각되었기 때문이었다. 당시 세종은 "동궁의 배필을 뽑을 때엔 집안과 덕성이 중요하지만 그 자신의 인물도 아름다워야 한다."고 한 것으로 보아 가문만 보고 뽑은 휘빈이 세자의 마음에 들지 않았기 때문에 세자의 사랑을 얻지 못했다고 생각했다.

두 번째 세자빈은 세종이 덕은 짧은 시간에 알 수 없으니 용모로 뽑을 수밖에 없으므로 궁녀가 미리 처녀의 집을 방문하여 예심을 거친 후보를 다시 창덕궁에서 종실대표인 효령대군 입회하에 가려 뽑았다. 그녀가 입궁 7년 만에 폐출된 순빈 봉씨였다. 폐출 때 세종의 교지에 의하면 가례 후 경계하는 뜻에서 〈열녀전〉을 가르치게 했는데, 순빈이 "이런 것을 배워 제대로 살겠는가?"라고 소리치며 〈열녀전〉을 마당에 던진 후, 노래를 지어 시녀들에게 부르게 하고, 늙은 시녀를 시켜 강제로 세자를 자신의 처소로 들게 하려고 했으나 실패하자 술로 세월을 보냈다. 주벽이 점점 심해져 세자가 사랑하는 궁인을 심하게 매질하기도 했다. 휘빈과 순빈이 세자의 사랑을 얻지 못한 것은 세자가 병약하고 여색을 가까이하려 하지 않았기 때문이었다.

이후 세종은 의창군(신빈 김씨 소생) 혼례 시엔 자신이 직접 간택에 참여하여 후보들을 초간택(26명), 재간택(11명), 삼간택(김수의 딸)의 절차로 가려 뽑으면서 이 제도가 정착되었다. 간택은 왕비나 세자빈을 뽑을 때의 제도이나 왕실 자녀 혼례 시에 다 적용되었다.

왕실에서 사돈을 맺을 때엔 선대에는 명문 집안이었으나, 당대에는 벼슬을 하지 못한 채 양반의 명맥만 지닌 집안인 경우가 많다. 왕의 두 번째나 세 번째의 계비는 본인은 훌륭한 자질을 지녔지만 집안이 가난하여 당시로써는 노처녀였다. 선조가 51세에 19살 규수(후에 인목왕후)를, 영조가 66세에 15살 규수(후에 정순왕후)를 계비로 맞이한 것이 그 예다. 사도세자의 빈 혜경궁 홍씨는 영조 11년(1735) 6월 18일, 지금의 서대문 밖 평동에 있던 외가에서 아버지 홍봉한洪鳳漢, 어머니 한산 이씨韓山 李氏의 4남 3녀 중 둘째 딸로 태어났다. 6대조 할머니가 선조 때의 인목왕후 소생으로 광해군 때 어머니와 함께 폐서인廢庶人으로 서궁에 갇혀 있다가 인조반정 후 복권되어 홍주원洪柱元과 결혼한 정명공주다. 그러므로 혜경궁은 사신의 집이 선조의 부마 영안위永安尉 홍주원으로부디 고조 정간공貞簡公 만용萬容, 증조 첨기공僉篕公 중기重篕, 할아버지 정헌공貞獻公 현보鉉輔로 대대로 나라에 벼슬한 집안이지만 청렴하였기에 가난했다고 술회했다. 할아버지 홍현보洪鉉輔는 문과에 장원급제한 인재로 여러 요직을 거쳐 벼슬이 예조판서에 이르렀지만, 아버지 홍봉한洪鳳漢은 딸이 세자빈이 된(1743년) 이듬해에 문과 을과에 급제하여 벼슬길에 나간 것으로 보아 당대엔 문벌이 성하지 않았음

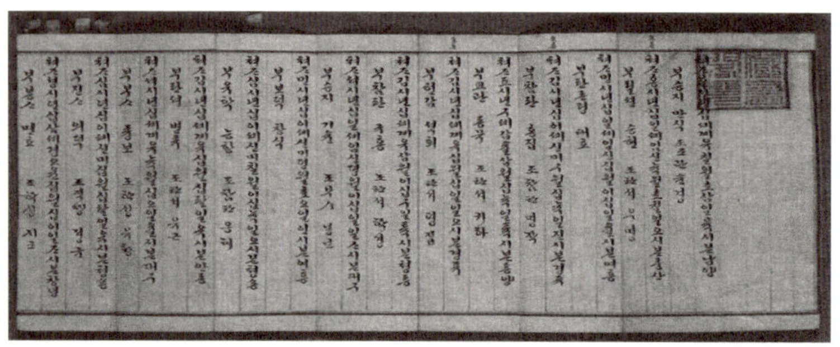

간택단자 처녀단자를 낸 왕실의 신부후보 중 간택되었다는 사실을 알리는 증서

을 알 수 있다. 이러한 가문에서 왕통을 이을 배우자를 택한 것은 외척이 왕권을 위협하는 것을 미연에 방지하려는 의도였다. 만약 외척의 힘이 커지면 그다음 왕비나 세손빈은 반대의 당에서 택하여 외척이 서로 견제하도록 했다.

영조 19년(1743), 전국에 금혼령이 내려지고 세자의 신부후보감은 관가에 신고를 하라는 명이 내렸다. 〈한중록〉의 작자는 간택 당시를 아래와 같이 기술했다.

간택단자 받는 명이 내리니 혹이 말하되 "선비 자식이 간택에 참예치 않으나 해로움이 없을지니 단자를 말라, 빈가貧家에 의상 차리는 폐를 덞이 마땅하다." 하니, 선인이 가라사대 "내 세록지신이요, 딸이 재상의 손녀니 어찌 감히 기망欺罔하리오." 하시고 단자를 하시나,

– 한중록 –

집안이 극히 어려워 죽은 언니의 결혼을 위해 준비해 두었던 천으로 어머니가 직접 만들어 입고 간택에 참여하게 되었다고 한다. 9월 28일 초간택 날, 영조와 정성왕후, 선희궁(세자의 생모)이 다른 처자들과는 달리 특별히 사랑하시고 궁인들이 다투어 안아 괴로워하였는데, 이튿날 아버지가 어머니께 "이 아이 수망에 들었으니 이 어찐 일인고." "한미寒微한 선비의 자식이니 들이지 말았더면." 두 분이 근심하시는 말씀을 잠결에 듣고 깨어서 많이 울고, 궁중이 사랑하던 일이 생각이 나서 즐거워하지 않으니 부모님이 "아이가 무슨 일을 알리.", "내가 초간택 후로 매우 슬퍼했는데 궁중에 들어와 억만창상億萬滄桑을 겪은 것을 생각하면 사람의 예감이 맞는 것 같다."고 회고한다.

당시 임금(영조)은 몸소 간택에 참여하여 작자를 포함한 8명의 처자를 재간택에 들라 명한다. 작자 회고에서 임금과 왕비가 특별하게 대하고, 세자의 생모 선희궁은 심사 장소에 들어가기 전에 불러서 사랑하셨다는 것으로 보아 이미 내정되었다는 것을 알 수 있다. 이렇게 내정된 후보 이외의 처자들은 들러리인 셈이라 언제나 간택단자 수가 많지 않아 독려하는 내용이 실록에 많다. 또한 그 비용이 만만치 않은 것도 이유였다.

초간택에 참가하는 처자들은 성적成赤(이마를 뽑고 연지, 곤지를 찍는 화장)은 하지 않고, 국산 명주를 염색한 노랑(송화색) 저고리에 다홍치마를 입는 평상복 차림이다. 입궁할 때 사인교를 타고 가마 앞ㆍ

뒤에는 몸종과 유모가 따른다. 지체가 높은 아가씨는 수모(미용사)가 따라가지만 수모가 없는 경우에는 유모가 대신한다. 대궐문에 당도하면 가마에서 내려 미리 준비해 놓은 솥뚜껑의 꼭지를 밟고 넘어가는 특이한 풍속이 있다. 입궁의 순서는 호주의 관직과 신분이 높은 딸의 순서대로 입궁하게 된다. 심사방법은 후보자들을 한 줄로 세우고 왕을 포함한 왕족들은 발을 치고 보고 당사자인 신랑은 참여치 않는 것이 전례다. 세밀한 선보기는 여러 임금을 모셔서 경험이 많은 상궁들이 맡는다. 심사가 끝나면 간단한 점심식사 후 귀가한다.

십월 이십팔일 재간택이 되니 내 심사 자연 놀랍고 부모 근심하셔 들여보내시며 요행 빠지기를 죄여 보내시더니 궁중에 들어오니 궐내서는 완정完定하여 계시던 양하여 의막을 가즉이 하고 대접하는 도리가 다르시니 더욱 심사 당황하더니, 어전御前에 올라가매 다른 처자와 같게 아니하사 염 내로 들어오셔 선대왕이 어루만져 사랑하시고, "내 아름다운 며느리를 얻었도다, 네 조부를 생각하노라." 하시고, "네 아비를 내 보고 사람 얻은 줄을 기꺼하였더니 네 아모의 딸이로다." 하오시며 기꺼하오시고,

- 한중록 -

10월 28일, 홍봉한, 최경흥, 정준일의 딸을 삼간택에 들게 하고

나머지는 모두 혼인을 하도록 명하였다. 경춘전에서 간식을 먹은 후에 옷 치수를 재고 집에 오니 가마를 사랑문으로 들이고 부모님은 정복차림으로 맞이한다. 그날부터 부모님과 집안 어른들까지 공경하여 불안하고 슬픈 마음을 형용할 수 없었다고 회고한다.

재간택은 초간택에서 뽑힌 5~7명의 처자를 약 한 달 후에 다시 입궁시켜 초간택과 같은 절차로 선을 본다. 초간택 때와는 달리 성적을 하고, 옷 색깔은 초간택과 같지만 옷감은 규제가 없어 중국 비단도 입을 수 있다. 저고리 위에 초록 견마기를 입는다. 재간택에서 보통 세 사람을 뽑지만 적임자가 내정되어 귀가할 때엔 육인교를 타고 50명의 호송을 받으며 귀가한다. 내정된 처자의 집에서는 극존칭으로 공대하여 맞이하고 글월비자가 가져온 궁중 편지는 격식에 맞추어(왕비의 글은 네 번 절을 하고 받고, 후궁의 편지는 두 번 절함) 받으면서 사실상 혼례 준비에 들어가게 된다.

삼산이 십일월 십삼일이니 남은 닐이 점점 직으니 집집히 슬프고 시러워 밤이면 선비 품에서 자고, 두 고모姑母와 중모仲母께서 어루만져 떠나기를 슬퍼하시고 부모께서 주야에 어루만져 어여삐 하오시고 잔잉히 여기오셔 여러 날 잠을 못 자오시니 이제라도 생각하면 흉금이 막히더라. …… 날수가 흘러 삼간 날이 되니 고모네께서 “집이나 다 두루 살피라.” 하셔 십이 일 밤에 데리고 다니시니, 월색이 명랑하고 눈 위에 바람이 찬데 손을 이끌고 다니니 눈물이 흐르더라. 방에 들어와

견디어 잠을 이루지 못하고 이튿날 일찍부터 "입궐하라." 재촉하니 궐
내에서 삼간 미쳐 나온 의복을 입으니라. 원족 부녀들이 그날 와 하직
하고 가까운 친척은 별궁으로 간다 하고 모였더니 사당에 올라 하직할
새 고유다례를 지내고 축문을 읽으니 선인께서는 눈물을 참사오시고
모두 차마 떠나기 어려워하던 정경이야 어찌 다 이르리오. …… 궐내
들어와 경춘전에 쉬어 통명전에 올라가 삼전께 뵈오니 인원왕후께오서
처음으로 감하오시고, "아름답고 극진하니 나라의 복이라." 하오시고,
선대왕께서 어루만져 과애過愛하오시고, "슬거운 며느리니 내 잘 가리
었노라." 하오시고, 정성왕후께서 기꺼하오심과 선희궁께오서 극진히
자애하오심이 이를 것이 없으니, 아이 적 마음이나 감은感恩하여 우런
잡는 마음이 스스로 나는지라. ……

– 한중록 –

삼간택은 재간택 날부터 15일 내지 20일 후에 재간택에서 내정
된 처자에 대하여 재삼 확인하는 것이다. 복장은 재간택 때와 같
이 성적을 하고, 귀걸이도 한다. 옷도 재간택 때의 견마기보다 한
단계 높은 예복인 소례복小禮服 차림으로 초록 당의에 중간 크기의
노리개 석줄中三作을 차고 족두리를 쓴다. 삼간택에서는 왕이 이름
을 지적하여 영의정을 통하여 공시한다. 삼간택에서 최후로 뽑힌
처자에게는 다른 후보자들이 큰절을 하며 왕비 또는 세자빈의 대
우를 한다. 후보자는 집으로 가지 않고 궁궐 가까운 곳에 있는 별

궁別宮에 머물면서 혼례일까지 궁중법도를 익힌다.

　이듬해(영조 20년, 1744) 정월 초구일 책빈하고 십일일 가례니 초십일일 내가 부모 떠날 날이 박근하니 정리 참지 못하여 종일 호흡號泣하여 지내니, 부모 역亦 인정에 척비하실 것이로되 악연한 정리를 참으시고, 선인이 경계하오시되, "인신人臣의 집이 척리되면 영총이 따르고, 영총이 따르면 문란이 성하고, 문란이 성하면 재앙을 부르나니, 내 집이 도위都尉 자손으로 국은을 세세로 망극히 입었으니 나라를 위하여 부탕도화를 어이 사양하리오마는 백면서생白面書生이 일조에 왕실에 척련하니, 이는 복의 징조 아니요 화의 기틀이니 오늘로부터 우구憂懼하여 죽을 곳을 모르노라." 하오시고 경계하오시며

- 한중록 -

　삼간택 전날 밤늦도록 잠을 이루지 못하고 달밤을 거닐던 9살 어린 소녀가 10살에는 장차 국모가 될 세자빈이 되었다. 가례 날 아버지는 "왕실과 인연하여 외척이 되는 것은 복의 징조가 아니요, 화의 시작이라."며 말과 행동에 신중할 것을 이야기할 때, 소녀는 공경하는 마음으로 들으며 울음을 그치지 못한다. 그 말은 훗날 현실이 되어 세자빈으로 간택된 후 약 30여 년간은 가문이 번창하여 영화를 누렸지만 제1편을 쓸 때는 몰락한 후였다. 모든 과정을 몸소 지켜보아 온 작자는 친정 큰조카(홍수영)에게 오늘 우리 집안

이 이렇게 몰락한 것은 "부귀에 묻은 화니 벼슬이 어이 두렵지 않겠는가. 너희들이 지금 벼슬을 하지 못하고 있어 마음에 안쓰럽기는 하지만 내 집이 다시 벼슬하기를 바라지 아니한다."는 마지막 말은 오늘날 우리에게도 많은 것을 생각하게 한다.

(4) 사도세자가 뒤주에 갇혀 죽은 곳, 문정전

'문정'은 '문교文敎로써 정치를 편다.'는 뜻이다. 문정전文政殿은 임금과 신하들이 국사를 논하고 경연經筵을 하던 편전이므로 어좌御座가 있다. 처음 창경궁을 조성할 때 세워진 건물로 임진왜란 때 소실된 것을 광해군 때 재건하였으나 일제 때 철거되어 1986년에 복원되었다.

문정전은 사도세자가 뒤주에 갇혀 죽은 비극의 장소다. 〈한중록〉의 작자는 시부 영조가 임오년(재위 38년, 1762)에 세자를 뒤주에 가두어 죽인 사건을 임오화변壬午禍變이라 한다. 이 사건이 실록에는 "임금이 창덕궁에 나아가 세자를 폐하여 서인을 삼고 안에다 엄히 가두었다."라고 간략하게 기록되었다. 그 이유가 71세에 쓴 〈한중록〉의 서두와 실록에 아래와 같이 기술되었다.

임오화변壬午禍變이 천고에 없는 변變이라. 선왕이 병신 초에 영묘께 상소하셔 "정원일기政院日記를 없이하여지라." 하여 그 문적을 없이하였으니, 선왕의 효사지심孝思之心으로 그때 일을 중인衆人이 아니 볼 이 없이 설만이 보는 것을 설워하심이라.

- 한중록 -

왕세손(정조)이 『정원일기承政院日記』에서 임오년壬午年과 관련된 내용을 처분하게 해 달라는 상소에, 임금이 집경당集慶堂에 명하여 창의문彰義門 밖 차일암遮日巖에서 세초하게 했다.

- 영조 52년(1757) 2월 4일 -

조선조(1392~1910)는 태조가 건국 후 자신의 조상 4대(목조, 익조, 도조, 환조)를 추존하고, 후에도 이러저러한 사유로 추존한 왕이 다섯 분(헌종, 원조, 진종, 장조, 문조)이 더 있으므로 생전, 아니면 사후에 왕으로 불리었던 분은 모두 36위가 된다. 그러나 왕권을 행사한 임금은 27위였고 연산군과 광해군이 폐위되었으므로 온전한 군주는 25위인 셈이다. 그 중 재위한 임금이 천수를 다한 제왕 중에서 60이 넘도록 생존한 임금은 모두 여섯 분(태종 74세, 성종 63세, 광해군 67세, 숙종 60세, 영조 83세, 고종 67세)이고, 여러 가지 사정으로 인하여 생몰 때까지 보위에 있었던 분은 숙종과 그 아들 영조뿐이었다. 또한 재위 40년이 넘은 임금은 선조(40년 6개월 29일), 숙종(45년 9개월 16일), 영조(51년 6개월 6일), 고종(43년 7개월 7일) 네 분이다. 그 중 선조는 즉위 초에 명종의 비 인순왕후 심씨가 수렴청정을 했고, 고종은 12살에 즉위하여 양어머니 신정왕후 조대비의 수렴청정을 이어서

문정전 임금과 신하들이 국사를 논하고 경연을 하던 편전으로 사도세자가 뒤주에 갇혀 죽은 비극의 장소다.

생부生父 흥선대원군의 섭정을 받아 10년 동안은 실권 없는 왕이었다.

그러나 영조는 31세인 장년의 나이에 왕이 되었으므로 즉위 초부터 주도적으로 왕권을 행사할 수 있어 조선조에서 가장 오래 왕권을 행사한 군주였다. 반세기가 넘는 오랜 세월을 입법, 행정, 사법권을 행사하는 절대 군주는 동서양 제왕사에서도 좀처럼 발견하기 어렵다. 영조의 재위 52년 동안 가장 큰 아픔으로 남은 것은, 자신의 아들을 뒤주에 가두어 죽인 사건일 것이다. 칠순(당시 69세)의 나이에 하나뿐인 아들을 몸소 죽게 한 것은 아무리 대의명분을 위해서라지만 쉽게 이해가 되지 않는다. 더욱이 그 죽인 방법이 기상천외했기에 오늘날에도 전대미문前代未聞의 사건으로 회자되고 있다. 사건의 피해자인 작자는 차마 그 일을 입에 담을 수가 없어 언급을 회피하다가 마지막 편에서야 당시의 상황과 자신의 심정을 아래와 같이 적고 있다.

대조께서 휘녕전에 좌하시고 칼을 안으시고 두드리오시며 그 처분을 하시게 되니, 차마차마 망극하니 이 경상을 내 차마 기록하리오. 섧고 섧도다. 나가시며 대조께서 엄노嚴怒하오신 성음이 들리오니, 휘녕전이 덕성합과 멀지 아니하니 담 밑에 사람을 보내어 보니, "벌써 용포를 벗고 엎디어 계시더라." 하니, 대처분이오신 줄 알고 천지망극하여 흉장이 붕열하는지라. 게 있어 부질없어 세손 계신 델 와 서로 붙들고 어찌 할 줄 몰랐더니, 신시申時 전후 즈음에 내관이 들어와 "밧소주방 쌀 담는 궤를 내라 한다." 하니, 어쩐 말인고 황황하여 내지 못하고, 세손궁이 망극한 거조 있는 줄 알고 문정전文政殿에 들어가 "아비를 살려주옵소서." 하니, 대조께서 "나가라." 엄히 하시니 나와, 왕자 재실에 앉아 계시더니, …… 대조께서 칼 두드리시는 소리와, 소조께서 "아바님, 아바님, 잘못하였으니 이제는 하라 하옵시는 대로 하고 글도 읽고 말씀도 다 들을 것이니 이리 마소서." 하시는 소리가 들리니, 간장이 촌촌이 끊어지고 앞이 막히니 가슴을 두드려 아무리 한들 어찌하리오. 당신 용력과 장기壯氣로 "궤에 들라." 하신들 아무쪼록 아니 드오시지 어이 필경에 들어가시던고. 처음엔 뛰어나오려 하시옵다가 이기지 못하여 그 지경에 미치오시니 하늘이 어찌 이대도록 하신고. 만고에 없는 설움뿐이며, ……

- 한중록 -

세자가 뒤주에 갇혀 죽기 전후를 실록을 중심으로 정리해 본다.

처분이 있기 보름 전 영조 38년(1762) 5월 22일, 액정 별감 나상언羅尙彦의 형 경언景彦이 형조에 동궁의 허물 10가지를 열거한 상소가 있었다. 그때 상소내용을 본 사람은 영조와 시임대사侍任大臣 홍봉한洪鳳漢과 윤동도尹東度 뿐이었고 홍봉한의 건의로 불태웠으므로 자세한 내용은 알 수 없다. 또한 영조 52년(1757) 2월 4일, 왕세손(정조)이 『승정원일기承政院日記』에서 임오년壬午年과 관련된 내용을 처분하게 해 달라고 상소하여 세초하였으므로 나경언을 문초할 때 내용을 기록한 『승정원일기』에서도 확인할 수 없다. 다만 그날 영조가 세자에게 직접 확인하는 과정에 "① 네가 왕손의 어미를 때려죽이고, ② 여승을 궁으로 들였으며, ③ 서로西路에 역행하고, ④ 북성으로 나가 유람했는데 이것이 어찌 세자로서 행할 일이냐? 왕손의 어미를 네가 처음에 매우 사랑하여 우물에 빠진 듯한 지경에 이르렀는데, 어찌하여 마침내 죽였느냐? 그 사람이 마주 강직하였으미 반드시 네 행실과 이를 간諫하다가 이로 말미암아서 죽임을 당했을 것이다. 또 장래에 여승의 아들을 반드시 왕손이라고 일컬어 데리고 들어와 문안할 것이다."라고 추궁하자, 세자가 울며 대답하기를 "이는 신의 본래 있었던 화증火症입니다." 하자, "차라리 발광하는 것이 어찌 낫지 않겠는가?"라는 내용으로 『영조실록』에서 몇 가지 항목만 확인할 수 있다. 그 중 ① 의 내용은 정사에서는 찾기 어렵다. 〈한중록〉에서 전후 사정을 좀 더 자세히 보자.

①의 세자가 때려죽였다는 왕손의 어미는 은전군恩全君의 생모 양제 박씨良娣朴氏다. 고종 36년(1899)에 경빈景嬪으로 추봉追封되었다. 영조 33년(1757) 3월 26일, 숙종의 제2계비 인원왕후가 승하하여 7월 11에 장례를 치렀다. 세자는 인원왕후 장례준비를 하는 동안 인원왕후전의 침방 내인針房內人 빙애를 마음에 두었다가 구월에는 데려와 살림을 차렸었다. 영조가 두 달쯤 지난 후인 동짓날에 알게 되어 한바탕 소동이 벌어졌었다. 그때 영조의 꾸중을 듣고 서러워 양정합 우물에 빠졌던 사건을 말한다.

그 해 구월에 경모궁께서 인원왕후전 침방 내인 빙애를 데려오오시니, 그 내인인즉 현주의 어미니 해포 그 내인을 마음에 두어 계오시다가 화증은 점점 나오시고 마음 붙일 데 없으시고, 인원왕후 아니 계오시니 당신 말 누가 여쭈우랴 하오셔, 데려다가 방 꾸미고 기용·집물器用什物이며 아니 갖춘 것이 없으니, 그 사이 내인들 가까이 하오시나 순중치 이니히면 쳐서 혈육이 임리한 후라도 가까이 하시니 뉘 좋아하리오. 가까이 하신 것이 많되 일시 그리 하시고, 대사로이 하시는 일이 없고, 자식 낳은 양제良娣라도 일호 가차假借하심이 없더니, 이것에게는 그리 대사로이 구오시니 그것의 인물이 또 요악한지라, 동궁에 무슨 재력이 있으리오. 그때부터 내사 쓰기를 비로소 하시니 민망하기 이르리오. …… 구월에 데려와 계오신데 지월至月에 아오시고 그 날이 동지날이러니, 대노 대노하오셔 동궁 부르오셔 "네 감히 그리하랴." 하오

시고, 드러난 허물이 아니 계오실 적도 엄책이 그치지 아니하여 계오
시거든 하물며 오죽하시리오. 성노가 진첩하오셔 "그 내인을 잡아 내
라." 하오시니, 그때 경상이 그것에 혹하오셔 한사限死하고 못 나가게
하오시니, "어서 잡아 오라."는 하시고, 소조께서는 내려 보내지 않고
사생으로 저혀 아니 보내시니 일이 급한지라. 그 내인의 얼굴을 모르
오시니 여기 침방 내인 연상약年相若한 것을 "빙애로소이다." 하여 내
어 보내시고, …… 시봉侍奉 십사 년에 내게 처음으로 꾸중이 지엄하오
시니, 꾸중 조건이오신 즉 "세자가 빙애를 데려올 제 네 알았으려든 내
게 고하지 않을까 싶으니, 너조차 나를 기이니 그럴 데 어디 있으리."
…… 그리할 즈음에 그 내인을 감추어 다른 내인과 안동하여, 정처가
나간 때라, 그 집으로 내어 보내어 "감추어 두라." 하였더니, 그 밤에
대조께서 거려청 공묵합으로 동궁을 부르오셔 또 꾸중을 많이 하시니,
섧사와 그 길로서 양정합 우물에 빠지오시니 그런 망극한 광경이 어디
있으리오. 방직이 박세근이라 하는 것이 업어내니, 우물가에 얼음이
그득하고 마침 물이 많지 아니하여 무사히 모셨으나 막히오시고 상하
시기도 하여 계오시니, 점점 이러하오시니 무슨 말이 있으리오. 대조
께서 가뜩하오신데 우물에 빠지오시는 해거駭擧까지 보오시고 어이 아
니 진노하오시며,

- 한중록 -

그 후 그녀는 아들(은전군)과 딸(淸謹縣主) — 고종 36년(1899)에 옹

주(淸謹翁主)로 추봉 — 을 낳은 후 영조 37년(1761) 1월에 죽었으나 그녀의 죽음은 『영조실록』 등 어디에서도 찾을 수 없다. 영조 37년은 육십갑자六十甲子의 신사辛巳년으로 임오화변壬午禍變 1년 전이다. 당시 사도세자가 죽기 1년 전이라 병세가 아주 깊었었는데 의대 시중을 돕다가 맞아서 죽었다고 〈한중록〉에 아래와 같이 기술되었다.

의대 시중을 현주의 어미가 들더니 병환이 점점 더 하오셔 그것을 총애하시던 것도 잊으신지라, 신사辛巳 정월에 미행하려 하시고 의대를 가오시다가, 증이 나셔서 그것을 죽게 치고 나가오셔 즉각에 대궐서 그릇되니, 제 인생이 가련할 뿐 아니라 제 자녀가 있으니 어린 것들 정경이 더 참혹한지라. 어느 날 들어오실 줄 모르고, 시체를 한 때도 못 둘 것이니 그 밤을 겨우 새워 내녀고 용동궁으로 호상 소임을 정하여 상수喪需를 극진히 하여 주었더니, 오셔서 들으시고 어떻다 말씀을 아니 하시니 정신이 다 아니 계시니 사사事事에 망극하노나.

- 한중록 -

세자의 의대 시중은 우물에 빠질 정도로 사랑하는 은전군의 생모 빙애가 했었나보다. 그녀가 의대 시중을 도맡아 했던 것은 사랑하는 여인이기도 했지만, 세자의 사랑을 받기 전에 의복과 이불을 만들던 침방針房처소에서 근무했기 때문이기도 하다. 이렇게 세자는 사랑하는 여인을 때려서 죽일 정도로 옷을 입기가 힘들었다. 〈한중록〉에는 세자의 병중에 천하에 희한한 병으로 의대증衣襨症에 대한 이야기가 있다. 작자의 기억에 의하면 병이 처음 나기 시작한 것이 정축년丁丑年이었다. 정축년은 영조 33년(1757) 2월 15일에 정성왕후가 승하하고, 3월 26일은 숙종의 제2계비 인원왕후가 승하한 해다. 영조 33년(1757) 2월 13일 정성왕후가 승하하기 이틀 전 세자는 눈물로 밤을 지새우며 지키고 있었다. 그러나 이튿날(2월 14일) 왕후의 병세가 위독하다는 말을 듣고 영조가 왔을 때는 고개도 들지 못한 채 웅크리고 있었다. 그때 영조는 밤새 왕비 곁을 지키며 울던 세자에게 의대 입은 것, 행전 친 모양까지 걱정하며 "내전 병환이 이러하신데 몸을 어이 저리 가지리." 하며 야단을 친다. 함께 있던 생모와 작자는 지금까지 지극하였던 모양을 다 감추었으므로 "아까 저렇지 아니하시옵더이다."라 할 수도 없고 영조는 계속 야단만 쳐서 애가 쓰여 속이 탔다고 한다. 그 후부터 세자는 옷 입기를 두려워하는 병이 시작되었다고 아래와 같이 기술하였다.

정축년부터 의대의 탈이 나시니 그 말이야 어찌 다 하리오. 오삭 가운데 지극히 어려움을 지내오시고, 육월에 정성왕후 인산因山이 되오시니 서러워하심이 초상과 다르지 아니하오서 성외까지 나가오셔 대여를 곡송哭送하오신데, 호곡號哭 애통하오시니 백관군민百官軍民이

뉘 아니 감읍하였으리오. 본 마음이 나오시면 이러하오시건마는 대조
께서는 모르오시고 곡송하고 들어오실 제와 반우의 영곡迎哭하러 나가
실 즈음에 무슨 탈이나 조건은 다 생각지 못하되, 그때 한재旱災는 있
고 격노가 장하오셔 엄교가 많사오시니, 그 밤에 덕성합 뜰에서 휘녕
전徽寧殿을 바라보시고 호곡하오셔 삶이 없고자 하오시던 일을 어찌
다 적으리오.

　그 육월부터 화증이 더하사 사람 죽이시기를 시작하오시니, 그때 당
번 내관 김한채라는 것을 먼저 상하오셔, 그 머리를 들고 들어오셔서
내인들에게 효시하오니, 내가 그때 사람의 머리 벤 것을 처음 보았으
니 흉하고 놀랍기 이를 것이 어이 있으리오. 사람을 죽이고야 마음이
조금 풀리시는지 그때 내인 여럿이 상하니,

- 한중록 -

작자가 전하는 의대증의 증세는 아래와 같다.

　의대병환의 말씀이야 더욱 형용 없고 이상한 괴질이시니, 대저 의대
한 가지나 입으려 하오시면, 열 벌이나 이삼십 벌이나 하여 놓으면, 귀
신인지 무엇인지 위하여 놓고, 혹 소화燒火도 하고 한 벌을 순히 갈아
입으시면 만행萬幸이요, 시종 드는 이가 조금 잘못하면 의대를 입지 못
하셔 당신이 애쓰오시고 사람이 다 상하니, 이 아니 망극한 병환이냐.
…… 의대를 입지 못하여 애를 쓰시다가 어찌하여 좀 짓이 나아 한 벌

천행으로 입으시면 당신도 다행다행하야 이러듯 입으시면 더럽도록 입으시던 것이니 그 무슨 병환이런고. 천백 가지 병 중 옷 입기 어려운 병은 자고로 없는 병이니 어찌 지존하신 동궁이 이런 병을 들으신고, 하늘을 불러 알 길이 없더니라.

- 한중록 -

나경언의 상소 후 세자는 뒤주에 갇힐 때까지 '시민당 월대時敏堂 月臺에서 대명하였다.'고 실록에 기록되었다. 그로부터 보름 후인 윤 오월 13일 아침, 동궁 생모가 며느리에게 "작야昨夜 소문이 더욱 무서우니 일이 이리된 후는 내가 죽어 모르거나, 살면 종사를 붙들어야 옳고 세손을 구하는 것이 옳으니 내 살아 빈궁을 다시 볼 줄 모르노라."라는 편지를 보내고 경희궁 경현당景賢堂 관광청觀光廳에 있는 임금에게 "병이 점점 깊어 바라는 것이 없사오니, 소인이 차마 이 말씀을 정리에 못 하올 일이 오되, 성궁을 보호하옵고 세손을 건지와 종사를 편안히 하옵는 일이 옳사오니 대 처분을 하오소서."라고 울면서 말한다.

영조는 그 말을 듣자 조금도 지체하지 않고 경희궁에서 창덕궁으로 이어하여 "갑자기 손뼉을 치면서 여러 신하들 역시 신神의 말을 들었는가? 정성왕후께서 나에게 이르기를 '변란이 호흡 사이에 달려 있다.'고 하였다. 이어서 협련군挾輦軍에게 명하여 전문殿門을 4, 5겹으로 굳게 막도록 하고, 또 총관總管 등으로 하여금 배열하여

시위하게 하면서 궁의 담쪽을 향하여 칼을 뽑아 들게” 하여 세자
가 곧 반란이라도 일으키려한 것처럼 말했다. 그러나 작자는 세자
가 반란을 계획하거나 행동으로 옮긴 일도 없었음에도 그럼 말이
나오게 된 것은 아래 인용문과 같은 행동이 오해의 소지가 되었다
고 한다.

> 홀연 오월에 땅을 파고 집 삼간을 짓고 사이 장자하고 마치 광중같
> 이 만드오시고 나드는 문은 위로 내어 널 두에를 사람이 용신하여 다
> 닐 만하게 하고 그 널 위에 띠를 입혀 덮으니 집 지은 흔적도 없는지
> 라. “묘하다.” 하시고 그 속에 옥등玉燈을 달아 놓고 앉아 계시니, 그는
> 대조께서 거동하오셔 당신하시는 것을 찾으셔도 군기붙이 말까지 다
> 감추려 하오시는 일이지 다른 일이 없건마는, 그 집일로 더욱 망극한
> 말이 있었으니 다 흉한 징조를 귀신이 시키는 듯이 그리하시니 인력으
> 로 어찌하리오. …… 돌아간 사람의 빈소한 모양도 같고, 다홍으로 명
> 정銘旌 모양 같은 것을 하여 세우고, 영침靈寢하는 형상처럼 하여 놓고,
> 그 속에서 침수하시고
>
> － 한중록 －

생모도 ‘아들을 죽이라’고 말할 수밖에 없는 이유를 “① 성궁聖
躬을 보호해 종사宗社를 붙들어야 한다. ② 삼종혈맥三宗血脈(효종, 현
종, 숙종)이 세손에게 있으니 세손을 구해야 한다.”고 했지만 그것은

지나친 기우였다고 생각된다. 세자의 상식을 벗어난 행동은 오랜 병이 누적되어 나타난 행동이었지 역모나 그 밖의 어떠한 행동을 준비했다고는 볼 수 없다.

『영조실록』에는 "임금은 세자에게 명하여 땅에 엎드려 관을 벗게 하고, 맨발로 머리를 조아리게 하였다. 이어서 차마 들을 수 없는 전교를 내려 자결할 것을 재촉하니. 세자가 조아린 이마에서 피가 나왔다. 세손이 관과 포를 벗고 세자의 뒤에 엎드리니, 임금이 안아다가 시강원으로 보내고 김성은 부자에게 시위하여 다시는 들어오지 못하게 하라고 명하였다. 임금이 칼을 들고 동궁의 자결을 재촉하니, 세자가 자결하고자 하였는데 춘방의 여러 신하들이 말렸다. 임금이 이어서 폐하여 서인으로 삼는다는 명을 내렸다. 드디어 세자를 깊이 가두라고 명하였는데 세손이 황급히 들어왔다. 임금이 빈궁과 세손 및 여러 왕손을 좌의정 홍봉한의 집으로 보내라고 명하였는데 이때에 밤이 이미 반이 지났다. 그 후 영조는 다시 뒤주를 밧줄로 얽고 풀 더미로 덮었다."고 기술하였다. (영조 38년 윤 5월 13일) 그때의 상황을 작품에는 다음과 같이 서술하고 있다.

십오일은 굳게굳게 하고 깊이깊이 하여 놓사오시고, 상궐上闕 오르신다 하니 하릴없는지라. …… 이십일 신시申時쯤 폭우가 내리고 뇌성도 하니 뇌성 두려워하시던 일이나 어찌 되오신고 차마차마 그 형용을 헤아리지 못하니, 내 마음이 절곡아사도 하고자 하고 깊은 물에도 들고 싶고, 수건을 어루만지며 칼도 들기를 자주 하되 약하여 강한 결단을 못하나 먹을 길이 없어 냉수나 미음이나 먹은 일이 없되 능히 지탱하여, 염일念日 밤에 "하릴없어 계시다" 하니 비 오던 때가 수진하시던 때런가 싶으니 차마차마 어찌 견디어 그 지경이 되오신고. 그저 혼신渾身이 비원悲冤하니 살아난 줄이 흉완兇頑하다.

- 한중록 -

영조 38년(1762) 윤 5월 21일, 사도세자가 훙서薨逝하였다. 전교하기를 "이미 이 보고를 들은 후이니 어찌 30년에 가까운 부자간의 은의恩義를 생각지 않겠는가? 세손의 마음을 생각하고 대신의 뜻을 헤아려 단지 그 호를 회복하고, 겸하여 시호諡號를 사도세자思悼世子라 한다."라고 실록에 기록되어 있다. 이렇게 하여 세자는 뒤주에 갇힌 지 8일 만에 숨을 거둔다.

한여름, 뒤주 속에 갇혀서 평소에 그토록 무서워하던 천둥소리를 밤새 들으며 숨을 거두었을 세자를 생각하면 시간의 벽을 넘어서 오늘의 우리 마음도 아픈데 아들을 죽이라고 말할 수밖에 없었던 어머니의 심정은 어떠했을까. 생모가 영조에게 처분을 고할 때에도 병 때문에 어쩔 수 없는 지경까지 왔다고 했듯이, 작자도 이 모든 결과의 원인은 사도세자의 병으로 비롯되었다고 본다. 위의 인용문에서 죽기 2~3년 전부터는 병세가 악화되어 정상인의 모습이 아니었음을 알 수 있다. 비극의 날(영조 38년 윤 5월 13일), 『영조실록』에는 세자의 일생이 아래와 같이 기록되었다.

임금이 창덕궁에 나아가 세자를 폐하여 서인으로 삼고 안에다 엄히 가두었다. 처음에 효장세자가 훙하였는데, 임금에게는 오랫동안 후사가 없다가 세자가 탄생하기에 미쳤다. 천자天資가 탁월하여 임금이 매우 사랑하였는데, 10여 세 이후에는 점차 학문에 태만하게 되었고, 대리 한 후부터 질병이 생겨 천성을 잃었다. 처음에는 대단치 않았기 때문에 신민臣民들이 낫기를 바랐었다. 정축년, 무인년 이후부터 병의 증세가 더욱 심해져서 병이 발작할 때에는 궁비宮婢와 환시宦侍를 죽이고, 죽인 후에는 문득 후회하곤 하였다.

임금이 매양 엄한 하교로 절실하게 책망하니 세자가 의구심에서 질병이 더하게 되었다. 임금이 경희궁으로 이어 하자 두 궁 사이에 서로 막히게 되었고, 환관 기녀와 함께 절도 없이 유희하면서 하루 세 차례의 문안도 모두 폐하였으니 임금의 뜻에 맞지 않았으나 이미 다른 후사가 없었으므로 임금이 매양 종국을 위해 근심하였다. 나경언이 고변한 후부터 임금이 폐하기로 결심하였으나 차마 말을 꺼내지 못하였는데 갑자기 유언비어가 안에서부터 일어나서 임금의 마음이 놀랐다.

사관은 사도세자의 탄생에서 죽음에 이르기까지의 과정을 간략하지만 객관적으로 기술하였다. 작자도 마지막 4편에서 비극의 원인들을 매우 섬세하고 치밀하게 분석하여 찾고자 했다. 『영조실록』
과 〈한중록〉을 중심으로 정리하면 아래와 같다.

    ① 사도세자의 탄생은 모든 사람에게 큰 기쁨이 되었다.

    ② 자질이 출중해 부왕이 매우 사랑하였다.

    ③ 10여 세부터 학문을 게을리하였다.

    ④ 대리 정사 후부터 질병이 생겨 천성을 잃었다.

    ⑤ 병세가 더욱 심해져 발작하면 사람을 죽였다.

    ⑥ 임금이 자애에 앞서 미워해 병이 더욱 깊어졌다.

    ⑦ 나경언의 상소로 임금이 폐하기를 결심하였다.

    ⑧ 유언비어가 안에서 나왔다.(세자의 생모 영빈 이씨)

사도세자는 탄생 시에 누구보다도 많은 축복을 받았다. 당시 영
조는 38세에 효장세자를 잃은 후 오랫동안 후사를 두지 못했다.
더욱이 사랑하는 후궁이 딸만 다섯을 연이어 낳아 애태우게 하더
니 45세가 되는 정월에 세자를 얻은 것이다. 그때의 기쁨을 작품
에는 간략하게 언급했지만, 실록은 많은 지면을 할애하여 전하고
있다. 기록을 보면 영조는 세자 탄생일에 원자의 호를 정하게 하
고 3일 후에는 세자의 예를 거행하게 했다. 이때 뜻있는 대신들은
영조의 성급한 절차에 우려를 표하면서 기쁨을 오래하기 위해서는
'귀한 것일수록 아껴야 한다.'는 성현의 지혜와 함께, 교육의 중요

성과 당론의 폐습, 여인들 간의 불화에 유념할 것을 충언했다.

이러한 충신들의 충고보다는 늦게 얻은 아들로 빨리 후사를 완정하고 싶은 마음이 앞선 영조는 이듬해 3월에 세자 선愃을 왕세자로 책봉했다. 그 후 동궁은 처소 내인들과 많은 시간을 함께 하게 되었다. 당시 세자궁 처소의 주요 내인들은 공교롭게도 영조가 왕이 되는 과정에 갈등을 빚었던 경종과 경종의 제2계비 선의왕후 함종어씨宣懿王后咸從魚氏를 모시던 궁인들로 구성되었다. 작품이나 실록에는 세자가 거의 신동에 가깝게 영민했는데 자라면서 학업을 게을리하여 훌륭한 자질을 펴지 못했다고 한다. 그것은 동궁 처소 내인들과 부왕인 영조와의 해묵은 반목의 여파로 부자간 갈등의 주요한 원인이 되었다고 보았다. 석복惜福의 지혜를 외면한 대가는 너무나 많은 사람을 아프게 했다.

작자는 비극의 한 요소를 당쟁의 후유증으로 보았다. 영조는 누구보다도 당쟁의 폐습을 알고 있었기에 탕평책을 쓰는 등 붕당의 폐습을 없애려고 노력했다. 그러나 그 자신이 등극 과정에 노론의 힘을 이용했기에 당론에서 자유로울 수 없었다. 이러한 당쟁의 폐습은 부자간에도 예외가 아니어서 영조는 자신의 등극 과정에 일어난 사건들에 부정의 시각을 지닌 아들을 미워하게 되고 종래에는 극단의 결과를 가져오게 했다.

세자 탄생 시에 중신들은 내전을 중심으로 한 여인들의 화목을 강조했다. 그 후 영조는 환갑 무렵에 얻은 후궁에게서 두 옹주를 얻게 된다. 그녀는 부자간 갈등의 틈을 타 자신의 소생으로 후사를 삼으려는 계교를 꾸미고 있었다. 부자간의 갈등이 고조되고 있을 무렵, 숙의문씨淑儀文氏 남매의 이간책은 부자간의 갈등을 증폭시키게 되었다. 이렇게 궁중 내 여인들의 암투도 사도세자의 비극의 한 원인이 되었다.

해를 거듭할수록 세자의 병은 깊어지고 아들에 대한 영조의 미움도 심화되었다. 이러한 때, 나경언의 상소로 세자의 비행이 여론화된다. 영조는 이미 세자를 폐하려고 하였으나 마땅한 후사가 없어 실행에 옮기기를 주저하고 있었다. 비극의 날, 사도세자의 생모 영빈은 효종·현종·숙종으로 이어지는 삼종의 혈맥을 보존하기 위해 극단의 처분을 단행할 것을 아뢴다. 그 고변은 윤 5월 13일 당일에 실행에 옮겨지고, 윤 5월 21일 세자는 28세의 짧은 생애를 마감하게 된다.

이렇게 임오화변의 비극의 원인은 하루아침에 형성된 것이 아니었다. 탄생 직후에 우려한 일들이 세월이 흐르면서 하나하나 누적되어 나타난 결과이다. 세자는 탄생 당시 유달리 총명하고 건강하여 성군의 자질을 지녔는데 여러 가지 원인으로 인해 그 뜻을 펴지 못했다. 그 결과는 희생자인 사도세자는 물론, 그를 아끼는 많은 사람을 가슴 아프게 했다. 사도세자는 삼종의 혈맥을 보존하기 위해 이승에서의 짧은 삶을 비극적인 죽음으로 마감했지만 조선조가 멸망할 때까지 생명력을 지녔다. 그것은 왕족의 혈통이 끊어질 위기 때마다 그가 이 세상에 남긴 세 아들로 대통을 이었기 때문이다.

영조 승하 후 적자 정조가 왕권을 이어받아 순조, 익종, 헌종으로 전해졌고, 헌종에게 후사가 없어 왕통이 위기에 처하였을 때는, 그의 서손庶孫[사도세자의 2남 은언군(恩彦君) 인(䄄)의 손자]인 철종哲宗이 왕권을 이었다. 철종 또한 후사가 없어 사도세자의 3남 은신군恩信君 진禛의 양자인 남연군南延君 구球의 4남 흥선군興宣君 하응昰應의 둘째 아들이 대를 이었다. 그분이 고종高宗이다. 비극의 날 생모 영빈은 '효종, 헌종, 숙종으로 이어지는 삼종의 혈맥을 보존해야 한다.'는 대의명분을 위해 '세자를 죽이라'고 말했지만 그는 역사에서, 그리고 〈한중록〉에서 생생하게 살아 오늘 우리와 만나고 있다. 아래 인용하는 두 편의 시로 세자의 내면세계와 문학적인 향훈을 엿본다.

제천세춘題千歲春

세인숙불천세희世人孰不千歲希   세상 사람 누가 천년 살기를 바라지 않겠는가 마는

인생칠십고래희人生七十古來稀   인생에서 70을 사는 것이 옛부터 드문 일이네

신선역유호발옹神仙亦有皓髮翁   신선도 또한 늙어 백발이 되는 이 있고

무릉천자감일희 武陵天子堪一唏　무릉의 천자도 한 차례 탄식은 피할 길이 없다네

당가단약태황홀 唐家丹藥太慌惚　당가의 단약이 크게 황홀하다지만

아욕팔극근이휘 我欲八極斤以揮　나는 야 팔극의 도끼를 휘둘러

창송불로천세춘 蒼松不老千歲春　불로의 소나무 천세춘을 끊어다가

원진풍폐급훤위 願進楓陛及萱衛　원컨대 풍폐와 훤위에 드리고 싶네

송하지초생자광 松下芝草生紫光　소나무 아래 지초는 자줏빛 광채가 발하고

암상송근청태비 巖上松根靑苔肥　바위 위의 솔뿌리에는 푸른 이끼가 짙은데

천세천세우천세 千歲千歲又千歲　천년에 천년을 살고 또 천년을 더하여

삼천세장노래의 三千歲長老萊衣　삼천 세가 되어서도 노래자의 옷을 입고 보이리

동야冬夜

자조향월양삼어慈鳥向月兩三語	자오는 달을 향해 두세 마디 지 저귀고
동야지지정미안冬夜遲遲正未眠	겨울밤 길고 긴데 정녕 잠은 오 지 않아
수모천리한불습繡慕千里寒不襲	천리 밖 그리움 수놓으니 추위 도 찾지 못하네
침변황귤자생향枕邊黃橘自生香	베갯머리의 누른 감귤은 스스로 향기를 풍기 누나

3) 인목대비의 한이 서린 곳, 덕수궁

임진왜란의 피난에서 돌아온 선조는 정릉동에 있는 성종의 형 월산대군의 집에 임시로 거처를 정하고, 부족한 건물들을 지어가면서 행궁으로서의 면모를 갖추어 16년을 이곳에서 살았다. 선조에 이어 왕이 된 광해군은 복원공사가 마무리된 창덕궁으로 옮겨가면서(광해군 3년 11월, 1611) 정릉동 행궁의 이름을 고친다. 처음은 흥경궁興慶宮으로 하려다 경운궁慶運宮으로 부르게 하고, 12월에 다시 돌아와 광해군 7년 4월까지 머물면서 궁궐다운 체모를 갖추게 된다. 그 후 광해군은 인목대비를 서궁西宮으로 강등하여(광해군 10

년, 1618) 이곳에서 머물게 했음으로 당시는 서궁이라 하였다.

이와 같이 경운궁은 임진왜란 직후에 잠시 동안 궁궐로 사용되다가, 창덕궁 및 창경궁이 중건된 뒤에는 더 이상 왕의 거처로 쓰이지 않았는데, 20세기 초에 와서 다시 중요한 궁궐로 부각되었다. 경복궁에서 명성황후가 살해되는 사건 후에 고종은 당시 주변에 외국 공사관들이 밀집해 있던 경운궁으로 왕실이 피신하기 위하여, 대규모 건축 공사를 벌여 왕궁다운 궁궐로 변모하게 되었다. 그러므로 경운궁은 전통적인 궁궐 제도를 기본으로 하면서, 정전 주변에 서양식 건물과 정원을 만들어 동양과 서양의 문화가 절충된 형식으로 변모하였다. 이후 고종이 러시아 공관으로 파천할 때, 태자와 태자비는 이곳에 머물렀으나 고종은 순종에게 황제 자리를 물려주고 경운궁에 머물게 된다. 순종이 창덕궁으로 옮겨가면서 상왕에게 '덕이 높고 오래 산다.'는 뜻의 덕수궁德壽宮이란 칭호를 올리면서 오늘날 그 이름이 남게 되었다.

'덕수궁'은 이름이 지닌 뜻이 좋아서인지 중국 송나라 때에도 이 이름의 궁궐이 있었고 조선조 초에도 개성에 덕수궁이 있었다. 왕자의 난으로 잠시 임금이 되었던 정종定宗은 태상왕 태조를 위해 태상궁과 부府를 세움으로써 태상왕의 노여움이 조금 풀렸다는 기록이 있다. 이때 궁궐 이름은 덕수궁, 부는 승녕부丞寧府였다. 덕수궁은 임진왜란 직후와 조선조 말 고종 때에 법궁으로 사용되었다. 선조 때는 모든 궁궐이 불타 어쩔 수 없었기 때문이고, 고종 때는 명성황후 시해 후에 외국 영사관이 많았기 때문이었다. 이렇게 덕수궁은 우리나라와 일본의 불행한 역사와 인연이 깊은 궁궐이다. 그 중 조선조 중기 선조, 광해군, 인조 때의 역사적인 주요 사건의 무대가 되었던 경운궁(덕수궁)은 〈계축일기〉의 공간적 배경이 되었다. 조선 중기 때의 덕수궁을 문학의 창으로 만나보자.

(1) 덕수궁의 정문 대한문

덕수궁德壽宮 동쪽에 있는 대한문大韓門의 원래 이름은 '크게 편안하다.'는 뜻의 대안문大安門이었다. 현재는 이 궁의 정문 역할을 하지만 원래 정문은 남쪽에 있던 인화문仁化門이었다. 임금은 정사를 듣는 위치가 북쪽이어서 항상 남쪽을 향하게 된다. 이러한 이유로 임금이나 그의 지위를 가리키는 말이 남면南面이다. 그러므로 국가의 공식적인 행사는 궁궐의 정문이 남쪽으로 향한 곳에서만 거행했다. 귀양을 간 죄인이 유배지에서 북쪽을 향하여 네 번 절을 한 후에 사약賜藥을 마시는 것도 그 이유다.

창경궁은 여러 임금이 사랑한 궁궐이지만 궁궐의 정문 홍화문이 동쪽으로 향하고 있어서 정궁으로 사용되지 못했다. 그러므로 경종(환취정)과 정조(영춘헌)가 창경궁에서 승하했음에도 영조와 순조는 승하한 궁궐의 정전 정문에서 즉위식을 하게 되는 관례와 달리 창덕궁 인정문에서 즉위하였다.

개화기(1900)에 대안문 앞으로 큰 길이 나면서 정문인 인화문 앞

대한문 임진왜란 직후와 조선조 말 고종 때 법궁의 역할을 했던 덕수궁의 정문

은 인적이 드물어지고 대신에 대안문이 궁궐의 중요한 문으로 부각되었다. 그 후 1906년 덕수궁 화재로 대안문을 수리할 때 대한문상량문大漢門上樑文에 "황하가 맑아지는 천재일우의 시운을 맞았으므로 국운이 길이 창대할 것이고, 한양이 억만 년 이어갈 터전에 자리하였으니 문 이름으로 특별히 건대河淸屬千一之運, 邦籙永昌 漢都奠萬億之基, 門號特偈].", "대한이란 정문을 세우니 고문과 응문의 규모를 다 갖추었다. 단청을 정성스럽게 칠하고 소한 운한의 뜻을 취하였으니 넉이 하늘에 합치도대乃立大韓止門, 備皐門應門之規, 坴勤丹雘, 取霄漢雲漢之義, 德合嵂蒼]." 즉 한양을 수도로 하여 새로 태어난 대한제국이 영원히 창대하기를 바라는 마음으로 '한양이 창대해진다.'는 뜻을 지닌 대한문으로 고치고 궁궐의 정문이 되었다.

(2) 광해군 즉위 장소 즉조당

즉조당則阼堂의 '즉조'는 '즉위'와 같은 말로 '임금의 자리에 나

즉조당 선조는 이곳 서청에서 16년간 정무를 보다가 승하하였으며, 광해군이 즉위한 곳이다. 또한 광해군의 악정을 끝내기 위한 반정 세력에 의해 추대된 인조가 즉위한 장소이기도 하다.

아간다.'는 뜻이다. 임진왜란 후 선조가 시어소時御所로 사용하면서 역사의 공간으로 편입되었다. 선조는 이곳 서청西廳에서 16년간 정무를 보다가 승하하였으므로 선조를 이어 왕이 된 광해군은 이곳에서 즉위하였다. 즉위 후 형(임해군)과 동생(영창대군)을 죽이고 어머니를 폐위하고 유폐시킨다. 그러한 죄로 조선조에서 연산군에 이어 왕위에서 쫓겨나는 두 번째 왕이 된다. 그 후 광해군의 악정을 끝내기 위한 반정 세력에 의해 추대된 인조가 즉위한 장소이기도 하다.

〈계축일기〉는 인목대비와 광해군을 선과 악으로 대비하여 서술하였으므로 많은 지면에 광해군의 악행을 적나라하게 묘사하였다. 그러므로 사건의 큰 틀은 역사와 일치되지만 지엽적인 부분은 과장하거나 광해군을 희화적으로 표현함으로써 문학으로 승화하였다.

① 광해군은 어떻게 왕이 되었을까

임진왜란 당시 선조는 적자嫡子 없이 여러 명의 서자庶子가 있었다. 왕실은 일반 사가와 달리 서자라도 대통을 이을 수 있음에도 오랫동안 세자를 정하지 못한 것은 장자인 임해군(1574~1609)이 광포하였기 때문이다. 1591년 정철 등 서인은 선조의 총애를 받고 있는 인빈김씨仁嬪金氏(1560~1618) 소생인 4남 신성군信城君을 세자로 책봉하려다 동인의 반대로 무산되었다. 전쟁이 일어나자 선조는 임해군과 함께 공빈김씨恭嬪金氏(?~ 1575) 소생인 차남 혼琿을 세자로 삼았다. 세자로 책봉된 광해군은 전쟁 중에 종묘宗廟의 신주神主를 모시고 다니면서 분조分朝를 설치하고 의병을 일으켜 민심을 얻었다. 전쟁 후에는 세자 책봉의 승인을 얻기 위해 명明 나라에 여러 차례 사신을 보냈으나 허락을 받지 못했다. 당시 명나라 황제 신종神宗은 장자인 태창제泰昌帝를 두고 사랑하는 둘째 아들을 대신 후계자로 지목하였다. 예부禮部에서는 예법禮法에 어긋난다는 이유로 반대하고 있었으므로 광해군도 상자가 아니므로 승인을 받을 수 없었다.

전쟁 후 선조 33년(1600) 6월 27일, 의인왕후 박씨懿仁王后 朴氏가 황화방皇華坊 별궁 경운궁慶運宮에서 승하한다. 의인왕후의 삼년상을 마치고 51세의 선조는 19세의 인목왕후仁穆王后를 계비로 맞이했다. 그녀가 〈계축일기〉에서 남편(선조)이 죽은 후 아들을 잃고, 폐위되어 쫓겨나 서궁(덕수궁)에 10년 동안 갇혀 지낸 주인공이다.

인목왕후는 선조 17년(1584) 11월 14일 연흥부원군延興府院君 김제남의 딸로 태어나 선조 35년(1602) 7월 13일, 태평관太平館에서 계비繼妃로 입궁한다. 입궁 후 곧 태기가 있어 광해군 측이 노심초사하는 장면으로 작품이 시작된다.

만력 임인년에 중전이 아기 계오시다 듣고 유가가 낙태落胎하실 일을 하노라 놀래오되, 궐내의 팔매질도 하고 액정 사람을 사괴여 내인 측간에 구무 뚫고 남그로 쑤시며 여염처에 명화강도 났다 소문내니, 기시에 궁중宮中에서도 유가를 의심하더라. 계묘년에 공주를 탄생하오시니, 분발 가져간 자가 오전誤傳하여 대군이라 듣고 대답지 아니하다가, 공주 나시다 듣고 무엇 주더라 하니, 더불어 미워함을 알리러라.

- 계축일기 -

인용문에서 알 수 있듯이 인목왕후가 임신 중에 광해군측의 대북大北파 하수인들이 여러 가지 방법을 동원하여 낙태하도록 애를 썼으나 선조 36년(1603) 5월 19일 공주가 탄생하고, 선조 39년(1606) 3월 7일에 대군이 탄생했다. 대군 탄생으로 유영경柳永慶 등 대북파는 선조의 뜻을 헤아려 영창대군을 세자로 추대하려 해 광해군측의 불안을 가중시키게 된다. 당시의 상황이 〈계축일기〉에는 다음과 같이 묘사되었다.

병오년에 대군 나시다 듣고 유자신柳自新 집에서 머리 싸 용심하며, 적자가 나시니 동궁 위位 위태하면 하여, 동궁 권신과 정인홍이 사괴여서 "아모려나 동궁 위하야 굿을 술을 하라." 하며, 일변 말을 내되, "임해군이 자식이 없으니 임해군으로 세자를 삼아 대군을 전傳케 하려 하신다." 운풍을 내어, '션믁뎨 만믁뎨'란 동요童謠를 지어내어 천조 주청을 바야니……, 유가의 당黨이 하되, "적자嫡子가 나시니 봉세자 주청을 아니한다." 하더니, 대왕 불평 시에 정인홍·이이첨 다엿 사람이 상소하되, "유영경이라서 임해군을 위하여 광해군 봉세자 주청을 아니 하오니 수상 유영경의 머리를 주소서." 하야, 성의에 내도한 주사를 불패무상한 구불가도 말로 상소하오니, 해포 미류하신 증세에 침식寢食을 못 하오시고 실 같자오신 기운에 상소를 보옵시고, "제 어찌 군부를 협칙하는 일을 하리," 하오사, 분완하오심을 참지 못 하오사 침식寢食을 전폐하오시고, "인홍仁弘 등을 정배하라." 겨요 전교하오시고 드디어 홍하오셔늘,

- 셰슉일기 -

광해군 측 대북파는 "적자嫡子가 나시니 봉세자 주청을 아니한다."면서 소북파의 유영경을 탄핵하고, 한편으로는 '션믁뎨 만믁뎨'란 동요童謠로 여론을 조성한다. '션믁뎨 만믁뎨'는 문맥으로 보아 션믁뎨先目帝 만믁뎨晩目帝로 생각되어 '션믁뎨'는 임해군을, '만믁뎨'는 영창대군을 가리킨 것 같다. 즉 선조가 만년에 얻은 대

군에게 왕위를 물려주기 위해 먼저 장자長子인 임해군을 세자로 하고, 임해군은 자식이 없으므로 자연스럽게 적자인 대군에게 왕위가 이어지도록 계획한다는 것이다. 그러므로 세자 책봉을 미루는 소북파를 탄핵하는 상소는 계속 이어지게 된다. 당시 1년이 넘게 병중에 있던 왕은 분함을 참지 못하여 침식을 전폐하고 쇠약한 가운데 "인홍仁弘 등을 정배하라."라고 겨우 명령한 후 승하하게 되었다. 실록(선조 41년 1월 22일)에도 "인홍의 상소 때문에 내 마음이 불안하여 밤에는 잠을 자지 못하고 낮에는 밥을 먹을 수 없다."는 기록이 있다.

선조 41년(1609) 2월 1일, 황화방皇華坊 이궁離宮(현재 덕수궁)에서 선조가 57세로 승하할 때, 인목왕후는 27세, 정명공주 7세, 영창대군 5세였다. 이때 인목왕후는 즉시 세자와 세자빈을 불러 승하 장소에서 왕권을 상징하는 계자啓字, 옥새玉璽와 함께 두 봉의 유교遺教를 내놓았다. 한 봉은 세자에게 준 유교로, "형제 사랑하기를 내가 있을 때 처럼하고 참소하는 말이 있어도 부디 그 말을 듣지 말라. 이로써 너에게 부탁하니 아무쪼록 나의 뜻을 깊이 유념하기 바란다."는 내용이다.

다른 하나는 겉봉에 '유영경柳永慶·한응인韓應寅·박동량朴東亮·서성徐渻·신흠申欽·허성許筬·한준겸韓浚謙' 등에게 준 유교였다.

"부덕한 내가 왕위에 있으면서 신민臣民들에게 죄를 졌으므로 깊은 골짝과 연못에 떨어지는 것 같은 조심스러운 마음이었는데 이제 갑자기 중병重病을 얻었다. 수명의 장단長短은 운명이 정해져 있는 것이어서 낮이 가면 밤이 오는 것처럼 감히 어길 수 없는 것으로 성현聖賢도 이를 면하지 못하였으니, 다시 말할 것이 뭐 있겠는가. 단지 대군大君이 어린데 미처 장성하는 것을 보지 못하게 되었으니, 이 때문에 걱정스러운 것이다. 내가 불행하게 된 뒤에는 사람의 마음을 헤아리기 어려운 것이니, 만일 사설邪說이 있게 되면 원컨대 제공들이 애호하고 부지扶持하기 바란다. 감히 이를 부탁한다."는 내용이었다. 유교에 거명된 사람들은 광해군을 지지하던 이이첨 등 대북파의 미움을 받게 되어 화를 당하게 된다.

실록에도 "유영경·한응인·박동량·서성·신흠·허성·한준겸 등은 모두 왕자王子·부마駙馬의 인속姻屬들이었기 때문에 이 유교가 있었던 것인데 이 일곱 신하의 화禍는 실상 이로부터 시작된 것이다."라고 기록되었다. 이때를 〈계축일기〉에는 다음과 같이 서술되었다.

세자와 빙을 침전에 들여 계자와 새보와 마패 등 이렇듯 중대한 것들을 즉시 도라보내고, 세자와 제자에게 하오신 유교를 후궁이 하되, "대군大君 향하야 하오신 유교를 내어 이때에 한 가지로 내오소서." 하거늘, 중전으로 겨오샤 불성인사하오사, "그 유교는 이제 가可치 아니타."만 하시되, 중의 세워 내되 제자를 먼저 뵈고 조정朝廷에 내닫더라. 이리한 것을 이 유교 내다 하고 큰 허물을 삼으니, 진실로 대군을 세우라 하면 대권大權이 장중掌中에 이신 제 올리지 새보를 내어 베풀 사이 없이 세자의 전殿으로 즉시 보내시며 또 유교에, "참뫼 있어도 신참치 말고 대군을 어엿비 여기라." 하오신 말씀이거늘 어찌 유교대로 대군 세울 일이 있으리오.

- 계축일기 -

이러한 우여곡절 속에 선조가 승하하자 기다렸다는 듯이 광해군은 다음날(1609년 2월 2일) 정릉동 행궁 서청에서 즉위한다. 관례에 의하면 선왕이 사망한 후 혼이 돌아오길 기다리는 기간(천자는 7일, 제후는 5일, 일반인은 3일)을 지나서 성복成服(상복을 입음)하는 날에 거행한다. 그 후 대군을 지지하던 유영경 등 소북파는 몰락하고, 전위傳位를 협박하는 상소로 귀양을 보냈던 이이첨李爾瞻, 정인홍鄭仁弘 등은 곧 요직(동부승지, 한성부 판윤)에 등용되었다. 이렇게 하여 광해군과 영창대군을 배후로 맞섰던 두 당의 결전은 대북파의 승리로 끝났지만 선조의 죽음에 많은 의혹을 낳게 하였다.

선조 죽음의 의혹은 승하한 날, 『선조실록』에 "점심으로 찰밥을 진어하고 기색하여 위급해졌다."는 것에 근거한 것이다. 약밥에 대한 이야기가 〈계축일기〉에는 아래와 같이 묘사되었다.

선왕 약밥에 치독하여 승하昇遐 하오시고, …… 그날 약매 고물인지 잡사오시고 즉시 구역하오시고 위급하오시니, 근시인近侍人 다 제 심복

이니 치독하기 고이치 아니하고, 일변 적신賊臣 정인홍鄭仁弘의 상소로
위급히 되오시니 굿하여 칼로 지라며 매로 쳐야 죽이다 하리, 아녀 설
워 그만하면 시부弑父라 할 것이오.

- 계축일기 -

작자는 광해군 측에서 음식(약밥)에 독을 넣어 선조를 승하하게
했다는 의혹을 말한 것과 함께, 위에서 언급한 정인홍의 상소로 병
환 중의 선조가 식음을 전폐하게 하여 죽음을 재촉하게 한 것으로
도 충분히 아버지를 죽인 죄가 된다고 한다. 당시의 사건들이 여
러 기록문헌에서 서술되고 있다.

"선왕의 오랜 병환이 처음 나았을 때 모든 백성이 좋아하였는데 잠
간 동안에 돌아가시게 되니 온 나라 사람들이 이미 의심이 없지 않았
으니 곧 약밥의 말이 항간에 돌아다닌 것입니다."

-『연려실기술』 권23, 인조조 고사본말, 양곡집 -

"광해가 시역에 직접 간여하였는지 비록 알 수 없으나 이첨이 〈시
역〉의 음모를 실행한 것은 불을 보듯이 밝은 일이었다.", "광해가 비
록 시역에 간여한 자취가 없다 하더라도 약밥이 이미 동궁에서 나왔으
니 장오가 어째 죄가 없다 할 수 있는가. 춘추의 법대로 할 것 같으면,
마침내 약을 맛보지 않은 죄를 면하기 어려울 것이다."

즉위 후 첫 번째 희생자는 친형 임해군臨海君이었다. 임해군은 선조 5년(1572) 8월 14일, 공빈김씨恭嬪金氏의 소생으로 이름은 진珒이다. 선조의 장자이므로 세자가 되어야 하지만 성질이 난폭하여 친동생에게 세자 자리를 빼앗겼다. 선조가 승하한 지 한 달도 되지 않은 2월 20일, 강화도 교동으로 유배된다. 광해군은 즉위 후 관례에 따라 명나라에 선왕(선조)의 부음을 알리고 시호諡號를 청하는 것과 동시에 왕위 계승에 대한 승인을 허락받기 위해 사신을 보냈다. 그러나 장자가 아니라는 이유로 임해군의 근황과 그의 뜻을 묻자 "장자는 중풍 병으로 여막廬幕을 지키고 있다." 하고, "자신이 이미 사양하였다."고 하였다. 그러나 이 말에 의문을 품은 명나라는 요동도사遼東都司 엄일괴嚴一魁와 자재주지주自在州知州 만애민萬愛民을 보내어 조사하게 하였다. 그때 교동에 유배했던 임해군에게 '미친 척하면 살려주겠다.'는 약속으로 겨우 위기를 모면한 후, 명나라 차관이 돌아간 후 곧 죽였다(광해군 즉위년 4월 29일). 이렇게 임해군은 38세의 젊은 나이에 맏아들로 태어난 것이 친동생의 왕위 보존에 걸림돌이 되어 죽임을 당한다. 형 임해군을 죽임으로써 광해군은 아버지를 죽인 죄 시부弑父에다 형을 죽인 죄 살형殺兄이 추가되었다.

석어당 〈계축일기〉의 인목왕후가 19세에 51세의 선조 계비로 입궁하여 이곳에서 아들을 빼앗기고 자신도 10여 년을 갖은 수모를 겪으며 갇혀 지낸 비극의 장소다.

(3) 인목왕후의 한이 서린 석어당

'석어'는 '옛날에 임어하였다. 즉 옛날 임금이 머물렀다.'는 의미다. 영조 49년(1773) 11월 4일, "임금이 석어당이라는 세 글자를 써서 즉조당 현판에 걸게 하였으니 바로 경운궁이다."라고 한 것으로 보아 이 석어당昔御堂의 주인공은 선조다. 선조는 이곳에서 첫 번째 왕후(의인왕후)를 떠나보내고 새로운 왕비(인목왕후)를 맞이하여 아들과 딸을 낳으며 16년을 살다가 승하했다. 또한 19살에 51세의 선조 계비로 입궁한 인목왕후는 이곳에서 아들을 빼앗기고, 자신도 10여 년을 갖은 수모를 겪으며 갇혀 지낸 비극의 장소이기도 하다. 〈계축일기〉에서 주요 사건의 공간 배경이었던 석어당을 작품으로 만나보자.

① 계축년, 영창대군 죽음의 서곡

광해군 5년(1613)은 육십갑자六十甲子로 계축년癸丑年이다. 역사가

들은 이 해에 대비측이 영창대군을 왕으로 추대하려다 발각되었다
는 누명을 쓰고 많은 사람이 화를 당한 사건을 계축옥사癸丑獄事라
한다. 이 사건 후에도 대비측은 높은 담장에 갇혀 10여 년을 고통
속에서 생활했지만 가장 큰 슬픔은 영창대군의 비극적 죽음이기에
작자는 수난의 세월을 기록한 제목을 〈계축일기〉라 했다.

　광해군은 적자도 장자도 아닌 위치에서 우여곡절 끝에 왕위에
오르자 장차 화의 근원이 될 소지를 제거하기 시작한다. 먼저 희생
자는 왕위 계승의 걸림돌인 장자인 동복 형 임해군이었다. 장자를
제거한 후 다시 적자인 영창대군에게 화살을 겨누기 시작하였다.
임해군은 성격이 난폭하여 아버지(선조)가 신임하지 않은 인물이라
인심이 따르지 않았으나, 영창대군은 나이가 어려서 죄를 거론하기
어렵고 생모生母가 대비로 나라의 어른이므로 임해군 때와 같이 쉽
게 해결할 수 없었다. 광해군 측은 영창대군을 죽이기 전에 대군
측의 소북파를 제거하는 작업을 시작한다. 그것이 광해군 4년
(1612), 봉산군수 신율申慄의 고변으로 시작된 김직재金直哉 무옥誣獄
이다. 연릉부원군延陵府院君 이호민李好閔 등이 진릉군晉陵君을 받들
어 반란을 일으켜 이이첨 등의 대북파를 제거하려 했다는 거짓 진
술로 소북과 서인 세력 100여 명이 처형을 당하거나 유배되었다.

　이듬해(계축년)에는 박응서 사건朴應犀事件과 저주사건咀呪事件으로
영창대군 제거 작업을 구체화하게 된다. 그 중 박응서 사건은 인
목왕후의 아버지 김제남과 역모를 꾀하려 하였다는 허위진술로 일

어난 옥사다. 박응서는 영의정 박순朴淳의 서자로 시문에 능하고 학문이 뛰어났다. 서얼차대庶孼差待에 불만을 품고 광해군 즉위 초에 서얼허통을 청하였으나 허락되지 않았다. 같은 처지의 서양갑徐羊甲, 박치의朴致毅, 심우영沈友英, 이경준李耕俊, 유효선柳孝先 김평손金平孫 등과 강변칠우江邊七友, 죽림칠우竹林七友라 자처하면서 여주의 북한강 근처에서 시와 술로 세월을 보냈다. 광해군 4년 조령에서 은상인銀商人을 죽이고 6~7백량을 약탈하였는데, 이듬해(계축년) 4월 25일 검거되었다. 처음 포도대장 한희길韓希吉의 보고에서는 단순한 강도 사건에 지나지 않았으나 이이첨 등의 꾐에 빠져서 허위 진술을 하여 대옥사가 시작된다.

사월로서 유가柳哥·이이첨李爾瞻·박승종 등 심복과 도모圖謀하며, 방정지사로 소계疏啓 할 마대에 은銀 도적 박응서 포도청捕盜廳에 개개히 복초하니, 결안 다짐받아 결의決議 낼 것이어늘, 유柳·박朴·이李 삼적三賊이 포도대장 지주하여 죽이고 죄수罪囚는 도로 가도고 이리이리 하라 맞추니, 그 도적이 제 살 억탁으로 일종 지휘知委대로 상소한데,

- 계축일기 -

저주사건은 박동량 초사招辭에서 시작되었다. 박동량은 의인왕후 아버지 박응순朴應順의 조카로 선조가 일곱 신하에게 남긴 유

교遺教에 이름이 있어 수난을 겪고 있었다. 그해 5월 16일 박동량
은 "선조가 편찰았을 때(선조 40년, 1607)에 무당이 돌아가신 의인왕
후의 탈이라 하니 대비측이 유릉裕陵에 가서 저주咀呪하는 굿을 하
면서 차마 듣지도 말하지도 못할 흉악한 짓을 저질렀다."고 진술
한다. 사관은 당시의 상황을 "박동량은 재변才辯도 있고 기백도 있
는 인물이다. 그런데 죽고 사는 일이 논해지는 마당에 바른 자세
를 견지하여 통쾌하게 해명하려 노력하지는 않고 마침내 노복들
사이에서 일어난 어설픈 자취와 잘못 전해진 소문을 대옥大獄이
벌어진 상황에서 발설하고 말았다."고 기록했다. 그 결과 "간신들
이 온갖 계책으로 일을 꾸며 만들면서 모두 대비大妃와 김제남의
소행으로 돌렸는데, 저주咀呪의 옥사는 바로 이로 말미암아 일어나
게 된 것이었다. 그런데 박동량 역시 결국은 면하지 못한 채 신흠
申欽 등과 함께 유배를 가게 되었으므로 식자들이 탄식하며 통분
스럽게 여겼다."고 전한다(광해군 5년 5월 16일). 그 사건을 작품은 아
래와 같이 서술했다.

유가柳哥가 박동량에게 이리이리 하면 살오마 달내니, 일종 유가의
뜻대로 일을 온 가지로 거짓말을 꾸며, …… 유릉 방정도 하였으니 우
리 겟 방정도 이리이리 하였다 하고, 오월 십팔일의 침실상궁寢室尙宮
김씨金氏와 대군 보모상궁保姆尙宮과 침실시녀寢室侍女 여옥이와 대군 큰
각시 환이를 소명 써 와서, "박동량 초사니 어서 내소서." 한대, 그 내

인들이 하늘을 부르고 따흘 두다려 궁중宮中이 진동振動하여 곡성이 창천하고, "박동량 도적놈아! 우리 네 이름을 알기나 아더냐? 나라와 무삼 원수怨讐이러니!"

- 계축일기 -

5월 30일, 박동량 초사와 관련이 있다는 이유로 영창대군을 서인으로 폐한다. 이어서 영창대군을 추대하려 했다는 죄로 인목왕후의 아버지 김제남과 아들들이 화를 당한다. 이렇게 영창대군의 보호막을 제거한 후 화살을 대군에게 겨누기 시작한다. 이때 광해군은 "대군이 안에 있으면 오히려 조정이 노怒하여 죽여지라 할 것이다.", "이제 내어 보내면 살 수 있어도 아니면 살지 못하오리다."며 내어 보내기를 재촉한다. "어서 내라. 더대 내면 죄 크리라." 이러한 날들이 20여 일 계속된다. 아래 인용문은 광해군 5년(1613) 6월 21일, 영창대군이 어머니와 함께 숨을 죽이고 있던 석어당에서 끌어내는 장면이다.

날은 늦어가고 하 민망하여 힐우다가 못하여 우혼 정 상궁이 업삽고, 공주 아기시는 주 상궁이 업삽고 대군 아기시는 김 상궁이 업사왔으니 대군이 하시되, "웃전과 누으님과 먼저 서시고 나는 뒤에 서지라." 하셔늘, "어찌 그리 서라 하시는고?" 하니, "내 먼저 서면 날만 내고 다 아니 나오실 것이니 나 보는 데서 가압사이다." 하시더라. 우혼

짓 의대에 짓보 덮삽고 두 아기시는 남보藍褓를 덮사와 각각 업사와 자비문에 다다라더니, 내관이 십여 인이나 옆대여, "어서 내옵소서." 바야더니 저집 내인 연갑이는 우 업사온 내인의 다리를 붙들었고, 은덕이는 공주 업사온 주 상궁 다리를 붙들어 옮겨 드대지 못하게 하고, 대군 업사온 사람을 앞으로서 끄어 내고 뒤으로서 밀쳐 문밖에 내고, 우리만 다 밀어 들이고 자비문짝을 닫으니 그 망극함이 어떠하리오. 대군 아기시만 문밖에 업혀 나셔서 업은 사람의 등에 머리를 부딪쳐 울으시며, "마마 보세." 하다가 못하여, "누오님이나 보세." 하시고, 하애를 타 설워하오시니, 곡성이 내외에 천지진동天地振動하여 눈물이 땅에 가득하니 사람들이 눈이 어두워 길을 모를러라.

- 계축일기 -

영창대군이 죽음의 길로 나설 때, 울부짖던 대군이 칼과 화살을 찬 군인들이 포위하여 가니 울기를 그치고 머리를 숙여 자는 듯이 업혀 간다. 한편 아들을 빼앗긴 대비는 식음을 전폐하고 울면서 대군소식을 기다렸는데 소식이 없자 자결하려고 하여 내인들이 밤낮으로 곁을 지켰다고 묘사했다. 그날을 실록에는 "이의를 내 보내는 날에 대비가 그를 부둥켜안고 차마 떠나보내지 못하였다. 주위사람들이 온갖 방법으로 전하고 만류하자 액문掖門 안에까지 안고 와서 울부짖으며 작별하였다. 호위하는 병사들이 이를 보고 듣고는 엎드린 채 일어나지를 못하고 너나없이 눈물을 흘렸다."고 기록되었다(광해군 5년 6월 21일).

7월 26일, 영창대군이 강화도로 유배된다. 〈계축일기〉는 "소식을 애타게 기다리던 대비 측은 대군을 강화江華로 옮기면서 알려주지 않아 대군이 평소에 좋아하던 실과實果며 고기를 싸고 기다린다. 소문에 대군을 강화江華로 옮기니 불상하더라 하여, 그제야 강화로 옮긴 줄 알았으나 여러 날이 지나도 안부도 오지 아니하고 강화로 옮긴 것도 알려주지 않았다. 이후에도 대비 측에서 여러 방법으로 아들의 소식을 알려고 하였으나 허사였다."고 기술되었다.

광해군 6년(1614) 2월 10일, "강화부사 정항鄭沆이 영창대군 이의를 살해하였다. 정항이 고을에 도착하여 위리圍籬 주변에 사람을 엄중히 금하고 음식물을 넣어주지 않았다. 침상에 불을 때서 눕지 못하게 하였는데 의가 창살을 부여잡고 밤낮으로 울부짖다가 기력이 다하여 죽었다. 의는 사람됨이 영리하였다. 비록 나이는 어리지만 대비의 마음을 아프게 할까 염려히여 괴로움을 말하지 않았다. 스스로 죄인이라 하여 상복을 입지 않았다. 그의 죽음을 듣고 불쌍히 여기지 않는 사람이 없었다."고 『선조실록』에 기록되었다. 그러나 〈계축일기〉에는 이 비극의 내용을 묘사하지 않았다. 너무나 애처롭고 가슴 아픈 이야기라 차마 기술할 수 없었을 것이다. 이렇게 영창대군은 3살에 아버지 선조를 여의고 8살에 어머니와 이별한다. 적자라는 이유 하나로 9살의 어린 아이가 그것도 뜨거운 방바닥에서 굶주린 채 창살에 매달려 밤낮을 울다가 비극의 최후를 맞이하였다.

② 인목대비를 폐모·폐위하다

박동량 초사 사건으로 대비 측 내인 30여 명이 죽거나 화를 당하였다. 그 후 광해군 측의 상궁 개시는 대비 측에서 영창대군을 구하기 위해 명나라 사신에게 서신을 보내고, '왕과 세자가 죽기를 축원하는 제사를 지냈다.'고 하여 대비 측의 내인들이 다시 수난을 당한다. 연이어 일어난 저주와 방정 사건의 모든 책임이 대비에게 있다는 이유로 광해군은 모후인 인목대비의 작위를 폐하고 서궁에 유폐시킨다. 이러한 패륜 행위가 인조반정의 명분과 원인이 되었다.

인조반정 후 인목대비가 내린 언문교지에, "광해군은 천지간에 비할 데 없는 대역부도의 패륜아로 단정하고 군부를 시하고 형을 죽이고 어머니를 폐한 자라하여 36가지의 죄목을 열거했는데 그 하나가 폐모다. 인조 또한 즉위 초두에 내린 교서를 통하여 우리나라는 열성으로서 이어받은 가법을 바르게 하여 인으로써 다스리고 효로써 도리를 삼았는데 수십 년래로 적신이 모자 사이를 이간시키며 인륜에 변을 일으켜서 대비를 별궁에 유폐시켜 갖가지 욕을 입혔으나 충신이 인륜이 끊어짐을 두려워하여 내란을 평정해 대비를 복위시키고 내가 추대되었다." 하여 인조반정의 필연성이 인륜을 바로 잡기 위해서임을 밝혔다.

이와 같이 효를 지상으로 하는 유교사회에서 불효의 죄목을 쓰고서는 살아남을 수가 없었다. 그러므로 폐모사건이 서인에게는 정권탈취의 명분을 주었고, 광해군 몰락의 결정적인 계기가 된다. 폐모론이 처음 대두된 것은 계축년 5월 태학생 이위경李偉卿이 "모후는 안으로 무고巫蠱를 일으키고 밖으로는 역적을 모의했음으로 이미 종사에 죄를 얻었을 뿐 아니라 모후의 도道도 끊어졌다."는 상소로 시작된다. 그 후 이위경의 상소 내용이 "명백함으로 궁을 따로 둠이 마땅하다."고 하였으며 한편에서는 "인륜의 가장 중대한 일이므로 장차 후세의 비판을 가져올 수 있다."고 하여 찬성과 반대로 나뉘어 정국은 다시 혼란이 시작되어 반대하던 이항복, 기자헌 등은 화를 입는다. 그러므로 조정에서는 반대자를 찾기 어려웠지만, 전국 유생들이 금수禽獸의 행동을 하는 대북파를 탄핵하는 상소로 실록을 거의 메우다시피 한다. 광해군 9년(1617) 11월 5일, 이이첨은 한보길韓輔吉, 박몽준朴夢俊 등을 사주하여 폐모론 상소를 하게 한 후 반대하는 자들에게 강력하게 대처하면서 폐모론을 주도했다.

광해군 10년(1618) 1월 4일, 한준겸의 숙부인 우의정 한효순韓孝純의 발론을 계기로 1월 28일 계모 인목대비를 서궁에 유폐시키고 공봉供奉을 감하고 조알朝謁을 중지했다. 또한 실권을 행사하던 이이첨李爾瞻은 12월 강원감사 백대영白大珩을 시켜 이위경李偉卿 등과

함께 굿을 빙자하여 서궁에 들어가 대비를 시해하려 했으나 영의
정 박승종朴承宗이 이들을 추방하여 성공하지 못했다. 인목대비를
서궁에 유폐시킬 때 대비의 죄와 폐위폐삭廢位廢削의 절목節目은 다
음과 같다.

〈인목대비의 죄〉

1. 역적 출생 시 유영경柳永慶으로 하여금 속히 하례하게 하여 민심
   을 탐지하고 경문經文을 외워 큰 복을 빌게 한 죄

2. 선왕 질병 시 아들에게 전위傳位코자 언문교지諺文教旨를 통하여
   세자의 전위를 막게 한 죄

3. 세자전위에 관한 정인호의 소에 선왕께 권하여 엄한 말씀을 내리
   게 한 죄

4. 선왕 임종 시 칠흉에게 거짓 전교를 내어 의를 보호케 하고 후에
   위를 뺏으려 한 죄

5. 김제남과 함께 서얼들과 도모하여 난을 일으키려 한 죄

6. 궁중과 열여섯 가지로 저주하여 책을 이루려 한 죄

7. 선후의 릉에서 저주한 죄

8. 궁에 격서의 화살을 던져 역적들에게 말의 구실을 삼으려 한 죄

9. 당군에게 호소하여 중국에 화를 도발하려 한 죄

10. 왜국과 누르하치를 통하여 영창을 세우기 위해 중조에 거역한 죄

〈폐위폐삭廢位廢削의 절목節目 〉

1. 전에 올리던 본국의 존호를 삭제한다.

2. 옥책과 옥보를 내놓는다.

3. 대비라는 두 글자를 버리고 서궁이라 칭한다.

4. 국혼할 때 납진 납패 등의 문서를 내놓는다.

5. 어보와 휘지 율시를 내놓는다.

6. 여연의장을 내놓는다.

7. 조알, 문안, 숙배를 폐지한다.

8. 분사를 폐한다.

9. 여러 종의 공헌을 폐한다.

10. 서궁에 공급하는 것은 후궁의 예에 따른다.

11. 공주의 늠과廩科 혼인은 옹주의 예에 따른다.

12. 대비사후 거상하지 못하며 복도 입지 못하고 종묘에 들어가지
    못한다.

13. 궁장을 증축하고 여러 명의 무사들로 지키게 한다.

물론 위에 열거한 것들이 다 실행된 것은 아니지만 굳고 높은
담장 속에서 겨우 목숨만 이어가는 대비를 수없이 해치려고 한 것
만은 사실이었음이 『광해군일기』 여러 곳에 기록되었다. 그러나
이 모든 고통을 인목왕후와 함께한 작자는 '폐모'란 말은 감히 입
에 담지 못했다. 광해군 측으로부터 받은 고통의 무게를 몇 개의

삽화를 삽입하여 폐비 인목왕후와 운명을 함께했던 내인들의 수난사를 전한다. 아래는 삽입된 삽화 중 일부다.

쌀 일 박이 없어 소코리로 쌀을 이더니 가마귀 박씨를 물어 왔거늘 한 해 길러 두 해 째는 쪽 박이러니 세 해 째는 중中박이 되고 네 해 째는 큰 박이 되더라.

- 계축일기 -

생치 목에 수수 씨 들었거늘 의외意外로 심으니 무성茂盛이 되니라 가을에 베니 찰 수수러라. 부로 씨는 짐승의 똥에 있거늘 심으다.

- 계축일기 -

③ 정신적 복수를 위한 희화화(戲畵化)

〈계축일기〉는 대비를 모시던 내인의 관점에서 기술되었기에 대비를 중심으로 한 공동체는 선인善人으로, 광해군을 중심으로 한 모든 공동체는 악인惡人으로 기술될 수밖에 없었다. 그러므로 실록이나 기타 기록들과는 달리 광해군을 아래와 같이 묘사하여 조롱하였다.

공사를 하 못하여 한 장張 것도 친히 결치 못하니 내전이 혹 빙전에 나간 적이면 공사를 못하여 혼자 앉아서 두루매며 조해와 칼을 손에

놓지 못 하여 조해를 잘게 싸흐라 바람에 두루 붙이고 칼을 두루 버려 세우고 있어 혹 중중 읍주어리니, 내관이 혹 소래나 하면 소래 질러 꾸짖으니 내관도 들어붙지 못 하여 밖에서 앙천仰天하고 애를 태오미러니, 혹 명종조 늙은 내관이 있더니 당돌이 들어가 살오되, "무사 일 심기心氣를 내옵시난고 형님도 남의 말 듣고 벌써 없이하시고, 이 공사도 아조 어렵지 아니 하니이다. 글 배호신지 오라니 슬기는 글에서 나는 일이오, 마노라가 선왕先王 아드님이시오 들어 계신 집도 선왕 집이오, 조해 필먹筆墨 다 선왕 것이니 이만 공사를 못 하셔 사람 없이하시고 고요히 안자계셔 칼과 조해를 가지고 무사일 하시난고." 하니, 붓그려 잠잠하였더라. 이 말이 툿툿 나니 이 내관을 미워하더니 대군란에 죄 주니라.

– 계축일기 –

대전이 처음으로 배릉拜陵가니, 옛 재상宰相들은 동구洞口부터 통곡痛哭고저 하되, 갓가사로 참아 가서 상上이 우리서든 실컷 우지 하고 이때저때 기다리고 있으니, 상능上陵하야 편안히 그저 나려오니 기간期間에 뉘 가라친지 나려온 후야 예조에, "울냐? 말냐?" 의논 하니, "울으셔야 옳다." 하니, 올 적에야 그 소래 듣고 유가는 실성통곡 하였더니. "너모 우다가 외오 여기오실까." 하더란 말이 있더라. 이렇듯 천성天性에 효성이 없어 완둔함이 심하니 우리게 향하야 어떠리오.

– 계축일기 –

이와 같이 무능하고 포악하며 또한 예마저 없는 천하의 악인으로 묘사되어 있다. 물론 빤히 과장된 것인 줄 알면서도 독자는 흥미를 갖게 되고 희극적으로 묘사된 광해군의 모습에서는 골계미滑稽美마저 느끼게 한다. 신분을 밝히지 않는 내인이 아니면 이와 같이 실감 있게 표현하기 힘들 것이다. 광해군과 인목대비를 축軸으로 한 권력 투쟁이 〈계축일기〉의 중요한 모티브지만, 지배자들의 속물근성과 권력투쟁에 죄 없이 희생되는 피지배자의 애환이 묘사된 장면들은 역사적인 사실의 여부를 떠나서 독자들의 마음속에 문학으로 승화하였다.

광해군 15년(1623) 3월 12일, 서인들이 인륜을 바로 세우겠다는 명분으로 일어난 반정이 성공하여 3월 13일 반정세력이 왕으로 추대한 능양군綾陽君이 왕대비를 복위하고 경운궁 별당에서 조선 16대 왕(인조)으로 즉위한다. 인조반정으로 대비가 복위되고 폐쇄되었던 문이 열렸으므로 작품을 끝내야 할 시점이 된 것이다. 작자는 아래의 이야기로 마무리하여 자신의 창작의도를 독자에게 전한다.

계해년 삼월 십삼일 삼경三更에 문을 여니라. 오래 잠가 넣었으나 궁중에 기특奇特 거룩한 상서祥瑞의 일이 많으니, 늙은 내인들은 축수祝壽하고 져믄 것들은 더욱 두려 지향志向을 못하더니 이렇듯 한 만고성사가 있더라. 신유·임술년부터는 신인神人이 나려와 내인들 눈에 기특

한 일이 많더라. 계축년癸丑年부터 설운 일이며, 상시 내관 보내여 저히며 꾸짖던 일이며, 박대·부도부효지사不道不孝之事를 니라 기록지 못하야 만분의 한 말이나 기록하노라. 다 쓰려 하면 남산의 대랄 다 버히다 어찌 다 니라 쓰며, 다 니라랴 하면 선천지先天地 진盡하고 후천지後天地 니란들 다 네아기 삼아 보랴. 내인들이 잠깐 기록 하노라.

- 계축일기 -

한편 광해군은 반정 날, 의관醫官 안국신安國臣의 집에 있다가 잡혀왔다. 3월 14일, 폐위되어 군으로 봉해지고 이이첨과 악행을 저지른 대북파들이 제거된다. 3월 23일, 광해군은 아들 이질李侄과 함께 강화에 안치되었다. 인조 15년 윤 4월 13일 병자호란으로 강화도가 함락되어 교동으로 옮겨졌다가 그해 4월 18일 제주도에 옮겨진다. 광해군은 이후에도 4년을 더 살다가 인조 19년(1641) 7월 1일 67세로 천수를 다하고 죽었다. 아들 이질은 인조 15년(1637) 윤 4월 13일, 땅굴을 파고 도망가다가 붙잡혀 6월 25일 자결했다.

광해군이 저지른 죄에는 상궁 김가희介屎와 이이첨 등 최측근의 횡포가 가중시켰다고 후세의 사가들은 말한다. 광해군을 실은 배가 제주에 닿았을 때 "내가 어찌 여기 왔느냐, 내가 어찌 여기 왔느냐"는 슬픈 물음에, "아첨한 자를 물리쳐 멀리하고 화관과 궁첩으로 조정 정사에 간여하지 않게 하였더라면 어찌 여기 오셨겠습니까."라는 제주 목사의 대답에 말없이 눈물만 지었다 한다. 광해군이 교동喬桐에서 제주도로 옮겨 갈 때 지은 아래의 시는 권력과 부귀의 무상함을 절감했을 인간 광해군을 만나게 한다.

풍취비우과성두風吹飛雨過城頭	부는 바람 뿌리는 비 성문 옆 지나는 길
장기훈음백척루瘴氣薰陰百尺樓	후덥지근 장독 기운 백 척으로 솟은 누각
창해노도내박모滄海怒濤來薄暮	창해의 파도 속에 날은 이미 어스름
벽산추색대청추碧山秋色帶淸秋	푸른 산의 푸른 빛은 싸늘한 가을 기운
귀심염견왕손초歸心厭見王孫草	가고 싶어 왕손초를 신물나게 보았고
객몽빈경제자주客夢頻驚帝子洲	나그네 꿈 자주도 제자주에 깨이네
고국존망소식단故國存亡消息斷	고국의 존망은 소식조차 끊어지고
연파강산와고주烟坡江山臥孤舟	연기 깔린 강 물결 외딴 배에 누웠구나

4) 〈한중록〉의 주요 배경인 경희궁

경희궁景熙宮의 '경희慶熙'는 경사스럽고 화락하다는 의미다. 원래는 인조의 생부인 정원군定遠君이 거처하던 집이었다. 광해군 때 술사들의 추천으로 현재 필운동 부근에다 운경궁을 조성하던 중에, 새문동에도 왕기王氣가 있다는 말을 듣고 그 기운을 누르기 위해 광해군 9년(1617) 9월에 시작하여 12년에 완성된 궁궐이다. 이 궁궐이 경복궁의 서쪽에 있다하여 서궐이라 한 경덕궁이다. 그 후 왕위에 오른 인조는 경운궁(정릉동 행궁을 궁궐로 고쳐 지은 것)에서 즉위하면서 광해군이 지은 이 궁궐에는 들어가지 않으려 했지만, 인조반정 때에 창덕궁이 불타고(1623년), 이괄의 난 때 창경궁마저 불타자 1624년 2월에 경희궁景熙宮에 거처하게 되었다. 창건된 지 4년 만에야 왕궁으로 빛을 보게 된 것이다.

이후로 역대 여러 임금이 서궐에 자주 이어하여 정치 공간으로도 이용되었다. 경종과 정조, 헌종은 이곳에서 즉위식을 했다. 영조는 경덕慶德이 원종의 시호인 경덕敬德의 '덕'자와 상충된다 하여 경희궁으로 이름을 바꾸었다. 그 후에도 경희궁은 창덕궁과 더불어 조선 후기 역사의 현장으로 그 웅장한 모습을 지켜오다가, 1910년의 한일합방 직전부터 일본인들에 의하여 강제로 철거되기 시작하여 1907년에는 통감부중학을 세웠고, 1915년에는 경성중학교, 광복 후에는 서울중고등학교가 있었던 자리다.

1985년에 사적지로 지정된 후 1988년부터 복원 작업이 시작되었다.

〈한중록〉에는 사현합思賢閤, 경현당景賢堂, 광명전光明殿, 집희당緝熙堂 등과 같이 경희궁에 있던 전각을 배경으로 한 사건이 많다. 사도세자가 주로 창덕궁과 창경궁에서 생활한 것과 달리 영조는 경희궁에 주로 거처하다가 집경당集慶景에서 승하했기 때문이다. 그러므로 경희궁에는 반세기가 넘는 세월을 절대군주로 살았던 영조와 관련된 이야기가 많다. 28살에 시아버지에 의해 남편을 잃고 청상靑孀이 된 며느리의 시선으로 영조와 그가 사랑했던 경희궁을 만나보자.

(1) 경희궁의 정문 흥화문

흥화문興化門의 '흥화'는 '교화를 북돋우다'라는 의미로 경희궁 동쪽에 있는 정문이다. 현판의 글씨가 빼어나 밤에도 광채를 발하였음으로 경희궁을 야조개夜照峴 또는 야주개 궁궐이라고도 했다.

(2) 경희궁의 정전, 숭정전과 정조의 즉위 장소 숭정문

숭정전崇政殿의 '숭정'은 '정사를 드높인다'의 뜻을 지닌 경희궁 정전이다. 헌종 때에 발행한 궁궐지에는 남쪽에 숭정문崇政門, 동남쪽에 건명문建明門, 동쪽에 여춘문麗春門, 서쪽에 의추문宜秋門이 있었다고 한다. 그 중 숭정문에서 경종, 정조, 헌종의 즉위식이 거행되었다. 영조는 경희궁에서 승하했으므로 세손이던 정조가 숭정전의 정문인 숭정문에서 즉위하였다.

> 섧고섧도다. 모년모월 일을 내 어찌 차마 말하리오. 천지 합벽하고 회색하는 변을 만나 내 어찌 차마 일시나 세상 머물 마음이 있으리오. 칼을 들어 명을 결하려 하더니 방인이 앗음으로 인하여 뜻같이 못하고 돌아 생각하니 십일세 세손에게 첩첩한 지통을 끼치지 못하겠고 내 없으면 세손 성취를 어찌 하리오 참고 참아 완명을 보전하고 하늘만 부르짖으니……
>
> — 한중록 —

작자는 남편을 따라 죽지 못한 이유를 자식들에게 아버지와 어머니를 동시에 잃는 슬픔을 줄 수 없었으며, 아버지가 보위寶位에 오르지 못한 한을 아들이 이루도록 하기 위해 목숨을 보전했다고 한다. 남편 사도세자의 장례를 치른 후에 작자는 시아버지 영조를 만났을 때를 아래와 같이 회고하였다.

> 팔월에 선대왕께 뵈오니 내 서러운 회포가 어떠하리오마는 감히 베풀지 못하옵고 "모자 보전함이 다 성은이로소이다." 하고 체읍하며 아뢰니 선대왕이 집수하오셔 우시니 "네 저러할 줄 생각지 못하고 내 너

숭정문 〈한중록〉에 의하면 영조는 경희궁을 법궁처럼 사용하여 왕세손인 정조의 관례와 가례를 이 궁에서 거행하고, 영조가 경희궁에서 승하하자 세손이던 정조가 숭정전의 정문인 숭정문에서 즉위하게 된다.

볼 마음이 어렵더니 너 내마음을 편케하니 아름답다.” 하오시니 이 하교를 듣자오니 내 심장이 더욱 막히고 경완함이 갈수록 심한지라 또 아뢰되 “세손을 경희궁으로 데려가오셔 가르치심을 바라옵나이다.” 하니 “네 떠나 견딜까 싶으냐” 하시기 눈물 드리워 “떠나 섭섭하기는 작은 일이요 우흘 뫼와 뵈옵는 일은 큰 일이오이다.” 하고 인하여 세손을 올려 보내려 하니 모자 떠나는 정리 오죽하리오.

– 한중록 –

아들을 죽인 아버지와 시아버지에 의해 남편을 잃은 며느리는 차마 만나기 어려웠을 것이다. 8월에서야 처음으로 대면한 장면이다. 이때 자신의 감정은 접어 두고 오직 아들의 앞날만을 염려하는 마음을 아는 영조는, “네 효심을 오늘날 갚아 써 주노라.” 하며 며느리가 거처하는 집에 ‘가효당嘉孝堂’이라는 현판을 친히 써 주고, 그 아들은 훗날 영조의 뒤를 이어 숭정전인 숭정문에서 보위에 오르게 된다.

　　주상을 간신히 길러 구오에 오르시는 양을 보니 어미의 지정으로 어
찌 귀하고 두굿겁지 아니 하리오마는 지통이 재심在心하고 집안 화색禍
色은 천만 가지로 박두하여 중부 죄만이 망극하올 뿐 아니라 흉소가
이어 일어나 선인 소조所遭 더욱 망극하시니, 내 어리석으나 주상 어미
로 앉았는데 엄친을 부디 해하려 하니 이는 내 없고자 한 뜻들이니, 내
몸이 없어 이 경상을 보지 말고자 하되 주상을 버리지 못함은 또한 인
정의 당연함이라. 지통을 서리 담고 하늘만 바라더니 칠월에 중부의
당하심을 보니 문호 망한지라. 내 지처에 이 어찐 일이며 이 어찐 일인
고. 통곡하며 통곡하나 또한 사정私情이라. …… 문을 닫고 칩복하여
선인과 사생화복을 같이 하려 지게 밖을 난 바 없고 다만 대전大殿이
오신 때면 머리를 드니 주상이 어찌 나 슬퍼하는 것을 보고자 하시리
오. 매양 나를 대하시면 불안하고 척척하여 하시니 내 성심을 위하여
도리어 화기를 짓더니라.

- 한중록 -

　　그러나 정조는 보위에 오르자마자 외가인 풍산홍씨豊山洪氏 집안
을 치기 시작하여 작자에게 깊은 상처를 남긴다. 그것은 아버지를
가둔 뒤주를 외할아버지(홍봉한)가 들이게 했다는 이유에서였다. 물
론 작자는 이러한 처분들이 고모 화완옹주和緩翁主와 할머니 정순

왕후貞順王后 측의 이간 때문이라 생각했지만 당시의 상황에서는 고스란히 당할 수밖에 없었다. 그 후 정조는 전날의 처분들을 후회하면서 어머니에게 지극한 효성을 다하였다.

역대 왕들이 가장 사랑한 궁궐은 창덕궁이었으나 영조는 경희궁을 법궁처럼 사용하여 왕세손(정조)의 관례冠禮와 가례嘉禮를 이 궁에서 거행했다. 엄숙하고 경사스러운 날, 주인공 정조와 아버지 사도세자, 어머니 혜경궁 홍씨가 받은 상처를 아래와 같이 짧게 표현했지만 아들의 관례에 참석하지 못하는 심정이 어떠했으리라는 것을 짐작할 수 있게 한다.

> 삼월에 세손이 입학하시고 그 달에 관례를 경희궁慶熙宮에서 하시니 내 정리 어이 아니 보고 싶으리오마는 소조께서 가실 모양이 못되시니 내 무슨 낯으로 혼자 가보리오. 병을 일컫고 못 가보니 그런 정리 어디 있으리오.
>
> − 한중록 −

주인공 정조는 영조 37년(1761) 3월 10일에 입학入學하고 3월 18일에 경희궁 경현당景賢堂에서 관례冠禮하여 형운亨運이라는 자字를 받았다. 입학례는 공자를 모신 대성전에서 공자의 신위에 술잔을 올리는 작헌례酌獻禮를 마친 후에 박사에게 예물을 바치고 가르침을 청하는 속수례束脩禮를 거행하는 것을 말한다. 관례란 오늘날의 성년식으로 왕세자의 관례는 통상 왕세자 책봉식을 전후하여 거행되었다. 따라서 관례를 올리는 나이는 일정하지 않았으며, 대략 10세에서 12세 사이에 치러진다.

관례를 치르던 해는 사도세자가 죽기 일 년 전이므로 이때에는 병이 상당히 깊었음이 〈한중록〉 여러 곳에 서술되었고 실록에도 "왕세자가 덕성합德成閣에 좌정하니, 약방에서 입진入診하였다."는 기록이 2월과 3월 여러 차례 나타난다. 관례 후 그 해 10월 29일 초간택이 시작되고 12월 22일 삼간택에서 김시묵金時黙의 딸을 세손빈으로 간택했다. 그날 실록에 "왕세자는 세자비보다 먼저 창덕궁으로 돌아갔다."고 간략하게 기록되었지만 〈한중록〉에는 세자가 먼저 자리를 떠난 이유를 아래와 같이 묘사했다.

삼간에는 부모를 아니 뵈지 못 하오셔 소조와 나를 오라 하시니 세손 빈궁 볼 일 기쁘고, 또 소조께서 어찌 다녀오실꼬 갑갑 조이더니 염려에 어긴 일이 어이 있으리오. 소조께서 의대 병환으로 일습을 다 여러 번 가오시니 망건도 그대로 여러 번 가시는지라, 도리 옥관자를 지당치 못하여 그날 공교히 통정 옥관자를 붙이고 가 계시더니, 사현합에서 대소조가 만나오시니, 어찌 순히 감鑑하오실 성념聖念이 계시리오마는 이미 자식의 대사를 보이려 데려와 계시니, 그 통정 옥관자가 호반의 관자같이 크고 고이하여 저군다오셤작지 아니하오시나, 그에서 더한 일이 많은데 그 관자일이 무슨 그대도록 대사관데 미처 처녀가 들어오지 못하여서 그 관자일로 기노起怒하오셔 보지 말고 돌아가라 하시니, 그 일은 실로 하 섧고 아니 하심직한 일로 차마 어이 그리 하시는고. 며느리 보도 못하시고 가시는 일이 어떠하시리오. 어이 그 화증을 아니 내시고 공순히 내려가시던고 싶으며 나는 나중에 죽을 변을 당할 양으로 올라왔으니, 세손빈을 보고 가려하여 겨우 삼간을 지내고 생각하니, 소조의 삼간까지 아니 뵈옵기가 정리에 박절하고 일도 어지러울 듯하여, 그때 중궁전께와 선희궁이시며 옹주더러 "별궁 길이 창덕궁을 지나니 위에 여쭙지 않고 자하로 데려가기 황공하오나 아마 뵈옵겠압나이다." 하니 의논이 구일하거늘, 협시내관더러 일러 "아랫 대궐 지날 때 연輦과 같이 들게 하라." 하여 데리고 오니, 소조께서 차마 마음이 좋지 못하게 가 계시다가 보오시도 못하고 무단히 내려오셔 어이없고 설우셔 덕성합에 잠연히 누워 계시거늘, "세손빈 데리고 오옵나이다." 하니 반기오셔 그 며느리를 어루만져 기특 좋아하시고 밤에야 별궁으로 보내니, 사세 하릴없어 데려와 뵀으나 대조를 기이온 듯 죄송죄송 하더니라.

- 한중록 -

'사현합'에서 부자가 만났을 때 영조는 세자의 옥관자가 세자답지 못하다면서 삼간택 후보들이 들어오기 직전에 돌아가라 한다. 작자는 관자가 무슨 그리 큰일이라고 며느리도 보지 못하게 하는 영조의 처사와 어쩐 일이지 세자가 화증을 내지 않고 공순히 내려가는 게 이상했다고 한다. 그때 자신은 남편과 같이 떠났어야 했지만 나중에 죽을 변을 당하더라도 모든 절차를 보았다고 한다. 그러나 시아버지는 세자가 삼간이 되도록 며느리를 보지 못하는 것이 너무나 박절하고 정리에 어긋남으로 중궁전, 선희궁, 옹주와 의논하여 별궁 가는 길이 창덕궁을 지나므로 세자빈 후보가 탄 연輦을 창덕궁에 들리게 한다. 한편 쫓겨내려 온 세자는 서러운 마음을 억누르고 덕성합에 누워 있다가 "세손빈 데리고 오옵나이다." 하니 무척 좋아하며 밤이 되어서 별궁으로 보냈다고 한다. 그러나 임금의 허락을 받지 않고 한 행동이라 대조를 속인 것 같아 죄송했다고 회상한다.

영조 38년(1762) 2월 2일, 세손(정조)의 가례嘉禮날이 되었다.

가례는 이월 초 이일로 택일하니 어서 날수 가 가례 순성順成하기만 졸이는데, …… 초 이일 "세손을 데리고 오라." 하시니 세손은 먼저 가시고, 그날 일찌기 올라가서 숭현문 밖에 소차하시고 경현당에서 초례醮禮를 하시니, 일당一堂에 조자손 삼대가 모이셔 그 손자를 가례하여 전안하러 보내오시니 그 즐거운 성거와 막대한 경사 다시 어디 있으리오. 초례를 지내옵고 대례는 광명전에서 지내니, ……

- 한중록 -

가례 이튿날 임금과 왕비, 세자와 세자빈이 한 곳에서 세손빈의 절을 받는 조현朝見의식이 있었다. 양전, 양궁이 일전—殿에서 세손빈 조현朝見을 받으실 제, 양전은 광명전 북벽北壁에 앉고, 동궁 좌석은 동편에 혜경궁 홍씨와 같이 앉았다. 어린 신부의 발걸음이 늦어 시간이 오래 걸리자 서로 말도 하지 않고 보기 싫은 기색을 하고 있으므로 작자가 직접 나서서 세손빈을 재촉하여 폐백을 무사히 마칠 수 있었던 것이 천만다행이었다고 한다. 그때 임금은 대례를 못 보게 할 수 없어 억지로 참고 있다가 조현이 끝나자 동궁에게 행차령을 내리고 세자빈은 삼일을 보고 가라고 명하지만 혼자 있기 난처하여 내려왔다고 한다. 삼일 후 세손과 빈궁이 창덕궁으로 내려오니, 세자가 기다리다 무척 좋아하면서 특별히 사랑했다고 한다. 어린 나이지만 사도세자가 죽은 후에 매우 애통해 하였고 세월이 갈수록 추모함이 더하여 말씀이 미치면 울지 않을 때가 없는 것은 그때 자애를 받은 효성 때문이라고 회상하다.

정조의 관례와 가례를 치를 때는 사도세자의 병이 매우 심각한 상황이긴 하지만 간택 때의 옥관자 사건과 가례 때 조현을 묘사한 장면에서 작은 일에 집착하고 감정에 균형을 잃은 영조를 알게 된다. 영조가 아들인 사도세자를 미워했다는 것은 이미 많이 알려진 사실이다. 영조의 제2후궁 영빈이씨暎嬪李氏는 아들 외에 세 딸을 생장시켰는데 공교롭게도 영조가 극단적으로 사랑하고 미워했던 자녀가 모두 그녀의 소생이었다. 그 중 영빈의 첫딸인 화평옹주和

平翁主와 막내인 화완옹주和緩翁主를 사랑했는데, 그 사랑의 정도가 지나쳐 종종 실록에 기록될 정도였다.

영조가 화평옹주를 사랑한 것은 사랑하는 여인에게서 처음 얻은 자녀이고, 그녀가 지닌 덕성스런 성품 때문이라 생각된다. 작품에 "금성위金城尉 백수伯嫂가 중고모仲姑母 소고小姑러니"라는 구절이 있다. 금성위는 화편옹주의 남편 박명원朴明源이다. 박명원의 큰형수가 작자의 중간 고모 시누이였다. 이러한 연유로 그 옹주는 작자에게 매우 호의적이었으며, 동생인 사도세자와 부왕 영조 사이에서 갈등 해소에 많은 공헌을 했다. 이 옹주가 오래 살았더라면 사도세자의 비극적인 죽음도 없었을 것이며, 작품 〈한중록〉이 생성되지 않았을지도 모른다.

영조 24년(1748) 6월 24일, "옹주의 병이 위독하여 다시 천안을 모실 수 없을 것 같습니다."라는 전갈을 받고 급히 옹주의 집으로 나갔으나 곧 죽었다. 실록에는 옹주 상사 때 무더운 날씨에 슬퍼함이 지나쳐 옥체가 훼손될까를 걱정하는 내용들이 여러 날 계속된다. 그 후 옹수의 사랑이 화완옹주에게 옮겨짐으로 작자에게 많은 고통을 주게 된다. 그녀는 남에게 지기 싫어하고 시기심이 많으며, 시샘과 권력을 과시하기 좋아하여 동복 언니 화평과는 판이한 성격의 소유자였다. 〈한중록〉은 영조가 미워했던 사도세자와 화협옹주에 대한 일화들을 아래와 같이 전한다.

화협옹주는 계축생이니 나실 때 영묘께오서 또 딸인 줄 애달아 그리하신던지 그 옹주가 용모도 절승絶勝하고 효성도 있어 아름답되 부왕 자애를 인하여 입지 못하니, 그때 아들 못 되어 난 줄 애달아 심지어 화평옹주와 형제 서로 한 집에 있게를 못하오시니, 화평옹주가 홀로 자애를 받잡는 줄 중심 은통隱痛이 되어 아무리 "마오소서." 여쭤워도 듣지 않으오셔 할 일 없으니, 화협으로 인연하여 그 도위 영성위까지 사랑을 못 받자오니, 경모궁께오서 그 누이가 연상약年上若하고 부왕께 실애失愛하여 종적이 서로 같음을 매양 불쌍히 여기오서 애대愛戴하오심이 자별하오시더니라.

- 한중록 -

인용문에서 보듯이 화협옹주는 아버지 영조의 사랑을 받지 못했다. 그녀는 사도세자가 태어나기 2년 전에 영조의 7녀로 태어났다. 당시 영조는 정빈이씨靖嬪李氏 소생의 세자가 죽어 국본이 오랫동안 비어 있었고, 영빈 또한 화평을 낳은 후 연이어 세 딸을 잃은 후였기에 아들을 간절히 바랐다. 이러한 때 또 딸을 낳자 그녀가 지닌 자질이나 인품과는 관계없이 미워하게 된 것이다. 사랑하는 화평옹주와 같은 어머니에서 태어났음에도 한곳에 있지도 못하게 했다니 옹주들의 생모인 선희궁의 마음이 어떠했겠는가를 짐작할 수 있다. 작자는 이러한 영조의 성격이 거의 병에 가까웠다면서 그 예를 다음과 같이 말하고 있다.

영묘께오서 말씀을 가리어 쓰오셔 죽을 '사死' 자 돌아갈 '귀歸' 자를 다 휘하오시고, 차대나 밖에 나가오셔 일보시던 의대도 갈아 입으오신 후 안에 들으시고, 불길한 말씀을 수작하시거나 들으오시면 드오실 제 양치질 하오시고 이부를 씻사오시고, 먼저 사람을 부르셔 한 마디라도 처음 말씀을 하신 후야 안으로 들으시고 좋은 일과 좋지 아니한 일 하오실 제 출입하시는 문이 다르오시고, 사랑하는 사람 집에 사랑치 아니하시는 사람이 있지 못하게 하오시고, 사랑하오시는 사람 다니는 길을 사랑치 아니하오시는 사람이 다니지 못하게 하시니, 극히 황공하되 애증의 역력하오심이 감히 앙탁仰度지 못 하올 일이라. 대리代理 전이라도 계복이나 형조공사形曹公事나 친국이나, 대궐서 이르는 불길한 일에는 자주 세자를 시좌侍坐하라 하오시고 화평옹주와 무오생 옹주, 지금 정처라 하는 이 방에 들어가오실 제는 인견 의대引見 衣襨를 갈으신 후 들으시되 세자께는 그렇지 아니하오셔, 밖곁에 정사하시고 드오실 제, 정사하오신 의대 입으신 채 길에 오셔 동궁 부르오셔 "밥 먹었느냐." 물으셔 대답하오시면 그 대답 들으신 후 이부耳部를 그 자리에서 씻사오시고, 씻사오신 물을 화협옹수 있는 집 광창으로 버리시고, 웃대궐인 즉 담을 넘어 세숫물을 버리오시니, 그리로 갈 것은 아니로되 어떤 따님은 밖에서 입으신 의대를 벗고야 보오시고, 이 중한 아드님은 말씀 들으셔 씻으신 후야 가오시니, 경모궁께오서 화협을 대하시면 "우리 남매는 씻사오신 차비差備로다." 하고 서로 웃사오시나, 화평옹주는 당신을 지성으로 몸을 평안히 하여 드리는 줄 감격하셔 일

호도 치의하거나 시기하거나 하시는 일이 없고 일양一樣 친애 귀중하여 하시던 일은 궁중이 다 아는 배요 감탄하고, 선희궁께오서는 위의 자애 고르지 않으심을 서러워 하오시되 하릴없어 하시더니라.

- 한중록 -

인용문에서 보듯이 영조의 행동은 점잖은 군주의 모습이 아니다. 작자는 이러한 비정상적인 행동을 "경력이 많사오셔 신임辛壬을 지내오시고 무신역변戊申逆變을 겪으서 사외하시며 사려하오심이 거의 병환이 되오신 듯 싶으시니, 그 사이 세미지사細微之事야 어찌 다 기록하리오."라고 서술했다. 신임과 무신년의 일로 받은 상처 때문이라고 생각했다.

신임이란 경종 원년(1721) 계축년辛丑年과, 경종 2년(1722) 임인년壬寅年에 왕위 계승 문제로 시작되어 많은 사람이 희생된 옥사를 말한다. 당시 경종은 34세가 되도록 자녀가 없었기 때문에 후계자를 미리 선정하려는 논의가 있었다. 노론들은 숙종의 밀탁을 받았을 뿐 아니라 삼종혈맥으로 보아 경종이 아들이 없는 경우에는 연잉군을 추대하는 것이 당연하다고 생각하였다. 그러나 경종의 계비繼妃 어씨魚氏는 "어머니 소리를 듣기 소원한다."면서 시동생으로 후계자를 삼는 것을 반대했다. 신축년 8월에 김창립, 민진원 등 노론들이 연잉군을 왕세제로 세워 대리 정사를 추진하였으나, 경종의 비 어씨를 중심으로 한 소론의 반대로 대리 정사가 무산되고,

노론이 큰 화를 입은 사건이다. 그러나 경종은 재위 4년(1724) 8월 25일 승하하여 세제世弟인 영조가 왕위를 계승하여 노론은 다시 권력을 잡게 된다.

무신역변은 영조 4년(戊申, 1728) 3월에 전일 신임사화를 주도했던 김일경 등에게 피화를 입은 것에 큰 불평을 품고 있던 소론의 잔류가 무신 3월에 이인좌李麟佐, 정희량鄭希亮 등을 중심으로 일으킨 반란이다. 이들은 경종의 죽음에 의혹이 있다면서 군중軍中에 경종의 신위神位를 모시고 아침저녁으로 곡哭을 하면서, 경종을 위해 복수를 하고 밀풍군密豊君(소현세자의 증손)을 추대할 것을 표방하였다. 남인과 소론 일부의 합작으로 일으킨 반란군은 십여 일만에 토벌되어 노론의 세력은 더욱 굳건하게 되었다. 이렇게 등극 과정에 일어났던 사건의 파장은 영조의 성격에 영향을 주었다. 이러한 당쟁의 폐습은 국정에 반영되어 수많은 사건과 연루되지만, 부자의 갈등에도 큰 원인이 된다. 일설에 의하면 세자가 대리를 보던 해에 김상로에게 신임 당시의 노론들의 일을 말하다가 노론의 행위를 미워하는 기색을 보였다. 김상로가 영조께 "동궁께서 신임辛壬 사건에 대하여 그릇된 소견을 가지고 있다."고 하자 영조는 곧 세자를 불러 꾸짖었다. 그때 세자가 "황숙皇叔(경종)이 무슨 죄 입니까"라고 대답하였는데, 영조는 그때부터 세자를 못마땅하게 여겼다 한다. 이러한 이유에서인지 아래 인용문을 보면 영조는 참 특이한 성격의 소유자였다.

매양 공사公事 중 금부禁府 형조刑曹 살육붙이 그런 공사는 친히 감鑑하오시지 아니하오시고, 안의 옹주들 처소에 계실 제는 내관에게 맡겨 시키오시니, 대리하오실 때 전교傳敎는 무진년 화평옹주 상사喪事 후 설움도 심하오시고 상후上候도 잦으오셔, "정섭靜攝하시려 대리하게 하노라." 하오시나, 실인즉 사외로워 안에 들이지 못하는 공사붙이, 내관 맡기시기 답답하오신 일은 다 동궁께 맡기려 하오신 성의오신지라, …… 일마다 순편順便치 아니하오시고 촉처觸處에 탈이 많으니, 대저 조신朝臣의 상서라도 언사言事가 있거나 편론이나 하는 상서는 소조께서 자단自斷치 못 하오셔 품우대조하시면, 그 상서가 아래 사람의 일이지 소조께서 아오실 배 아닌데, 격노하오시기는 소조께서 신하를 조화치 못하여 전에 없던 상서가 났으니 소조 탓이 되시고, 상소 비답批答으로 일러도 품우대조稟于大朝 하오시면 "그만 일을 결단치 못하여 내게 번품煩稟하니 대리시킨 보람이 없다." 하시며 꾸중하오시고, 품치 아니하오시면 "그런 일을 내게 품치 않고 자단하리." 하오셔 꾸중이오시고, 저리한 일은 이리 아니하였다 꾸중이시고, 이리한 일은 저리 아니 하였다 꾸중하오셔, 이일 저일 다 격노 불여의不如意하시고, 지어至於 동뇌凍餒하거나 한재旱災나 천변재이天變災異가 있으면 "소조에서 덕이 없어 이러하다." 꾸중이 나시니, 이러하기 소조께서 날이 흐리거나 겨울 천동을 하거나 하면 또 무슨 꾸중이 나실까 근심하시고 염려하사, 사사事事이 황겁 공구하오셔 인하여 사사망념이 다 나오셔 병환이 점점 드시는 싹이 있으니, 영묘께오서 성덕지인 하오신 밖 영명총찰英明

聽察하오셔 범연하오신 성품과 다르오신데, 이 만큼소탁 춘궁에 병환이 드시는 줄을 깨닫지 못하오시니 어찌 섧지 아니하리오. 한 번 꾸중에 놀라시고 두 번 격노에 용려用慮하셔 웅위雄偉하오시고, 영장英壯하오신 기품에 아무리 한들 일사一事를 자유로 하지 못하시고 무슨 정시 알성 붙이나 시사試射 관무재같은 호화로이 구경하실 때는 일생 부르지 아니하시고, 동섣달 계복에나 시좌를 시키시니 어이 마음이 편하시며 서러워 하시지 아니하시리오. 한 번 꾸중에 놀라시고 두 번 격노에 용려用慮하셔 웅위雄偉하오시고, 영장英壯하오신 기품에 아무리 한들 일사一事를 자유로 하지 못하시고 무슨 정시 알성붙이나 시사試射 관무재같은 호화로이 구경하실 때는 일생 부르지 아니하시고, 동섣달 계복에나 시좌를 시키시니 어이 마음이 편하시며 서러워 하시지 아니하시리오.

- 한중록 -

영조의 극단에 치우친 성격을 비판하는 내용은 실록에도 여러 곳에서 찾을 수 있다. 그 중 화평옹주 장례 때(영조 24년 8월 2일)에 "화평옹주 장사를 지냈는데 의물儀物의 성대함이 국장國葬에 버금갈 정도여서 분묘墳墓를 만드는 데 수개월이 걸렸으므로, 기읍畿邑의 백성들이 그 때문에 농사를 폐기하는 지경에 이르렀다."고 기록되었다. 그 후에도 여러 대신들이 왕의 슬픔이 정도에 지나치다고 상소를 하면, "대신들은 자식이 없는가?" 노하여 꾸짖으며, 오랫동안 정무를 보지 않는 지경에 이르게 된다. 이렇게 상식을 벗

어난 영조의 처신을 사신史臣은 "옹주상사 후의 중도를 잃은 왕의
잘못은 일일이 다 기록할 수 없다면서, 그것은 훌륭한 부덕을 지닌
옹주를 위하는 것이 아니라, 해치는 결과를 가져온다."고 신랄한
비판을 했다. 이러한 영조의 슬픔은 여러 해가 지나서도 가시지
않아, 작자가 첫 아들을 낳았을 당시 매우 민망했다고 아래와 같이
회고하고 있다.

경오 팔월에 내가 의소를 낳으니 영묘 성심이오신들 어찌 두굿겁지
않으시리오마는 무진에 화평옹주께서 해만解娩을 못하고 상사나니 그
잔잉하시고 참석慘惜하오심이 맺히어, 내가 순산 생남하니 두굿겨오신
중도 옹주는 남같이 순산 생육生育 못하신 것이 새로이 애달으셔 옹주
생각하시는 슬프심이 손자 보신 기쁨을 이기오시는지라. 그 아드님께
"네가 어느 사이 자식을 두었구나." 이 한 마디를 일컫지 않으시고, 나
를 어여삐 여기심이 바람에 넘으니 내 감격 천은하옵는 중도 나만 홀
로 은포恩褒를 입삽는 일이 불안하여 매양 조심하더니, 해산한 후는
"네 순산 생남하니 기특다." 말씀도 일컬으심이 없으니 묘년에 생남한
기쁨을 몰라 도리어 공구한지라. 성심聖心이 비원悲願하심이 새롭사오
시니 격노도 하서 화열和悅치 못하오시고 선희궁께오서는 그 따님 생
각이 어이 범연하오시리오마는 나의 생남한 일을 지정至情에 귀하오시
고 종사의 큰 기쁨이라, 내 해만 후 칠일까지 산실 근처에 머물러 구호
하시니, 영묘께오서 "선희궁이 옹주는 잊고 좋아만 하니 인정이 박하

다.” 미안하시니 선희궁이 웃자오시고 성심이 편벽偏僻하오심을 탄식
하오시더니라.

－ 한중록 －

　인용문에서 알 수 있듯이 영조는 56세에 처음으로 손자를 보았
다. 당시로써는 매우 늦은 나이였음에도 따님의 죽음만을 애석하
게 여기는 영조의 모습에서 편벽된 성격을 알 수 있다. 작자는
영조가 아들 세자에게 “네가 어느 사이 자식을 두었구나.”라는
한마디의 말도 하지 않았고, 며느리인 자신에게도 “네 순산 생남
하니 기특하다.”는 말을 하지 않아 세자와 작자가 마음에 큰 부
담을 갖게 되었다고 한다. 오히려 세자의 생모 선희궁宣禧宮이 산
후 조리를 지키고 있는 것을 보고 “옹주는 잊고 좋아만 하니 인
정이 박하다.” 하여 선희궁이 웃으며 성심이 편벽偏僻함을 탄식했
다고 회고한다. 당시 첫아들을 갖게 된 아버지의 기쁨을 느끼기
에 앞서서 부왕인 영조의 태도에 마음을 쓰고 있는 사도세자의
모습은 읽는 이의 가슴을 아프게 한나. 이렇게 사랑하는 따님을
잃은 슬픔으로 귀한 손자에게는 섭섭하리만큼 소홀히 하던 영조
는 그 손자가 죽은 따님이 환생한 것으로 느끼고부터는 태도가
바뀌게 되었다.

경모궁께오서 숙성하오심이 어른 같으셔 당신께 아들이 나 국본의 굳음을 기꺼하오시고 부왕이 덜 기꺼하오시는 줄을 감히 이렇다 못하셔도 심중에 슬퍼하오셔, "나 하나도 어려운데 아이가 나 어떨고." 하시니 말씀 듣기가 심히 척연慽然하더니라. 이 사적事蹟을 쓸 사연이 아니로되 마지못하여 쓰며 내가 의소를 잉孕할 제 화평옹주가 자주 보이며, 내 침방에 들어와 곁에도 앉고 웃기도 하니 내 아이 마음이라, 옹주가 해산하다가 그 지경이 되니 산귀産鬼 악착한데 꿈에 자주 뵈니, 내 몸을 염려하고 의소를 낳으며 씻길 적 보니, 어깨에 푸른 점이 있고 배에 붉은 점이 있기 우연히 보았더니, 그해 구월 십이 일 온양溫陽 거동하오시는데, 십일 일에 영묘께오서와 선희궁께서 안색이 일변 슬프고 일변 기쁘신 모양으로 두 분이 오셔셔 홀연히 자는 아이를 깃을 끄르고 벗겨 보시더니 과연 표가 있으니 참연慘然하시고, 옹주가 환생한 줄로 분명히 아서 그날부터 아이를 금시로서 귀중하오셔 화평 형제에게 하시듯이 구오시니, 아이 처음 나실 제는 사외하여 주오시는 일이 없아오셔 인견引見하오신 의대 입으오신 채 들어와 보오시더니 그날부터 사외를 극진히 하오시니, 영묘 성몽聖夢에 뵈오시던지 그 일이 허탄虛誕하고 괴이하여 아올 길 없더니라. 백일 후 당신 인견하오시던 환경전을 수리하여 옮기시고 천만 귀중하여 하오시니, 요행 아들로 인연하여 아버님께 혹 나을까 축수하나 실인즉 아이는 화평이 재생하온 줄로 알으셔 사랑하오시지 소생부모는 그 아이로 인연하여 더 귀하올 것이 없아오셔, 일향一向 전과 같으오시니 알지 못할 일이러니라. 그 아이

겨우 십삭 된 신미 오월에 세손 책봉하오시니 애중하오신 성심으로 그
리하여 계시나 과하오신 일이시더니, 임신 춘에 잃으니 영묘께오서 과
히 애통하오심이 이를 것이 없아오시더니라.

- 한중록 -

의소가 죽은 후 영조는 창의궁에 의소 묘를 세우고 생전에 자주
거동했다고 실록은 전한다. 이렇게 영조의 성품은 정상인으로서는
이해할 수 없을 정도로 치우쳐 있다. 작자는 이러한 성품을 지니
게 된 원인을 그가 살아온 파란의 여정에서 찾고 있다. 그러나 그
가 평범한 인물이 아니라 국정을 수행하는 군주였기 때문에 주요
한 정책을 결정하거나 인재를 등용하는 데에도 영향을 미쳤을 뿐
아니라 작자에게는 소천을 잃는 아픔을 갖게 했고, 사랑하는 손자
에게는 목전에서 아버지를 잃는 아픔을 겪게 함으로써 평생의 한
으로 남게 했다. 오늘날 경희궁에서 영조의 모습을 찾을 수 없지
만, 〈한중록〉은 경희궁의 여러 전각과 관련된 사건을 기술하여 당
시 궁궐의 모습을 우리의 마음에 사리 삽게 한다.

5) 별궁, 영조의 잠저 창의궁

창의궁彰義宮은 영조의 잠저潛邸로서 북부 순화방順化坊, 지금의
종로구 통의동 부근에 있었다. 잠潛은 물속에 몸을 감춘다는 뜻으

로 용이 아직 머리를 드러내지 않은 시기, 즉 천자나 왕이 되기 전에 살던 집을 말한다. 왕이 되면 궁宮으로 승격시켜 나라에서 관리했다. 창의궁은 부왕인 숙종이 효종의 4녀 숙휘공주淑徽公主 부마 인평위寅平尉 정제현鄭齊賢의 구저舊邸였던 것을 사서 연잉군延仍君에게 하사한 집이다. 창의궁은 영조에게는 각별한 곳으로 많은 이야기를 간직한 곳이다. 즉위 초에는 어머니 숙빈최씨의 묘廟를 모시려 했으나 대신들의 반대로 이루지 못하였고 이곳에서 태어난 장자 효장세자孝章世子의 묘가 있고, 사랑하는 딸 화평옹주가 환생한 것으로 생각한 사도세자의 장자인 세손 의소懿昭의 묘가 있었다. 영조실록에는 "임금이 창의궁에 거동하다."는 기록이 여러 차례 있다.

영조가 창의궁과 관련한 사건 중에 가장 큰 파장을 남긴 것은 영조 28년(1752, 12월 15일~17일)에 창의궁에 거처를 옮기고 "30여 년 동안 백성의 임금 노릇을 잘 못했으므로 세자에게 왕위를 넘기겠다."며 3일 동안 벌인 소동이다. 그해 10월 29일 노론 측인 정언 홍준해洪準海가 소론 측인 영의정 이종성李宗城을 간교하고 언로가 막히고 있다는 이유로 탄핵을 했다. 그때 대리청정을 하던 세자는 상소를 되돌려주는 것으로 가볍게 처리하였다. 이 사실을 안 영조는 대리를 하는 세자가 왕의 뜻을 대신하지 않고 자기 당만 모은다며 화를 낸 것이다. 영조는 즉위 초부터 탕평책으로 당쟁의 폐습을 없애려 애썼음에도 다시 악습이 반복되자 대리정사를 보던

세자에게 전위하겠다는 소동을 벌임으로써 당습의 폐습을 없애려
는 계산된 소동이었다.

12월 5일부터 인조의 잠저潛邸인 송현궁松峴宮에서 대궐로 돌아
가지 않겠다는 것을 시작으로, 9일에는 어제 자전께 허락을 받았
다면서 세자와 대신들의 만류와 자전의 언서를 받고서도 뜻을 굽
히지 않고 있었다. 자전께 허락받았다는 것은 영조가 대왕대비(인
원왕후, 숙종의 제2계비)께 전위하겠다고 한 말을 가는귀가 멀었던 인원
왕후(당시 65세)는 평소에 하는 대로 그렇게 하라고 대답했었다. 그
러므로 왕위를 물려 준 뒤에는 한 대궐 안에 두 임금이 있을 수
없으므로 밖으로 나가겠다면서 공사를 되돌리기를 반복하다가 15
일 창의궁에 거동하여 17일 환궁하기까지의 일들이 실록에 자세하
게 기록되었다.

당시 세자와 세자빈, 세손, 화협옹주(홍역으로 죽음) 등 왕족들이 홍
역紅疫을 앓고 있었다. 그동안 세자는 홍진이 완전히 회복되지 않
은 몸으로 침식을 전폐하고 눈 속에서 영문도 모른 채 이마에 피
가 나도록 꿇어앉아 용서를 빌어야 했다. 영조 자신은 계산된 행
동이었지만 대리정사로 모든 책임의 중심에 있던 세자에겐 마음에
큰 상처로 남았다. 이후부터 세자는 정신이 이상해지기 시작하여
〈옥추경玉樞經〉을 읽어 고치려 했다.

17일 밤 대왕대비가 "그 말을 들었을 때에 만류하지 못한 것은
지나치게 간청하는 바람에 기운을 손상할까 염려되었고, 그날 주

상이 현기증이 특히 심하였고 나 역시 현기증과 담기가 있어서 마음속으로 고민을 하다가 이야기하는 사이에 허락한 것처럼 하였는데 지금에야 생각이 난다.”면서 자신이 잘못 말했음으로 거듭 환궁을 청한 후에야 “자전의 분부를 받들어 마지못해 어가를 돌린다마는 스스로 처음 생각했던 마음을 돌아보니 나도 모르게 부끄럽다.”고 한 것으로 보아 영조 자신도 상식에 벗어난 행동이라는 것을 인정하였다. 〈한중록〉은 당시의 상황을 아래와 같이 서술하였다.

그 해 납월에 대간臺諫 홍준해洪準海의 언사상소로 영묘께서 대단히 격노하오셔서 선화문宣化門에 부복하오시고 소조에 엄교가 많이 내리오시니, 경모궁께오서 대병환 끝에, 그때 설한雪寒이 혹독한지라, 그 설雪 중에 대죄하오시니 엎디오신데 눈이 쌓여 엎디신 것을 분간치 못하되 요동치 아니하시니, 인원왕후께오서 “일어나라.” 하시되 듣지 아니하오시고 영묘 과거過擧를 진정하신 후 일어나시니 천질이 침중하오심을 아올지라. 그 후 성노聖怒가 그치지 아니하오셔서 그 달 십오 일 창의궁에 거동하오시고, 인원왕후께 “전위하려 하옵나이다.” 하오시니, 인원왕후 이부耳部가 어두오셔서 잘못 듣자오시고 “그리하라.” 대답하오시니, 영묘께오서 “자교慈敎의 허락을 얻자왔노라.” 하오시고, “전위傳位하려 노라.” 하오시니, 그때 동궁께오서 창황망조하오심이 어떠하오시리오. 춘방관을 부르셔 상소를 불러 쓰이오실 제 조금도 거치지 아니하오시니 그때 춘방이 나와 차탄하더라 하며, 구저에 오래 머무시고 환궁치 아니하오시니 인원왕후께오서, "청형하여 대답 잘못한 일이 종사에 득죄하였노라." 하셔, 소실小室에 내려오셔 계시고 영묘께 봉서하오셔 환궁을 청하시고, 동궁은 시민당時敏堂 손지각遜志閣 뜰 얼음 위에 석고대죄 하시다가 창의궁彰義宮에 행보行步로 가오셔 또 석고대죄 하오시고, 머리를 돌에 부딪히셔 망건이 다 찢어지고 이마가 상하여 피가 나오시니, 이런 일이 천성 효심과 본질이 충후하시고, 짓사오시는 일이 아니시기 성체를 상하여 겨오시던 일을 아올지라. 그리하오실 즈음에 또 꾸중이 어떠하시리오마는 공순히 도리를 다하오시니 처변 잘 하오시기로 영명令名을 많이 얻어 계시더니라.

- 한중록 -

그 후 정조의 장자 문효세자文孝世子의 묘도 이곳에 있었다. 1900년 의소의 묘와 문효의 묘는 영회전永禧殿으로 옮기고 1908년 신위를 매장한 후 창의궁은 폐궁되었다.

6) 사도세자의 자취를 간직한 온양행궁

조선조 왕들은 질병 치료를 위해 온천을 자주 찾았음이 『조선왕조실록』 여러 왕조에 기록되었다. 태조는 즉위 초부터 온천에 자주 행차했고 자식들의 왕권다툼으로 태상왕이 된 후도 온천을 자

온양행궁 터 아버지 영조에 의해 뒤주에 갇혀 죽었으므로 뒤주대왕이라 불리는 사도세자는 죽기 2년 전에 이곳에서 약 보름 동안 머물면서 습종을 치료하기 위하여 온천욕을 했다.

주 찾았다. 그 후 역대 왕들도 치료를 위해 한양에서 가까운 황해도 평주(현재 평산)와 경기도 이천과 함께 충청도 온수현의 온정溫井에 여러 차례 행차한 기록이 있다. 그 중 조선조 왕들이 가장 많이 이용한 온천은 온양이다. 태조 5년(1396, 3월 10일)에 "임금이 충청도 온천으로 행차하다."라는 기록은 '온양'인지 확인할 수 없다. 그러나 세종과 세조가 질병 치료를 위해 온양에 머무른 기록에서 태조 때의 충청도 온천이 온양이었을 것으로 생각된다.

태조는 행차에 앞서(3월 4일) "중들을 모아 온천에 원院집을 짓게 하고 쌀과 콩을 내렸다."라고 한다. 이로 보면 처음 온양행궁醞醸行宮은 중들에 의해 급히 지었으므로 규모가 작았으리라 생각된다. 태조는 이곳에 3월 16일에 도착하여 약 보름을 머물다가 4월 1일에 떠나서 4월 7일에야 궁궐에 도착했다고 『태조실록』은 전한다. 세종 때도 중전이 왕과 함께 또는 중궁이 대군을 거느리고 온양온천을 찾은 기록이 있다. 『세종실록지리지』에 "충청도 청주목 온수면 서쪽 7리 언한동言閑洞에 온천이 있는데 가옥 25칸이 있다.”고 기록되었으나, 사도세자의 온양행차를 기록한 조선 후기에는 내전 16칸, 외정전 12칸, 탕실 12칸, 혜파정 10칸, 함루다 12칸 등 모두 62칸이 있었다.

아버지 영조에 의해 뒤주에 갇혀 죽었으므로 뒤주대왕이라 불리는 사도세자는 죽기 2년 전에 이곳에서 습종濕瘇을 치료하기 위하여 약 보름동안 머물면서 온천욕을 했음이 실록에 기록되었다. 기록에 의하면 영조 36년(1760) 7월 18일 창덕궁을 출발하여 과천(18일)－수원(19일)－진위(20일)－직산(21일)－온양(22일)에 도착하였다가 8월 1일에 출발하여 직산(1일)－진위(2일)－과천(3일)－창덕궁(4일)으로 돌아온 일정이 간략하게 기록되어 있다.

온양에 머무는 동안 세자는 온양군수 윤염尹琰에게 활쏘는 장소射場에 느티나무(회나무) 세 그루를 품品자 형태로 심게 했는데 세월이 흐르는 동안 뿌리가 서리고 줄기가 뻗어 뜰에 온통 그늘이 지게 되었다. 그것을 안 정조는 나무 둘레에 축대를 쌓은 후 영괴대靈槐臺를 세우고 그 사실을 기록한 영괴대비靈槐臺碑를 축대 옆에 세우게 했다. 행궁 터는 현재 온양관광호텔로 변모했고 그곳에 비각이 남아 있다

영조 36년은 사도세자가 죽기 2년 전이다. 사도세자의 아내 혜경궁 홍씨는 세자가 온양에 가게 된 과정을 아래와 같이 서술하였다.

당신 병환과 당하신 것이 점점 어려우니 한 대궐에서 지낼 길이 없
어 홀연 대조께서 이어移御하오시면, 당신이 혼자 계오셔 후원에 나가
셔서 군기軍器나 가지고 소창消暢코자 하오시는 의사가 나시니, 불시에
정하시고 칠월 초생에 정처더러 하시기를 "아무래도 한 대궐 속에서
살길이 없으니, 웃대궐을 보자 하거나 아무 계교로나 뫼옵고 가라." 하
시니 …… 그 일을 하려 할 제 날더러 "정처에게 '하여내라.'" 하오시
고 어이 오죽하시리오. 그때 내 겪은 말은 사생이 호흡간에 있더니 그
옹주가 어찌 도모한지 이어移御를 하시게 정하여, 초팔일 택일하니 초
육일 그 옹주를 불러다가 안검按劍하고 하시기를, "이후에 내게 아무
일이나 있으면 이 칼로 너를 베리라." 하시니, 선희궁께오서도 그 옹주
를 어찌 할까 따라 오셔서 그 광경을 대하오시니 심사 어떠하시리오.
옹주도 울고 "이후는 잘 할 것이니 한 목숨만 살아지라." 애걸하니, 또
하시기를 "이 대궐만 있어도 갑갑하여 싫으니 네 나를 온양을 가게 하
여 주려느냐. 내 습濕으로 다리가 허는 줄은 너도 알 것이니 가게 하여
내라." 하시니, "그리 하리이다." 하고 가더니 대조께서 이어하시고 소
조 온양거동령溫陽擧動令을 내오시니,

- 한중록 -

인용문을 보면 온양행차는 정처의 주선에 의하여 이루어졌음을
알 수 있다. 정처는 영조가 사랑하는 화완옹주로 영조의 총애를
믿고 양자 정후겸鄭厚謙과 모사謀士를 일삼았다. 영조 51년(1775)에

는 세손(정조)의 대리 청정代理聽政을 반대하며 모해謀害하여 정조가 즉위하자 정후겸은 사사賜死되고 옹주의 작위가 박탈되어 〈한중록〉에는 정처鄭妻로 나온다. 당시 영조와 세자 사이는 더욱 악화되어 자연적으로 병세도 심하게 되었다. 처음에는 군사놀이로 답답한 마음을 풀고자 아버지를 다른 대궐로 옮겨가시면 될 것 같아 정처에게 협박하여 성공하였다. 그러나 그것으로도 답답한 마음을 진정할 수 없으므로 온양을 가게 하라고 다시 협박하여 온양행궁으로 가게 된 것이다. 그때 세자는 아내인 작자에게 바둑판을 던져 왼편 눈이 하마터면 빠질 뻔하였고 동생 화완옹주에게도 칼을 들고 협박한 것을 보면 병세가 어느 정도였는가를 짐작하게 한다.

이어移御하시며 온양거동 결속을 차리오셔 칠월 십삼일 떠나시니 선희궁이 자모지정에 온행을 어찌 회환回還하실꼬 조이시는 마음과, 못 잊자오시는 징리 이를 곳이 없아와 찬합을 이어 하여 보내시고, 질자姪子 이인강李仁剛이 공주公州 영장이러니, "어찌 가셔 지내시는고 소문이나 알아들이라" 권권眷眷하시니 어이 그렇지 아니하시리오. 온행하실 때 어찌 도모하여 대조께서 "하직 말고 바로 가라" 하시니라. 거동하시는 위의는 소조하기 말이 못되어, 당신은 진배나 많이 세우고 순령수 소리나 시원히 시키시고 취타吹打나 장히 하고 가려 하오시는데, 대조께서 마지못하여 보내시나 어이 그렇게 차려주시며, 그때 신하들인들 두 분 사이에 누가 감히 입을 벌리리오.

- 한중록 -

온양 거동 때 영조는 인사도 하지 말고 떠나라고 한 것으로 보아 마지못하여 허락했음을 짐작할 수 있다. 그러니 행차규모가 소홀하여 세자를 실망하게 했지만 궁궐을 떠나면서 마음이 안정되어 행차 내내 장차 훌륭한 성군의 자질을 보여준다.

온행하려 하실 적은 사람이 다 죽게 되었더니 성문을 나니 격화가 내리셨던지 영을 내리셔 일로一路의 작폐作弊를 못하게 하시고 지니시는 길에 은위恩威가 병행하시니, 백성이 고무鼓舞하여 "성명지주聖明之主시라." 하고, 행궁에 드오신 후도 일양一樣 덕을 들이오시니 온양 일읍이 고요 안정하여 "예덕睿德을 축수 찬양하더라." 하니, 그때 시원하신 듯 병환이 물러나고 본연 천성이 동하시던가 싶더라. 일껏 가오시니 온양 소읍에 무슨 경치가 있으며 장려한 물색이 있으리오. 십여 일 머무오서 또 답답하오서 팔월 초육일 환궁하신 후, "온양은 답답하니 평산이나 가자." 하신들 또 "평산가자." 말씀을 할 길 없으니, 평산은 좁고 갑갑하기 온양만도 못하다 하여 그 길은 아니 가 계오시나 그저 답답하여 하시고, 춘방관이며 신하들은 "대조께 진현進見하오소서." 상서가 이었으니 가오실 모양은 못되시고 그 일로 큰 근심이더니라.

- 한중록 -

온양에서 돌아온 후에 곧 평산에 가려고 한 것으로 보아 세자가 온양에 간 것은 습종 치료만이 아니라 마음의 병을 고치기 위해서 였음을 알 수 있다. 대궐 밖에서 마음이 안정되었을 때 보여주던 성군의 모습은 아버지가 계시는 궁궐에 도착하면서 병세가 다시 나타나는 것은 왜일까. 많은 연구자들은 정치적 견해 차이가 부자 간 갈등의 가장 큰 원인이라 한다. 그러나 작자는 탄생 직후부터 여러 가지 사건들이 복합되어 나타난 병을 가장 큰 원인으로 보았 다. 또한 이렇게 병이 깊어지게 된 것은 두 분의 성격이 판이하게 다른 것에 있음을 아래와 같이 갈파했다.

부자분 성품이 다르오서, 영묘께오서는 영명英明 인효하오시고 상찰 민숙하신 성품이시고, 경모궁께서는 언어 침묵沈黙하셔 행동지간行動之 間에 날래지 못하오시고 민첩치 못하시니 덕기德器는 거룩하오시나 범 사에 부왕의 성품과는 다르오신지라, 상시에 물으오시는 말씀이라도 즉시 응대치 못하오서 머뭇거려 대답하오시고, 문외하신 즈음이리도 당신 소견이 없아오신 것이 아니로되, "이리 대답하여 어떠할꼬,." "저 리 대답하여 어떠할꼬." 하오셔 즉시 대답치 못하셔 매양 영묘께오서 갑갑하게 하시니 이 일이 또 큰 마디가 되었는지라. …… 갑갑하고 애 닲을 손 부왕을 모시옵곤 두렵고 어려워 응대를 민첩히 못하오시니 영 묘께오서 한 번 갑갑하오시고 두 번 갑갑하오셔, 인하여 격노도 하오 시고 근심도 하오시나 이러할수록 가까이 두셔 친히 가르치오셔 지정이 무간하오실 도리는 생각치 아니하오시고, 일상 멀리 두오시고 스스로 잘 되오셔 절로 성의에 맞으시기를 기약하오시니 이러할 제 어찌 탈이 없으리오. 점점 저어하여 지내오시다가 서로 보오실 때에는 부왕께오서는 책망하심이 자애에서 앞서시고, 아드님께오서는 한 번 뵈옵는 것도 조심하오시며 공구하오심이 무슨 큰일이나 지내오시는 듯싶어 불언 중 부자분 사이가 조격阻隔하오심이 되었으니 어찌 섭지 아니하리오.

- 한중록 -

인용문을 보면 두 사람의 성격은 돈키호테와 햄릿만큼이나 차이가 있어 비극의 큰 요인이 될 수 있었음을 알게 한다. 28년의 짧은 생을 살았던 사도세자는 철들면서부터 자신과 판이하게 다른 성격을 지닌 아버지 영조에게 수많은 상처를 받으며 살았다. 변덕스럽고 균형을 잃은 아버지가 사사건건 잘못을 추궁할 때마다 섬세하고 사색적인 세자는 얼마나 괴로웠을까. 심지어 비가 오지 않거나 폭우가 내리는 천재지변도 자신의 잘못으로 돌아올까 두려워했다니 병의 원인 중 상당부분은 부왕인 영조에게 있다고 볼 수 있다.

작자는 26세에 겪은 사건 후 45년이 지난 후(71세)에도 환궁일자에서 이틀간의 오차 이외는 생생하게 기억하고 있었다. 남편이 뒤주에 갇혀 죽은 사건이 작자에게 결정적으로 여러 개의 한恨의 고리가 되었기 때문이라 생각된다. 250여 년 전 몸과 마음이 지쳐

융릉 뒤주에 갇혀 죽은 사도세자와 그의 비 혜경궁 홍씨의 합장릉으로 오랫동안 외롭게 산 혜경궁 홍씨의 넋을 위로하듯 남편과 다정히 묻혀 있다.

있던 사도세자가 온양에서의 온천으로 아픈 마음이 조금은 치료되었을까? 그러나 온양 거동 후 2년을 넘기지 못하고 뒤주에 갇혀 죽는 비극의 주인공이 되었다. 그때 온양행궁 방문을 기록한 〈온궁사실溫宮事實〉에는 세자가 쓰던 오동나무 바가지, 큰 함지박, 조그만 물바가지, 놋대야, 의자, 수건(14장) 등 목욕용품이 상세하게 기록되어 사도세자의 가슴 아픈 사연을 전하는 것 같다.

목릉　14대 선조(宣祖)와 의인왕후 박씨(懿仁王后朴氏), 계비(繼妃) 인목왕후 김씨(仁穆王后金氏)를 모신 동원이강(同原異岡)의 변형으로 세 언덕에 조성된다.

임진왜란으로 한양을 떠나야 할 위급한 상황에 처하자, 선조는 둘째 아들 혼(琿)에게 분조(分朝, 비상시에 조정을 둘로 나누어 통치하는 것)를 함으로써 세자로 책봉하였다. 의인왕후가 승하하자 선조(51세)는 김제남의 딸(19세)을 왕비로 맞이했다.

계비 김씨는 입궁 후 곧 잉태하여 공주를 생산하더니 이어서 왕자를 생산했다. 그가 비극의 주인공 영창대군이다. 선조는 동궁 처소에서 온 약밥을 먹은 후에 목이 막히어 대군(당시 3세)이 자라는 것을 보지 못하고 승하했다. 선조를 이어 왕이 된 광해군은 집권 이듬해에 장자인 임해군을 왕권 수행에 걸림돌이 된다는 이유로 죽인다.

죽음의 영원한 안식처

1. 왕릉王陵, 원園, 묘墓

　　인간은 태어나는 순간부터 죽음을 앞에 두고 살아간다. 왕은 하늘로부터 절대 권력을 부여받았으므로 타인의 삶과 죽음을 결정할 수 있다. 그러나 왕도 인간이기에 자신의 죽음은 스스로 결정할 수 없었다. 이러한 사실을 알아서인지 왕이 즉위하면 그 해에 소나무로 벽과 대관을 만들어 두고 매년 옻칠을 한 후에 붉은 팥을 넣어둔다. 해를 거듭하면서 관은 돌처럼 굳어져 시신을 보호하게 했다.

　　왕의 임종이 다가오면 법궁인 경복궁의 사정전으로 모신다. 이것은 왕의 유언이 날조될 가능성을 막기 위해서다. 그러나 조선의 왕 중 경복궁에서 영면한 왕은 문종, 예종, 인종, 명종 4명뿐이며 이들도 사정전은 아니었다. 유학을 통치 이념으로 하는 왕조사회에서 군주의 죽음은 매우 중요하기에 국상國喪이라 하여 엄숙하게 거행한다. 계급사회는 죽은 후에도 신분에 따라 죽음을 뜻하는 말과 장례 규모를 달리했다. 천자가 죽으면 붕崩(궁), 제후는 훙薨, 대부는 졸卒(주), 사士는 불록不祿, 서민은 사死라 하고 장례 절차도 황제와 황후는 어장禦葬, 국왕과 왕비는 국장國葬, 세자와 세자빈의 장례는 예장禮葬으로 구분하고 규모나 절차에 차등을 두었다.

　　우리나라는 고종이 황제로 등극하기 전에는 제후의 나라였으므로 고종과 순종을 제외 한 역대 왕들의 죽음은 '훙'이라 하고 장례는 '국장'의 예에 따랐다. 임종한 것이 확인되면 장례 절차를 주관하는 국장도감國葬都監이 구성되고, 장례를 치르기 전 5개월 동안 시신이 안치되는 빈전의 행사를 담당하는 빈전도감殯殿都監, 무덤을 조성하는 산릉도감山陵都監이란 임시 기구가 설치된다. 도감의 우두머리는 제조提調이며 세 명의 제조들을 총괄·관장하는 총호사摠護使는 주로 좌의정左議政이 맡았다. 승하 후 5개월의 복잡한 장례 절차가 끝나면 왕릉의 중심 공간인 현궁玄宮에 안치하여 영원한 안식에 들게 한다.

1) 저승의 영원한 안식처 왕릉

사람이 죽으면 육신은 사라지지만 혼魂은 영원히 존재한다고 생각한 인간은 동서고금을 막론하고 영혼의 안식처를 생전의 궁궐보다 더 화려하고 성대하게 조성한다. 이집트의 피라미드, 인도의 타지마할, 중국의 진시황릉이 그 예다. 우리나라는 어떠했을까? 앞에 든 예에 비하면 우리나라의 여러 왕조 통치자들은 성군聖君인 것만은 분명했다. 조선조에서 왕릉을 조성할 때 가장 중요시여겼던 것은 택지였다. 택지는 고려시대부터 성행하여 온 풍수지리설에서 명당이라 지목되는 곳에 조성한다. 명당은 배산임수背山臨水한 지형에 좌우는 청룡靑龍과 백호白虎가, 뒤쪽에는 내룡來龍인 주산主山이, 앞쪽으로는 평퍼짐한 내명당內明堂이, 저 멀리에 안산

案山과, 더 먼 곳에 보다 높은 조산朝山이 있어야 했다. 묘역 안에 명당의 지맥이 닿아 생기가 집중되는 곳인 혈穴에 관을 묻고 봉분을 조성하는 좌향坐向을 중시한다. '좌'는 혈의 중심이고 '향'은 방향이다. 그러므로 산세에 따라 서향 내지 북향을 취한 것도 있기는 하지만 대부분 북에서 남으로 향하고 있어 육신의 궁궐 배치 방향과 같다.

조선 왕릉제도의 기준이 되었던 태조의 건원릉健元陵은 고려 공민왕恭愍王의 현릉玄陵과 노국공주의 정릉正陵의 양식을 그대로 따른 것이지만 그 뿌리에는 신라와 고구려의 영향이 있었다. 능침을 보호하기 위한 왕릉의 병풍석은 고려가 신라의 제도를 차용한 것이고, 신라는 고구려의 호석제도를 이어받으면서 고려조로 전승된 것이다. 조선조는 불교를 억압했지만 태조 때 신의왕후를 모신 능의 동쪽에 제궁齊宮을 창건하여 초경사肖慶寺라 하고 왕후의 제사를 올리게 했다. 유교는 현세의 훌륭한 정치철학이지만 사후세계를 감당하지 못했기 때문이라 생각된다. 그 후 조선조 왕릉의 가까이에 원찰願刹을 둔 것이 그 예다.

조선시대 왕실의 묘는 왕과 왕비의 무덤은 능陵, 왕의 어머니나 왕세자와 그 비의 무덤은 원園, 대군, 공주, 옹주, 후궁, 귀인 등의 무덤은 묘墓로 구분하고 위계에 따라 그 명칭을 다르게 하였다. 왕릉의 이름은 원칙적으로 영릉寧陵, 목릉穆陵 등 외자 이름이나 태조의 건원릉은 예외로 두 자 이름으로 지어 받들었다.

2) 왕릉의 구조

왕릉은 궁궐과 비슷한 구조로 조성되었다. 능역陵域 첫 입구는 궁궐의 정문 역할에 해당하는 곳에 책임자인 종 5품의 능령陵令, 종 9품의 능참봉陵參奉과 능지기의 근무처가 있다. 능실 입구에 화재 방지와 원활한 배수를 위에 만든 해자垓字와 금천교禁川橋가 있는 것도 같다. 금천교를 지나면 크게 세 영역으로 나눌 수 있다. 부정한 것을 제거하는 홍살문紅─門, 제향祭享을 준비하는 정자각丁字閣, 왕과 왕비가 안식하는 현궁玄宮을 모신 봉분封墳이 여러 보조물과 함께 위용을 더한다.

홍살문은 붉은색을 칠하여 신성한 곳을 알리는 신의 문神門으로 30자 이상 되는 둥근 기둥 두 개를 좌우에 세우고 지붕이 없는 붉은 살을 박았다. 홍살문 오른쪽에는 왕이 절을 하고 들어가는 배위拜位가 있다. 한자로 홍전문紅箭門이라 한다.

홍살문과 정자각 사이의 넓은 공간에는 삼각형이나 사각형의 얇은 돌[薄石]을 깔아 신성한 곳임을 강조하는 참도參道가 이어진다. 참도의 왼쪽은 신이 다니는 길神路이고, 오른쪽은 사람이 다니는 길[人路]이다. 왼쪽은 신성한 정령精靈이 다니는 길이므로 오른쪽보다 한 단을 높게 한다. 좌우의 넓은 공간은 참배객들이 왕릉의 주인과 인사를 할 수 있도록 배려한 것이다.

정자각은 제향祭享을 준비하는 건물이다. 동쪽과 서쪽에 계단이

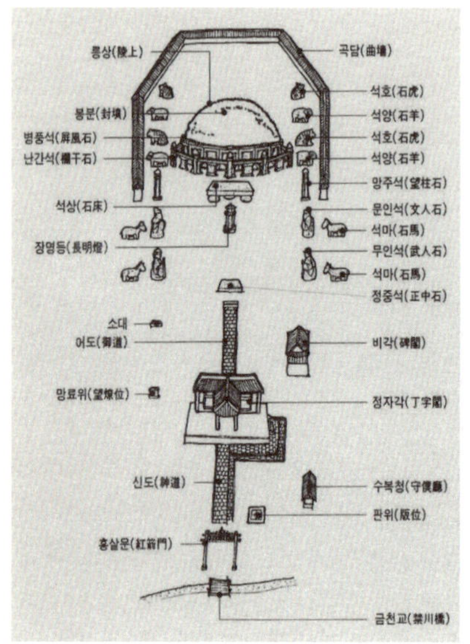

왕릉의 구조 왕릉은 궁궐과 비슷한 구조로 조성되어 있다.

홍살문 부정한 것을 제거한다는 의미이다.

있어 동쪽으로 올라가서 서쪽으로 내려온대[東入西出]. 건물 중앙에는 궁궐 정전의 용상과 같은 의자를 놓아 왕의 혼령이 쉴 수 있게 했다. 정자각의 동쪽에는 능의 주인을 알리는 비석碑石을 모신 비각과, 그 아래에 청소를 담당하는 사람이 거처하던 곳[守僕房]이 있다. 정자각 서쪽에 돌로 만든 둥근 그릇[石函]은 제향 후에 폐백과 축판祝版을 태우는 것으로 예감瘞坎이라 한다. 정자각과 뒤쪽으로 떼를 입혀 작은 동산 모양으로 조성한 사초지莎草地는 조선 왕릉에서만 볼 수 있는 것으로, 봉우리라는 뜻의 강岡이라고도 한다. 사초지 위에 오르면 봉분과 연결된다.

봉분은 영혼이 안식하는 곳으로 왕릉의 중심공간이다. 현궁이 궁궐의 침전과 같은 곳이라면 봉분 앞에 장대석長臺石을 3단으로 쌓아 만든 2단의 넓은 공간은 왕과 신료들의 혼령이 만나는 궁궐의 편전과 같은 곳이다. 첫째 단에는 장검을 집은 무인석武人石이 석마를 거느리고 마주하고 있고, 둘째 단에는 홀笏을 든 문인석文人石이 각각 석마石馬를 뒤에 거느리고 마주보고 있다. 2단 문인석 한가운데에는 불을 밝히는 팔각형의 장명등長明燈이 있다. 제일 높은 3단 좌우에 있는 높직한 망주석望柱石은 영혼이 먼 곳에서도 찾아오도록 하는 이정표다. 또한 봉분 앞 정면에 사자 모양의 귀면鬼面을 새긴 5개의 고석鼓石으로 받친 상석床石은 몸을 찾아온 영혼이 노니는 곳이라는 뜻으로 혼유석魂游石이라고도 한다. 그러므로 쌍릉에는 두 개의 혼유석이 있다.

봉분 능침陵寢 둘레는 능을 지키는 수호신 역할을 하는 석호石虎와, 사악한 것을 물리치고 명복을 비는 뜻을 지닌 석양石羊이 각각 두 쌍씩 여덟 마리가 밖을 향하여 봉분을 호위하고 있다(추존 왕릉은 각각 한 쌍으로 하여 차별화 했다).

봉토분封土墳 아래쪽으로 방위에 맞게 12지신상十二支神像을 조각하여 봉분을 두른 병풍석과, 봉분 뒤에 담장을 쌓은 곡장曲墻으로 봉분을 보호했다.

왕릉 외에 원과 묘도 홍살문, 참도, 정자각, 비각, 봉분, 곡장 등 기본적인 것은 능과 같이 하지만 왕릉보다 규모가 작고 병풍석, 무인석을 생략하는 등 생전의 위계位階에 따라 규모에 차이를 두었다. 조선 왕실 무덤은 능陵 44기, 원園 13기, 묘墓 52기로 총 109기가 거의 서울 근교에 있다.

능의 형식은 분묘조성 형태에 따라 단릉單陵, 쌍릉雙陵, 삼연릉三蓮陵, 동원이강릉同原異岡陵, 합장릉合葬陵으로 구분된다. 단릉은 왕이나 왕비 중 어느 한 분만 매장하여 봉분이 하나인 능을, 쌍릉은 왕과 왕비를 하나의 곡장 안에 모셔 2기의 봉분이 조성된 능을, 삼연릉은 왕, 왕비, 계비의 봉분 3기를 나란히 조성한 능을 말한다. 동원이강릉은 홍살문부터 정자각, 비각 등 부속 시설을 하나만 만들고 정자각 뒤 좌우 언덕에 왕과 왕비의 봉분을 조성하는 형식이다. 5대 문종과 현덕왕후를 모신 현릉, 경릉, 광릉, 선릉, 목릉이 이 방법으로 조성되었다. 또한 합장릉은 왕과 왕비의 관을 함께 매장하여 한 개의 봉분으로 조성한 능이다. 이 밖에 동원이강릉의 변형變形으로 좌우 나란한 언덕이 아닌 남북이나 비스듬하게 배치한 특이한 형식의 능(효종의 영릉 등)도 있다.

3) 왕릉의 현황

(1) 왕과 왕비 17분이 안식하는 곳 동구릉

사적 제193호로 지정된 동구릉東九陵은 태종太宗 때 태조太祖 이성계의 능이 조성되면서 시작되었다. 현재 57만 9,557평의 광대한 영역으로 총 9개의 능에 17위의 왕王과 왕후王后를 모신 조선조 최대의 왕릉군이다. 여러 대에 걸쳐서 이곳이 영혼의 안식처로 인식된 것으로 보아 풍수지리학적으로도 명당으로 증명되었다고 할 수 있다. 왕릉이 조성된 순서대로 정리해 본다.

① 건원릉健元陵 : 조선을 건국한 태조太祖의 능이다. 비 신의왕후 한씨神懿王后韓氏와 계비 신덕왕후 강씨神德王后康氏가 있으나 그 누구와도 함께 하지 못한 쓸쓸한 영혼이 모셔진 곳이다. 태조는 생전에 공민왕과 노국공주와 같이 신덕왕후와 쌍릉에 합장되기 위하여 앞서 간 왕후를 도성 안 황화방 북원皇華坊 北原(현재 정동 영국대사관 자리)에 능을 조성하고 존호를 신덕왕후, 능호를 정릉이라 했다. 원찰願刹로 홍천사興天寺를 세워 조계종의 본산으로 삼고, 대궐에서 정릉의 아침 재 올리는 소리를 듣고서야 수라를 들을 정도로 사랑한 여인이다. 그러나 태종은 왕자의 난을 일으키게 된 방번芳蕃과 방석芳碩의 생모인 계모를 함께 모시고 싶지 않았다. 태종이 승하한 후 정릉을 도성 밖인 양주楊洲 사을한록沙乙閑麓인 지금의 정릉으로 옮겼다.

② 현릉顯陵 : 5대 문종文宗과 현덕왕후 권씨顯德王后權氏가 동원이강同原異岡의 형식을 갖추고 모셔졌다.

③ 목릉穆陵 : 14대 선조宣祖와 의인왕후 박씨懿仁王后朴氏, 계비繼妃 인목왕후 김씨仁穆王后金氏를 모신 동원이강同原異岡의 변형으로 세

언덕에 조성된다.

④ **숭릉**崇陵 : 18대 현종顯宗과 명성왕후 김씨明聖王后金氏가 쌍릉으로 모셔졌다.

⑤ **휘릉**徽陵 : 16대 인조仁祖의 계비繼妃 장렬왕후 조씨莊烈王后趙氏의 능이다. 장렬왕후는 자신의 의지와는 관계없이 본의 아니게 조선후기 당쟁과 관련이 깊은 왕후다. 그녀가 15세 때 인조(44세)의 계비로 입궁하여 효종, 현종 대를 지나 숙종 14년(1699)까지 살았으므로 효종과 현종의 복상 문제로 서인과 남인의 당쟁의 핵이 되었다. 휘릉이 조성됨으로써 동오릉東五陵이 되었다.

⑥ **혜릉**惠陵 : 20대 경종景宗의 비 단의왕후 심씨端懿王后沈氏의 능으로 단릉單陵이다. 숙종 22년(1696) 5월 21일, 세자(경종)빈으로 간택되었으나 경종이 즉위하기 전인 숙종 44년(1718) 2월 7일 33세로 승하했다. 경종이 즉위한 후에 왕후로 추봉追封되었다.

⑦ **원릉**元陵 : 21대 영조英祖와 계비繼妃 정순왕후 김씨貞純王后金氏를 모신 쌍릉雙陵이다. 영조와 정순왕후는 〈한중록〉의 주요사건에 등장하는 인물이다. 정순왕후는 15살 때 영조(66세)의 계비로 입궁하여 많은 일화를 남겼으며 순조 대에 수렴청정을 하면서 천주교를 탄압하는 신유사옥辛酉史獄을 단행하여 며느리 혜경궁 홍씨가 67세와 68세에 〈한중록〉 2~3편을 남기게 한 왕비다. 이 능이 조성되므로써 동 칠릉東七陵이 되었다.

⑧ **경릉**景陵 : 24대 헌종憲宗과 효현왕후 김씨孝顯王后金氏, 계비繼妃

효정왕후 홍씨孝定王后洪氏, 세 개의 봉분封墳이 나란하게 자리 잡은 삼연릉三連陵의 형식으로 이루어져 있다.

⑨ 수릉綏陵 : 24대 헌종憲宗의 아버지로 추존追尊된 문조文祖와 신정왕후 조씨神貞王后趙氏의 능이다. 수릉은 단릉처럼 봉분과 상석인 하나인 것이 특이하다. 수릉이 이곳에 조성됨으로써 동 구릉東九陵의 명칭이 사용되었다.

(2) 서오릉

사적 제198호로 지정된 경기도 고양시 용두동에 위치한 서오릉西五陵은 동구릉東九陵 다음가는 조선왕실의 왕릉군王陵群이다. 서오릉의 능역陵域은 세조 3년(1457)에 처음 시작되었다. 조성된 순서대로 정리하면 다음과 같다.

① 경릉敬陵 : 추존 왕 덕종은 세조의 장남으로 세자로 책봉되어 소혜왕후 한씨를 비로 맞이하였으나 20세에 요절하였다. 성종 2년(1471) 의경왕으로 추존되고 성종 7년(1476)에 묘호를 덕종이라 했다. 덕종의 비 소혜왕후 한씨昭惠王后 韓氏도 연산군燕山君 10년에 동원이강同原異岡의 형식으로 경릉에 함께 조성되었다.

② 창릉昌陵 : 8대 예종睿宗과 계비 안순왕후安順王后를 모신 능으로 동원 이강형으로 조성되었다.

③ 익릉翼陵 : 20대 숙종肅宗의 비 인경왕후 김씨仁敬王后金氏를 단릉

으로 모셨다. 숙종의 여인 중에서 가장 먼저 이곳에 자리 잡았다.

④ 명릉明陵 : 숙종과 계비繼妃 인현왕후 민씨仁顯王后閔氏, 제2계비 인원왕후 김씨仁元王后金氏를 모신 능이다. 인현왕후릉(1701)과 숙종릉(1720)은 쌍릉 형식이고, 인원왕후릉(1757)은 단릉單陵으로 동원이강릉 형식이다.

⑤ 홍릉弘陵 : 21대 영조英祖 비 정성왕후 서씨貞聖王后徐氏의 능이 단릉으로 조성되었다. 홍릉이 조성되어 서오릉西五陵의 명칭을 사용하게 된다.

또한 서오릉에는 왕릉王陵뿐만 아니라 명종明宗의 장자長子인 순회세자順懷世子를 모신 순창원順昌園과, 숙종의 후궁後宮인 장희빈張禧嬪의 대빈묘大嬪墓, 영조의 제 2후궁인 사도세자의 생모 영빈 이씨暎嬪李氏의 묘인 수경원綏慶園이 있다.

(3) 서삼릉

서오릉西五陵과 인접한 사적 제200호로 지정된 경기도 고양시 원당동에 위치한 서삼릉西三陵은 11대 중종中宗의 계비繼妃인 장경왕후 윤씨章敬王后尹氏의 능이 조성되면서 왕릉군王陵群이 시작되었다.

① 희릉禧陵 : 희릉의 주인 장경왕후는 원래 3대 태종太宗의 헌릉獻陵 옆으로 택지가 결정(1515)되었다가 권력 다툼으로 인해 이곳으로 천장遷葬되었다. 한편 중종中宗의 정릉靖陵은 처음에는 희릉禧陵 옆

에 조성했었는데 명종 17년(1562)에 서울시 강남구의 선정릉宣靖陵
으로 천장遷葬했다.

② 효릉孝陵 : 약 8개월 동안 왕으로 있었던 12대 인종仁宗과 인성
왕후 박씨仁聖王后朴氏를 모신 능이다. 쌍릉 형식이다.

③ 예릉睿陵 : 25대 철종哲宗과 철인왕후 김씨哲仁王后金氏를 쌍릉으
로 모신 능이다. 이 능이 조성되어 서삼릉西三陵의 명칭이 사용되
었다.

서삼릉西三陵 구역 내에는 왕릉뿐만 아니라 명종明宗, 숙종肅宗 이
후 조선조 말기末期까지 많은 후궁後宮과 대군大君, 군君, 공주公主,
옹주翁主의 원묘園墓가 만들어져 왕실 무덤의 면모를 갖추게 된다.

(4) 그 외의 왕릉

500년이 넘는 조선왕조였으므로 사후공간인 왕실 묘역도 많았다.
동구릉이나 서오릉과 같이 집중되어 조성된 것과 달리 한 분 또는
두세 분의 묘역이 조성된 것을 간략하게 살펴보면 다음과 같다.

① 정릉貞陵 : 서울시 성북구 정릉 2동에 위치한 태조의 계비 신덕
왕후 강씨神德王后康氏의 능이다.

② 헌인릉獻仁陵 : 서울시 서초구 내곡동에 자리한 3대 태종과 그의
비 원경왕후 민씨元敬王后閔氏를 모신 헌릉獻陵과, 23대 순조와 그의
비 순원왕후 김씨順元王后金氏를 모신 인릉仁陵을 말한다.

③ 영릉英陵 : 조선조에서 가장 성군으로 추앙받는 제4대 세종대왕世宗大王과 그의 비 소헌왕후 심씨昭憲王后沈氏를 합장형식으로 모신 능이다. 경기도 여주군 능서면에 있다.

④ 장릉莊陵 : 강원도 영월 읍내에 있는 단종의 능이다. 12세에 부왕 문종에 이어 왕이 되었으나 숙부 수양대군에게 왕위를 빼앗기고 상왕이 되었다. 그 뒤 복위운동의 실패로 폐위되어 노산군魯山君으로 영월 청령포에 유배되었다. 또다시 복위운동의 실패로 1457년 10월 24일 비참하게 죽임을 당한 후 동강에 버려졌었다. 당시 후환이 두려워 아무도 시신을 수습하지 않았는데 영월 호장 엄흥도嚴興道에 의해 지금의 능 자리에 모셔졌다. 그 후 중종 11년(1516)에 묘를 찾아 봉분을 갖추고, 선조 13년(1580)에 묘호를 단종이라 하고 능호는 장릉이라 했다. 이러한 연유로 장릉에는 단종 폐위와 관련하여 목숨을 잃은 여러 신하를 배향하기 위해 설치한 배식단配食壇, 배식단사配食壇祠와 영천靈泉, 엄흥도정려각嚴興道旌閭閣, 배견정拜鵑亭 등이 있다. 단종 비 정순왕후 송씨定順王后宋氏의 능은 양주군 남쪽 군장리(현 사릉리)에 있다. 단종 폐위 후 동대문 밖 숭인동 동망봉 기슭에 초막을 짓고 시녀 세 명과 함께 자줏물을 들이는 염색을 하면서 살다가 82세에 한 많은 생을 마감했다. 죽은 지 177년이 지나 단종이 복위된 후에 정순왕후로 신위가 종묘에 모셔지고 능호를 사릉이라 했다.

⑤ 광릉光陵 : 아름다운 숲으로 유명한 경기도 광릉은 제7대 세조

와 정희왕후 윤씨貞熹王后尹氏를 모신 능이다. 정자각을 가운데 하여 왼쪽에 세조가, 오른쪽에 정희왕후의 능이 각각 단릉 형태로 조성되었다. 세조는 생전에 "내가 죽으면 속히 썩어야 하니 석실과 석곽을 사용하지 말 것이며, 병풍석을 쓰지 말라"는 유지에 따라 병풍석을 없애고 석실은 회격灰隔으로 했다. 석실을 없애고 병풍석을 상설하지 않아 인력과 비용을 절감할 수 있어서 이후부터 이를 따른 능이 많았다. 현궁은 석실로 하는 것에 대하여 개국 초 유학자들의 의견이 분분했다. 그것은 돌로 축조하는 것이 인력과 비용이 많이 들기도 하지만 회를 이용하여 광壙을 만드는 회격灰隔으로 된 『주자가례』에 어긋나기 때문이었다. 당시 태종은 종묘에서 점을 쳐 석실로 결정하고 일반인은 회격을 쓰도록 했다.

⑥ 공릉恭陵 : 8대 예종 비 장순왕후 한씨章順王后韓氏의 능이다. 왕후는 세조, 예종, 성종 3대에 걸쳐 권력을 행사했던 압구정狎鷗亭 한명회韓明澮의 딸이다. 세조의 둘째 아들(예종)이 세자 때 세자빈으로 입궁하여 세손빈으로 원손을 낳다가 요절하였으므로 왕릉의 격식이 갖추어지지 않았으나 성종 1년(1472)에 능호를 공릉이라 했다.

⑦ 순릉順陵 : 9대 성종 비 공혜왕후 한씨恭惠王后韓氏의 능이다. 공릉의 주인인 장순왕후의 여동생으로 성종의 비가 되었으나 19살에 소생 없이 승하했다. 한명회의 두 딸이 자식 없이 젊은 나이에 요절한 것이 애처로워서인지 자매의 사후에도 늘 마주보게 한 것 같다.

건릉 역대 왕들 중 세종과 함께 성군으로 평가되는 정조와 그의 비가 묻힌 곳으로 그는 아버지인 사도세자의 죽음으로 늘 아버지의 정을 그리워하다가 결국 아버지와 가까운 곳에서 안식처를 찾는다.

⑧ 선정릉宣靖陵 : 9대 성종과 그의 계비 정현왕후 윤씨貞顯王后尹氏를 모신 선릉宣陵과, 11대 중종을 모신 정릉靖陵이 한 곳에 있어 선정릉宣靖陵이라 한다.

⑨ 태릉泰陵 : 노원구 공릉동에 위치한 11대 중종의 제2계비인 문정왕후 윤씨文定王后尹氏를 모신 능이다.

⑩ 융건릉隆健陵 : 경기도 화성시 태안읍에 위치한 장조莊祖(사도세자)와 그의 비 헌경왕후 홍씨獻敬王后洪氏가 모셔진 융릉隆陵과, 그의 아들인 22대 정조와 그의 비 효의왕후 김씨孝懿王后金氏를 모신 건릉健陵이 같은 영역에 모셔져 융건릉隆健陵이라 한다.

(5) 북한에 모셔진 능

① 제릉齊陵 : 현재 북한의 경기도 개성시 판문군 상도리에 위치한 태조의 비 신의왕후神懿王后를 모신 능이다.

② 후릉厚陵 : 경기도 개성시 령정리에 위치한 2대 정종과 그의 비

정안왕후定安王后를 모신 능이다.

2. 종묘와 칠궁

1) 종묘

종묘宗廟는 역대 왕과 왕비의 위패를 모셔놓은 곳으로 일 년에 다섯 차례, 춘하추동과 동지에 공식적인 제사를 올리는 사당이다. 우리나라의 종묘제도는 삼국 시대부터 시행되었으며, 고려 때에는 중국식으로 개편되면서, 신위 배열 방식과 먼 조상은 별묘를 세우는 등 체계적으로 제도화되었다. 조선 건국 후 고려의 종묘를 헐고 새로 조선 왕조의 종묘가 건립되었으나, 수도를 한양으로 옮기면서 개경의 종묘를 철거하고 한양에 새로운 종묘가 마련되었다.

조선의 종묘는 이념적으로는 중국의 예제를 따르면서 건물 배치는 주변의 지형 여건을 고려하여 적절히 변형시켜 적용하였다. 종묘는 크게 본묘 정전과 별묘 영녕전으로 구별되었다. 정전은 현재부터 4대까지의 왕과 왕비의 신주와, 역대 왕 중에서 공덕이 있는 왕과 왕비의 신위를 모신 곳이다. 영녕전은 본묘에서 옮겨진 신위를 모신 곳이다.

종묘의 정전은 앞면에 비워 둔 1칸과 19칸의 신실을 합쳐 총 20칸의 독립된 공간으로 구성되었다. 신실은 제일 뒤에 신위를 모신 감실 앞에 제사를 지내는 데 필요한 최소한의 공간으로 구성되었다. 각 신실은 장대한 수평적 건축 형태를 이루며, 20개의 기둥이 열을 지어 늘어선 길이가 70미터이며, 좌우 협실과 월랑까지 하면 총길이가 101미터다. 이렇게 종묘는 군더더기 장식을 거의 가미하지 않아 단순하면서 장엄한 느낌을 준다.

영녕전은 정전과 세부 구성이 같으나 규모가 정전보다 작다. 종묘 안에는 정전과 영녕전 말고도 역대 공신을 모신 공신당功臣堂과 종묘제사에 필요한 향이나 악기 등을 보관한 악공청樂工廳, 향대청香大廳 등의 건물들이 있다. 종묘도 외적의 침입으로 건물이 전소되었다가 재건되는 수난이 거듭되면서, 정전과 영녕전 주변의 부속 건물들도 시대의 흐름에 따라 달라졌다. 현재 정전과 영녕전에 모셔진 신위를 정리하면 다음과 같다.

〈정전의 신위〉

실	신위
제1실	태조고황제, 신의고황후 한씨, 신덕고황후 강씨 (太祖高皇帝 神懿高皇后 韓氏 神德高皇后 康氏)
제2실	태종대왕, 원경왕후 민씨 (太宗大王 元敬王后 閔氏)
제3실	세종대왕, 소헌왕후 심씨 (世宗大王 昭憲王后 沈氏)

제4실	세조대왕, 정희왕후 윤씨 (世祖大王 貞熹王后 尹氏)
제5실	성종대왕, 공혜왕후 한씨, 정현왕후 윤씨 (成宗大王 恭惠王后 韓氏 貞顯王后 尹氏)
제6실	중종대왕, 단경왕후 신씨, 장경왕후 윤씨, 문정왕후 윤씨 (中宗大王 端敬王后 愼氏 章敬王后 尹氏 文定王后 尹氏)
제7실	선조대왕, 의인왕후 박씨, 인목왕후 김씨 (先祖大王 擬人王后 朴氏 仁穆王后 金氏)
제8실	인조대왕, 인렬왕후 한씨, 장렬왕후 조씨 (仁祖大王 仁烈王后 韓氏 莊烈王后 趙氏)
제9실	효종대왕, 인선왕후 장씨 (孝宗大王 仁宣王后 張氏)
제10실	현종대왕, 명성왕후 김씨 (顯宗大王 明聖王后 金氏)
제11실	숙종대왕, 인경왕후 김씨, 인현왕후 민씨, 인원왕후 김씨 (肅宗大王 仁敬王后 金氏 仁顯王后 閔氏 仁元王后 金氏)
제12실	영조대왕, 정성왕후 서씨, 정순왕후 김씨 (英祖大王 貞聖王后 徐氏 貞純王后 金氏)
제13실	정조선황제, 효의선황후 김씨 (正祖宣皇帝 孝懿宣皇后 金氏)
제14실	순조숙황제, 순원숙황후 김씨 (純祖肅皇帝 純元肅皇后 金氏)
제15실	문조익황세, 신정익황후 소씨 (文祖翼皇帝 神貞翼皇后 趙氏)
제16실	헌종성황제, 효현성황후 김씨, 효정성황후 홍씨 (獻宗成皇帝 孝顯成皇后 金氏 孝定成皇后 洪氏)
제17실	철종장황제, 철인장황후 김씨 (哲宗章皇帝 哲人章皇后 金氏)
제18실	고종태황제, 명성태황후 민씨 (高宗太皇帝 明成太皇后 閔氏)
제19실	순종효황제, 순명효황후 민씨, 순정효황후 윤씨 (純宗孝皇帝 純明孝皇后 閔氏 純貞孝皇后 尹氏)

대한제국이 막을 내리면서 종묘의 신위도 더 이상 바뀌는 일이 없어졌다. 정전의 신위는 공덕이 있는 불천위不遷位와 시왕始王의 5대조를 모시게 되고, 나머지 신위는 영녕전에 모시게 되므로 지금 정전에서 적어도 14실 이전에 모셔진 신위는 공덕이 있다고 인정된 왕이다.

<영녕전의 신위>

실		신위
정전	제1실	목조대왕, 효공왕후 이씨 (穆祖大王 孝恭王后 李氏)
	제2실	익조대왕, 정숙왕후 최씨 (翼祖大王 貞淑王后 崔氏)
	제3실	도조대왕, 경순왕후 박씨 (度祖大王 敬順王后 朴氏)
	제4실	환조대왕, 의혜왕후 최씨 (桓祖大王 懿惠王后 崔氏)
서협	제5실	정종대왕, 안정왕후 김씨 (正宗大王 安定王后 金氏)
	제6실	문종대왕, 현덕왕후 권씨 (文宗大王 顯德王后 權氏)
	제7실	단종대왕, 정순왕후 송씨 (端宗大王 定順王后 宋氏)
	제8실	덕종대왕, 소혜왕후 한씨 (德宗大王 昭惠王后 韓氏)
	제9실	예종대왕, 장순왕후 한씨, 안순왕후 한씨 (睿宗大王 章順王后 韓氏 安順王后 韓氏)
	제10실	인종대왕, 인성왕후 박씨 (仁宗大王 仁聖王后 朴氏)

동협	제11실	명종대왕, 인순왕후 심씨 (明宗大王 仁順王后 沈氏)
	제12실	원종대왕, 인헌왕후 구씨 (元宗大王 仁獻王后 具氏)
	제13실	경종대왕, 단의왕후 심씨, 선의왕후 어씨 (景宗大王 端懿王后 沈氏 宣懿王后 魚氏)
	제14실	진종소황제, 효순소황후 조씨 (眞宗昭皇帝 孝純昭皇后 趙氏)
	제15실	장조의황제, 헌경의황후 홍씨 (莊祖懿皇帝 獻敬懿皇后 洪氏)
	제16실	의민황태자영친왕 (懿愍皇太子英親王)

2) 칠궁

왕의 생모지만 정비(왕비)가 아니므로 종묘에 모시지 못한 일곱 분의 후궁 위패를 모신 사당을 말한다. 현재 서울시 종로구 궁정동(청와대 내)에 위치한 칠궁은 동쪽에서부터 영조의 생모 숙빈 최씨淑嬪崔氏의 육상궁毓祥宮, 진종의 생모 정빈 이씨靖嬪李氏의 연호궁延祜宮, 영친왕의 생모 순비 엄씨淳妃嚴氏의 덕안궁德安宮, 순조의 생모 수빈 박씨綏嬪朴氏의 경우궁景祐宮, 장조(사도세자)의 생모 영빈 이씨暎嬪李氏의 선희궁宣禧宮, 경종의 생모 희빈 장씨禧嬪張氏의 대빈궁大嬪宮, 원종의 생모 인빈 김씨仁嬪金氏의 저경궁儲慶宮의 위패를 모시고 칠궁七宮이라 한다.

영조는 왕이 되자 생모 숙빈 최씨(1670~1718)가 후궁이란 이유로 신위를 종묘에 모시지 못하였음을 한하여 당신의 잠저潛邸에 어머니 사우祠宇를 건립하려 했다. 그러나 대신들이 반대하여 궁궐 가까운 곳에 사당을 지어 숙빈묘淑嬪廟라 했다. 그 후 영조 29년(1753년 6월 25일)에는 시호諡號를 화경和敬이라 하고 묘廟는 궁宮, 묘墓는 원園이라 하면서 숙빈묘는 육상궁毓祥宮으로 소령묘는 소령원昭寧園으로 고쳐 부르게 되었다. 당시 영조는 "화경이라는 글자는 진실로 나의 뜻에 맞는다. 오늘 이후는 한이 되는 것이 없겠다. 내일 육상궁에 나아가 고유제를 지내고 친히 신주를 쓰겠다."면서 오랜 숙원을 이룬 것을 기뻐했다. 그 후 영조실록에 육상궁이 282번이나 검색되고 소령원昭寧園도 37회가 검색되는 것을 보아 영조 재위 때 숙빈 최씨와 관련된 일들이 매우 중요한 사안이었음을 알 수 있다. 이러한 선왕의 효심을 헤아렸음인지 손자 정조와 증손자 순조의 실록에도 육상궁(70회, 33회)과, 소령원(13회, 4회)이 검색된다.

고종은(7년, 1870) 왕실 사당을 정리하면서 대빈궁, 연호궁, 선희궁을 육상궁에 옮겼으나 고종 19년(1882) 화재 후 대빈궁과 선희궁은 각각 옛 사당으로 다시 모시고 소실된 육상궁은 고종 20년(1883) 6월에 다시 건립하였다. 그 후 순종(2년, 1908)은 대빈궁, 선희궁을 또다시 육상궁에 모시고 저경궁과 경우궁을 옮겨 육궁六宮이라 했고 순종 23년(1929)에 덕안궁을 다시 모시어 현재의 칠궁이 되었다.

아래 오언시는 영조 3년(1727) 3월에 사당을 건립할 때에 발견된 냉천 곁에 냉천정冷泉亭을 지으면서 남긴 시다. 냉천정은 소식(소동

파)이 항주 서호의 서쪽 영은산에 있는 냉천정에서 많은 시를 남긴 것에 비견하면서 어머니를 추모한 곳이다.

석년영은중 昔年靈隱中	냉천이 옛날에는 영은에 있었는데
금일차정내 今日 此亭內	오늘은 이곳 정자에 있네.
쌍수농청의 雙手弄淸漪	두손으로 맑은 물을 어루만지니
냉천자가애 冷泉自 可愛	냉천이 정말 좋구나.

3. 문학으로 만나는 조선의 왕릉

1) 〈인현왕후전〉의 주인공들이 잠들어 있는 곳 서오릉

경기도 고양시에 있는 서오릉에 가면 조선조 궁중문학의 백미로 평가되는 〈인현왕후전〉과 〈한중록〉의 주요 인물들을 만날 수 있다. 그 중 숙종 때 인현왕후와 장희빈 이야기는 너무나 유명하다. 공교롭게도 그 주인공들이 모두 서오릉에 모셔져 있다. 숙종의 여인 중에서 가장 먼저 이곳에 자리 잡은(1680) 왕비는 '익릉'에 모셔진 인경왕후 김씨다. 그 후 '명릉'에 제1계비 인현왕후 민씨(1701), 숙종(1720), 제2계비 인원왕후 김씨(1757)의 순서로 이곳에 모셔졌다. 한편 후궁 장희빈의 대빈묘는 숙종 28년(1702) 1월 30일 양주

익릉 숙종의 첫 번째 부인인 인경왕후의 릉

인장리에 장사했다가 숙종 45년에 광주廣州 진해촌眞海村으로 옮겼다. 1969년 광주에서 서오릉으로 옮겨 숙종의 여인들이 모두 서오릉의 능역에 모셔짐으로써 〈인현왕후전〉의 주인공들의 영혼이 영원히 가깝게 모이게 되었다.

〈인현왕후전〉에는 인현왕후가 35세의 젊은 나이에 승하했을 때를 아래와 같이 묘사했다.

궁중에 곡성이 진동하여 귀신이 다 우는 듯 궁녀 서로 머리를 부딪쳐 앙앙이 따르고자 하니, 하물며 상의 과도히 슬퍼하심이 어수로 난간을 두드리시며 하늘을 우러러 방성통곡放聲痛哭하시니, 용안에 쌍루가 비오듯 용포가 물 부은 것 같으시니, 궁중이 차마 우러러 뵈옵지 못하더라. 조정과 사서인이 슬퍼함이 심산공곡深山空谷에 이르니 다 부모 상도喪道로 더하니, 후后의 숙덕 성행 곧 아니면 어찌 이대도록 하리요. 왕예로 입관성복을 지내고 사시제전四時祭典에 친림곡배親臨哭拜하사, 애통하심이 날로 더하시니 궁중 신료臣僚가 근심하더라.

구월 초사일 상이 친림하사 친제親祭하실새 제문祭文지어 예관禮官으로 읽히시니, "모년 모월에 국왕은 비박지전으로 대행왕비 민씨지영閔氏之靈에 고하나니, 오희라. 현후의 돌아가신 길이 진여아 몽여아, 달이 가고 날이 바뀌고 이제 과인이 황란하여 능히 깨닫지 못하니, 속절없이 천수가 막막하고 음용이 그쳤으니 그 돌아감이 반듯한지라. 옛사람이 실우지탄과 고분지통을 일렀으나 과인의 지통至痛과 유한은 고금에 비겨 방불한 자가 없도다. 오호라, 현후는 명문의 생출이요, 현부형賢父兄 교훈을 받았도다. 빼혈 자질資質과 아름다운 성덕이 갈담규목의 극진치 않음이 없으되, 시운이 불리하고 과인이 불명不明하여 육년 손위차마 어찌 이르리요. 위태한 때에 처신을 더욱 곧게 평안하시고 어지러운 때에 덕행을 더욱 바로 하여 과인으로 하여금 과실을 많이 감춤은 현후 성덕이라. 꽃다운 효절孝節과 규잠하는 덕이 국풍에 순이하여 한기지로 이 도를 임하여 태평을 누릴까 하였더니, 장전이 어찌 숙인 앞길을 빨리 하여 과인의 내조 다시 바랄 것이 없는지라. 차희라, 현후는 평안 돌아가 만사를 잊었거니와 과인은 길고 먼 세상에 지한과 설움을 어찌 견디리요. 오희라, 현후의 맑은 자품資稟으로 일개 혈육이 없고 어진 성덕으로 하수를 누리지 못하신고. 천도天道가 무심하신지라. 이는 반드시 과인의 실덕묘복失德眇福을 하늘이 넙히 여기오사, 과인으로 하여금 무궁 한탄이 되게 하심이로다. 통명전을 바라보니 현후의 덕된 의용儀容과 화한 성음聲音을 듣는 듯 하되, 이제 길이 막힘이 몇 천 리인고. 과인이 중간 실덕함이 없이 지금까지 무고하다가 돌아가서도 슬프다 하려든 과인의 허물로 육년 고초를 생각하니 골똘한 유한이 여광여취로다.”(제문이 너무 장황하니 그치노라.) 읽기를 마치매 방성대곡하시니 곡성과 눈물이 영인감창이라. 좌우시신左右侍臣이 다 체읍하고 감히 우러러 보옵지 못하더라. 인현왕후라 추존하시고 능호는 명능明陵이니 고양이라. 능전陵殿을 경연전景延殿이라 하시고 대신을 명하사, “능역陵役을 지성으로 감찰하라.” 하시고, “능묘陵墓 우편을 비워 타일 동폄하라.” 하시고 납월臘月 초파일로 인산因山 택일하오시니, 오희라, 사람의 수요는 인력으로 못한들, 후의 현철 성덕으로 마침내 무자無子하시고 단수短壽하시며 더욱 간인의 참화를 입으시니 어찌 천도가 순환지리라 하리요마는, 어진 사람도 복을 누리지 못하거든 하물며 악인이 종시終始를 안행安幸함을 얻으리요.

- 인현왕후전 -

“과인은 길고 긴 세상에 유한遺恨이 자심滋甚하니 어찌 참고 견디리요. 차생의 산해山海같은 은의로 느끼어 영결하매 능 우편을 비워 써 타일에 동폄同窆하기를 바라나니 천추만세에 체백이 한가지로 놀리로다.”라고 다짐하는 대목이 있다. 제문 구절구절마다 왕후의 덕을 기리고 이별의 슬픔이 베어 있다. 이승에서 못 다한 정을 다음 생에서 영원토록 함께 할 수 있도록 함께 묻어 달라고

하였는데 그 소망이 이루어져 영원히 나란하게 함께 하고 있다.

그 후 제2계비 인원왕후가 입궁하던 날에도 왕이 인현왕후를 생각하며 눈물을 흘렸다고 묘사되어 있다. "국체에 곤위 비었으니 마지 못하사 중궁을 간택하실세 경은부원군慶恩府院君 김주신金柱臣의 여를 취하사 임오년에 책봉왕비冊封王妃하시고, 조하朝賀를 받으실새 전일을 추모追慕하사 누수淚水가 떨어져 용포龍袍를 적시시니 비빈과 궁녀가 슬퍼 체읍하더라." 현재 명릉은 숙종의 염원대로 인현왕후와 쌍릉으로 함께 하였고, 인원왕후도 인현왕후의 그늘에 가려 남편 숙종의 사랑을 받지 못했음에도 남편과 가까운 곳에 묻히고 싶은 소망이 이루어졌다.

한편 인현왕후 승하 후 장희빈은 저주사건이 발각되었다. 아래 인용문은 죽음을 앞에 둔 장희빈의 너무나 인간적인 모습이 묘사되었다.

　　상이 진노하사, "내 앞에서 죽일 것이로되, 제 얼굴 보기 더러워 약을 보내니 네 염치 있을진대 스스로 죽어 자식이 편하고 남의 손에 죽지 않음이 옳거늘 자식을 유세하여 뉘게 발악하느뇨? 이 약이 네게는 상일 줄 알고 죄 위에 죄를 더어 삼척지율을 받지 말라." 궁녀 명을 전하니 장씨 발 구르며 손뼉 쳐 발악 왈, "민씨 단명하여 죽음이 내 아랑곳이냐? 너희가 감히 나를 죽이고 후일 세자의 손에 살까 싶으냐?" 불순패악한 소리 악착하니, 상이 들으시고 분연하사, 좌우로 옥교를 가져오라 하사 타시고 영숙궁으로 친림하사 청사에 좌하시고 좌우를 호령하사 장씨를 끌어내려 당에 내려오고 꾸짖어 왈, "네 중궁을 모살하고 대역부도가 천지에 관영하니 반드시 네 머리와 수족을 베어 천하에 효시할 것이로되, 자식의 낯을 보아 특은으로 경벌輕罰을 쓰거늘 갈수록 태만하여 죄 위에 죄를 짓느뇨." 장씨 눈을 독히 떠 천안을 우러러뵈오며 고성 왈, "민씨 내게 원앙을 끼치어 형벌로 죽었거늘 내 무슨 죄 있으며, 전하가 정치를 아니 밝히시니 인군의 도리 아니시라." 살기등등하니, 상이 진노하사 용안을 높이 뜨시고 소매를 걷으시며 여성 왈曰, "천고에 요악한 년이 어디 있으리요. 좌우로 빨리 약을 먹이라." 하시니, 장씨 손으로 궁녀를 치며 몸을 부딪쳐 발악 왈, "세자와 함께 죽이라. 내 무슨 죄 있느뇨." 상이 익노益怒하사, "좌우로 붙들고 먹이라." 하시니, 제녀가 황황히 달아들어 팔을 잡고 허리를 안고 먹이려 하나 입을 다물고 뿌리치니, 상이 내리밀어 보시고 더욱 대노하사 분연히 일어나시며, "막대로 입을 벌리고 부으라." 하시니, 제녀가 술총으로 입을 벌리는지라. 장씨 이에는 위급한 지라. 실성애통 왈, "전하, 내 죄를 보지 말으시고 옛날 정과 자식의 낯을 보아 일명一命을 용서하소서." 상이 들은 체 않으시고 먹이기를 재촉하시니, …… "빨리 먹이라." 연하여 세 그릇을 부으니, 경각에 크게 한 소리를 지르고 섬 아래 거꾸러져 유혈流血이 샘솟듯 하니, 일 기약一器藥으로도 오장이 다 녹으려든 세 그릇을 함께 부으니 경각에 칠규로 검은 피 솟아나 땅에 고이니, 슬프다, 조그마한 궁인의 몸으로 서 천승국모를 모살하고 여러 인명이 다 검하劍下에 죽게 되니 하늘이 어찌 앙화를 내리오지 않으시리요. 상이 그 죽는 양을 보시고 의전으 로 나오시며 신체를 궁외로 내라 하시고, 이튿날 하교 왈, "장씨 죄악 이 중하여 왕법을 행하였으나 자식은 모자지정母子之情이라. 세자의 정리를 보아 초초히 예장禮葬하라."

- 인현왕후전 -

인용문에서 "전하, 내 죄를 보지 말으시고 옛날 정과 자식의 낯 을 보아 일명一命을 용서하소서." 하고 눈물을 빗물같이 흘리며 비 는 대목에서 인간적인 연민을 느끼게 한다. 물론 어느 시대라도 악이 선을 이기는 것은 옳지 않지만 열등한 위치에서 출발할 수밖 에 없었던 천한 계급의 장희빈만이 모든 책임을 져야할까. 한때 그토록 사랑하여 6년간 온 백성의 국모로 있게 했던 여인을, 또 자신의 후계자인 아들의 어머니를, 비참한 최후를 맞게 한 숙종의

대빈묘 장희빈의 묘로 인현왕후를 저주하다 결국 죽음을 맞이하게 된 그녀는 숙종의 미움을 받아 멀리 떨어져 묻히지만 300년이 흐른 지금 그들의 곁으로 돌아왔다.

일관성 없었던 행동은 어떻게 설명해야 되는가? 숙종은 다시는 궁인 출신이 왕비가 되지 못하게 사첩에 기록하도록 하여 후손들의 경계로 삼게 했다. 지금쯤은 장희빈이 과거의 잘못을 시인하고 용서를 빌었을까? 또 인현왕후는 덕의 화신이니 용서해 주었을까? 300년이 넘는 긴 세월이 지났음에도 용서하지 못할 일이 있을까? 숙종이 사랑하고 미워했던 인현왕후와 장희빈, 그리고 애증에 비켜 있었던 인경왕후와 인원왕후 5분이 영원히 안식하는 곳이 서오릉이다.

2) 사도세자의 생모 영빈 이씨의 안식처 수경원

서오릉에 있는 수경원綏慶園은 세상에서 가장 슬픈 어머니 사도세자의 생모 영빈이씨暎嬪李氏의 안식처다. 처음은 현재 서대문구 신촌에 있는 연세대학교 내에 있었는데 1968년 6월에 서오릉에

수경원 세상에서 가장 슬픈 어머니 사
도세자의 생모 영빈이씨의 안식처

모셔졌다. 현재 수경원 봉분이 있던 자리에다 대학교회(루스채플)를
세웠고, 정자각은 연세대학교의 기록보존소 사무실로 이용되고
있다.

영조(1694~1774)는 팔순이 넘게 살면서 반세기가 넘는 재위(1724년
8월~1776년 3월, 51년 7개월)동안 2왕후와 4후궁 사이에서 2남 7녀를 두
었다. 영조의 2남 7녀는 역대 여러 왕 중에서 매우 적은 수다. 조
선조의 성군으로 추앙받는 세종대왕도 54세(재위 31년)에 승하하였
지만 1왕후 8후궁에 18남 4녀를 두었다. 영조의 초비 정성왕후가
자녀를 생산하지 못했고, 계비 정성왕후는 영조 만년에 입궁하였
기에 생전에 대군을 두지 못했다. 제1후궁 정빈 이씨의 소생으로
효장세자가 있었으나 일찍 죽어 오랫동안 국본이 비어 있었다. 이
러한 때에 궁인 이씨는 영조의 제2후궁이 되어 1남 6녀를 생산하
도록(1남 3녀 생육) 사랑을 받았다.

영조는 첫 아들을 잃은 후 오랫동안 후사를 두지 못하다가 45세

에 영빈 이씨가 후사를 낳자 돌도 지나기 전에 동궁으로 책봉했
다. 그녀가 왕과 함께 동궁 처소를 찾았을 때 내인들의 불손한 행
동으로 민망하였다던 영빈의 마음을 작자는 아래와 같이 전한다.

천한 내인이 대의大義를 몰라 선희궁께서 동궁을 탄생하여 계오시니
지극히 존귀하신 줄 생각지 아니하고 선희궁 미시 적 일만 생각하여
만모慢侮도 하고 언사도 공순치 아니하여 혹 헐쁘림도 있으니 선희궁
께오서 중심에 미안히 여기오시고 영묘께오서 어이 몰라 계오시리오.
－한중록－

위의 대목으로 보아 영빈은 궁녀출신으로 승은 후궁임을 알 수
있다. 동궁 처소의 궁인들 입장에서 보면 전일은 자신들과 같거나
아니면 아래 품계의 궁녀였는데 세자의 생모라고 왕과 함께 나타
나는 선희궁이 시샘의 대상이 되었을 것이다. 선희궁 자신도 내면
의 열등감으로 괴로웠겠지만 영조 또한 후궁 소생이라 누구보다도
그 심정을 잘 이해했으리라 생각된다. 이러한 일들이 반복되자 왕
은 동궁 처소를 찾는 기회가 점점 줄어들게 되었고, 자연 부자간의
정도 키울 기회가 많지 않았다는 것이다. 더욱이 동궁 처소의 내
인들이 전일 영조의 등극 과정에 갈등을 빚었던 어대비를 모셨던
궁인들이라 교육이 제대로 이루어지지 않았기에 아버지 영조에게
비친 아들은 항상 마음에 차지 않았다. 그러므로 만나면 칭찬과

사랑을 주기보다는 꾸중과 화를 내는 날이 많아지게 되어 동궁에게는 영조가 자애로운 아버지이기 전에 두려움의 대상이 된 것이다. 어린 시절 형성된 부자간의 부조화는 해가 거듭될수록 그 골이 더욱 깊게 되어 훗날 크나큰 비극의 한 요소가 되었다.

작자의 회고에 의하면 선희궁은 매우 섬세한 성격의 소유자였다. 그녀가 세자빈으로 간택되어 별궁에서 머물 때 며느리에게 가지 모양의 큰 일본 진주와 수놓은 네 폭 병풍을 선물했다. 진주는 작자의 6대조 할머니인 정명공주가 지녔던 것을 염두에 두었음이고, 네 폭 병풍은 작자의 할아버지 홍현보가 생전에 소장했던 것을 알고 여러 경로를 통하여 찾아 준비한 것이다. 또 다른 선물은 자신이 직접 한뜸한뜸 수를 놓은 8폭 병풍이었는데, 공교롭게도 작자의 아버지가 꾼 태몽과 일치해 기이하게 여겼다고 한다. 이로 보면 영빈은 선물 하나에도 정성과 함께 의미를 부여할 줄 아는 사려 깊은 여인이었음을 알 수 있다. 이러한 성격이 감정의 기복이 심한 영조가 1남 6녀를 낳도록 사랑한 요인이 되었다고 본다.

그러나 후궁의 신분에서 내명부 최고의 품계인 빈嬪이 되고, 후에는 동궁의 생모가 되어 모든 사람에게 부러움의 대상이 되지만 자신은 많은 고통을 감수해야 했다. 이러한 그녀의 출신은 가해자인 영조가 지닌 열등감과 맞물려 작은 일들이 점점 크게 확대된다. 어려서부터 부왕의 자애를 입지 못한 동궁은 그것이 병이 되어 나타났고, 그 병으로 인해 영조는 더욱 아들을 미워했는데 이

악순환은 해를 더하여 심화되었다. 이러한 때 나경언의 상소로 세자의 비행이 여론화되자 영조는 이미 세자를 없애려고 마음을 굳히고 있었으나 실행에 옮기기를 주저하고 있었다. 이 모든 사태를 주변에서 모를 리 없었다. 다만 너무나 엄청난 일이기에 누구하나 입에 담지 못할 뿐이었다.

그동안 사려 깊고 섬세한 영빈은 이 숨 막히는 시간을 줄이는 악역을 감당할 사람이 자신이라는 것을 충분히 감지했을 것이다. 작품에 "하늘과 땅이 맞붙고 해와 달이 빛을 잃은 날"(영조 38년 윤오월 13일) 전날 밤 며느리에게 어쩔 수 없는 상황을 편지로 쓰고, 영조에게 "성궁을 보호하여 종사를 붙들기 위해 동궁을 죽이라"고 말하게 된다. 그러나 삼종의 혈맥은 세손에게 있으므로 손자를 후사로 삼을 것을 분명히 한다. 이 말이 끝나자마자 영조가 조금도 지체 없이 곧바로 실행에 옮겼다는 것은 선희궁의 입에서 '동궁을 죽이라'는 말이 나오기만을 기다리고 있었다는 것을 짐작하게 한다.

어느 어머니가 자신의 영달이나 사사로운 감정으로 자식을 죽일 수 있겠는가? 그럴 수밖에 없는 극한 상황까지 몰고 온 사도세자의 병환이 원망스러웠을 것이다. 그 후 선희궁은 아들에 대한 서러운 마음과 정을 손자(정조)에게 옮겨 쏟다가 2년 후 아들 곁으로 갈 때까지 고통과 회한의 나날을 보냈다. 아들 사도세자가 죽은 직후 "칠월이 인산이니 그 전에 선희궁이 나를 와 보시고 재실을 대하오셔 머리를 두드리시고 가슴을 쳐 통곡하시니, 그 정리의 그음 없아오심이 또 어떠하시리오.” 작자는 시모의 심정을 누구보다도 잘 헤아렸다. 〈한중록〉에는 당시 영빈 이씨의 아픈 마음을 아래와 같이 서술했다.

칠월 담사에 선희궁께오서 내려오셔 지내시고, 가을 후는 모이어 고식姑媳이 상의하자 정녕한 기약이오시더니 홀연 배종背腫이 나오셔 칠월 이십육 일 하세하오시니, 망극하기 어찌 예사 고식지정姑媳之情으로 이르리오. 당신이 나라를 위하오셔 자모의 하지 못할 일을 하오시고, 비록 선군을 위하신 일이나 지통이야 오죽하시리오. 상시 말씀이 “내가 못할 일을 차마 하였으니 내 자취에는 풀도 나지 아니 하리라.” 하오시고, “내 본심인즉 위종국爲宗國 위성궁爲聖躬한 일이나 생각하면 모질고 흉하니, 빈궁은 내 마음을 알거니와 세손 남매라도 나를 어찌 알리.” 하시고, 매양 밤에 침수를 아니 하오시고 동편 퇴에 나앉으오셔 동녘을 바라 상심하오시며, 혹 “그 거조擧措를 아니하여도 나라가 보전할런가, 내가 잘못하였는가.” 하시다가, 또 “그렇지 않다. 여편네 유약柔弱한 소견이지 내 어이 잘못하였으리오.” 혼궁에 오신 때면 부르짖어 울고 서러워하오셔 심중에 병이 되오셔 몸을 마치오시니 더욱 섧도다.

- 한중록 -

인용문에는 아들이 죽은 후 매일 밤 동편 툇마루에 앉아 동녘을 바라보며 “혹시 그때 동궁을 죽이라는 말을 하지 않았더라면, 나

라가 보존되지 않았겠는가? 그러면 내가 잘못한 것이 아닌가?"라
고 반문하다가는, "아니다 그렇지 않다. 여편네 유약한 소견이 내
어이 잘못 하였으리오."를 반추하면서 잠 못 이루는 밤이 계속되
었다고 한다. 이렇게 아들의 혼궁에 가면 울부짖고 서러워하던 고
통이 병이 되어 그녀 자신도 2년 후엔 아들 곁으로 갔다. 생전에
"내가 아들을 죽이는 못할 짓을 하였으니 내 자취에는 풀도 나지
않으리라."라고 한 말에서는 아들을 죽이라고 말할 수밖에 없었던
어머니의 마음을 읽을 수 있어 우리의 가슴을 아프게 한다.

　영조 40년 7월 26일, 사도세자의 생모 영빈이씨는 한 많은 생을
마감한다. 『영조실록』에는 임금이 임곡臨哭하기를 매우 슬프게 하
였고, 후궁 일등의 예로 장사를 치르라고 명하였다. 영빈이 사도세
자를 탄생시켰는데, 후궁에 40년간 있으면서 근신하고 침묵을 지
켜 불행한 때에 처하여 보호한 공로가 있다. 임금이 친히 영빈의
제문을 지었는데 발인할 때에 친히 나가 보겠다는 구절이 있었다.
승지 이인배가 아뢰기를 "우리 조정의 가법은 엄중하여 후궁의 상
에 임금이 직접 임하였던 일은 없었습니다." 하여 가지 못했다. 그
러나 법도 때문에 직접 상에 나가지 못했어도 영조의 마음은 죽은
영빈 곁에 있었다. 그러므로 그 후 의소懿昭의 묘에 거동하였다가
어가를 돌려 갑자기 영빈방에 들르겠다고 명한다. 이때는 영빈이
죽어 아직 장사를 치르지 않았었기에 옥당의 관원 원의손元義孫 서
명선徐命善 등이 구대求對하여 말씀을 드리니, 임금이 노하여 말하

기를 "영빈을 어찌 다른 후궁과 똑같이 볼 수 있겠는가? 차마 이런 말을 하는 자는 나를 따라올 것이 없다." 하고, 이어서 그의 상차喪次에 들렀다가 밤이 되어서야 궁으로 돌아왔다고 기록되었다.

그 후에도 영조는 영빈의 죽음을 애도하면서 그녀의 공덕을 기리고 있다. 영조 40년 9월 26일, 영조는 세손인 정조에게 할머니 영빈을 아래와 같이 말한다.

임오년의 대의를 만약 통쾌하게 유시하지 않았더라면 윤리가 그때부터 폐지되었을 것이다. 그의 어머니가 만고에도 없는 지경을 당하고 그의 아버지가 만고에도 없는 의리를 행하였다. 그렇지 않았다면 내가 어찌 오늘날이 있겠으며 세손 역시 어찌 오늘날이 있었겠는가? 너의 조모가 없었다면 어찌 오늘날이 있겠는가 너의 조모가 백세에 의리를 세웠으니 일거에 종사가 다시 존재하고 의리가 크게 밝혀졌다. 너의 어머니도 대의를 알고 있었다. 너의 어머니가 너의 조모에게 털끝만큼이라도 이의가 없었던 것은 역시 이러한 의리 때문이다. 세손에게 있으라고 명하고 누누이 밝게 유시하였다.

이로 보아 영빈이 자신이 낳은 아들을 죽이라고 말할 수밖에 없었던 것은 작품에서 누누이 말한 것과 같이 대의를 위했음을 알 수 있다.

부록

역대 조선 왕릉의 위치

구분	陵名	왕과 왕비	형태	사적번호	소재지
제1대	건원릉(健元陵)	태조	단릉	사적193호	경기 구리시 인창동 동구릉내.
	제릉(齊陵)	신의왕후	단릉		개성시 판문군 상도리(북한).
	정릉(貞陵)	신덕왕후	단릉	사적208호	서울 성북구 정릉동.
제2대	후릉(厚陵)	정종, 안정왕후	쌍릉		개성시 판문군 영정리(북한)
제3대	헌릉(獻陵)	태종, 원경왕후	쌍릉	사적194호	서울 서초구 내곡동
제4대	영릉(英陵)	세종, 소헌왕후	합장	사적195호	경기 여주군 능서면 왕대리.
제5대	현릉(顯陵)	문종, 현덕왕후	동원	사적193호	경기 구리 인창동 동구릉.
제6대	장릉(莊陵)	단종	단릉	사적196호	강원 영월군 영월읍 영흥리.
	사릉(思陵)	정순왕후	단릉	사적209호	경기 남양주시 진건면 사릉리.
제7대	광릉(光陵)	세조, 정희왕후	동원	사적197호	경기 남양주시 진접읍 부평리
추존	경릉(敬陵)	덕종, 소혜왕후	동원	사적198호	경기 고양시 덕양구 용두동 서오릉내.
제8대	창릉(昌陵)	예종, 안순왕후	동원	사적198호	서오릉내.
	공릉(恭陵)	장순왕후	단릉	사적205호	경기 파주시 조리읍 봉일천리.
제9대	선릉(宣陵)	성종, 정현왕후	동원	사적199호	서울 강남구 삼성동.
	순릉(順陵)	공혜왕후	단릉	사적205호	경기 파주시 조리읍 봉일천리.
제10대	연산군묘(燕山君墓)	연산군, 군부인	쌍분	사적362호	서울 도봉구 방학동.
제11대	정릉(靖陵)	중종	단릉	사적199호	서울 강남구 삼성동.
	온릉(溫陵)	단경왕후	단릉	사적210호	경기 양주시장흥면 일영리.
	희릉(禧陵)	장경왕후	단릉	사적200호	경기 고양시 덕양 원당 서삼릉내.
	태릉(泰陵)	문정왕후	단릉	사적201호	서울 노원구 공릉동.
제12대	효릉(孝陵)	인종, 인성왕후	쌍릉	사적200호	경기 고양시 서삼릉내.
제13대	강릉(康陵)	명종, 인순왕후	쌍릉	사적201호	서울 노원구 공릉동.

제14대	목릉(穆陵)	선조, 의인왕후, 인목왕후	동원	사적193호	경기 구리시 인창동 동구릉내.
제15대	광해군묘 (光海君墓)	광해군, 군부인	쌍분	사적363호	경기 남양주시 진건면 송릉리.
추존	장릉(章陵)	원종, 인헌왕후	쌍릉	사적202호	경기 김포시 풍무동.
제16대	장릉(長陵)	인조, 인열왕후	합장	사적203호	경기 파주시 탄현면 갈현리.
	휘릉(徽陵)	장열왕후	단릉	사적193호	경기 구리시 인창동 동구릉내.
제17대	영릉(寧陵)	효종, 인선왕후	쌍릉	사적193호	경기 여주군 능서면 왕대리.
제18대	숭릉(崇陵)	현종, 명성왕후	쌍릉	사적193호	경기 구리시 동구릉내.
제19대	명릉(明陵)	숙종, 인현왕후, 인원왕후	쌍릉		경기 고양시 서오릉내.
	익릉(翼陵)	인경왕후	단릉	사적198호	경기 고양시 서오릉내.
제20대	의릉(懿陵)	경종, 선의왕후	쌍릉	사적204호	서울 성북구 석관동.
	혜릉(惠陵)	단의왕후	단릉	사적193호	경기 구리시 인창동 동구릉내.
제21대	원릉(元陵)	영조, 정순왕후	쌍릉	사적193호	경기 구리시 인창동 동구릉내.
	홍릉(弘陵)	정성왕후	단릉	사적198호	경기 고양시 덕양구 서오릉내.
추존	영릉(永陵)	진종, 효순왕후	쌍릉	사적205호	경기 파주시 조리읍 봉일천리.
추존	융릉(隆陵)	장조(사도세자), 헌경왕후	합장	사적206호	경기 화성시 태안읍 안녕리.
제22대	건릉(健陵)	정조, 효의왕후	합장	사적206호	경기 화성시 태안읍 안녕리.
제23대	인릉(仁陵)	순조, 순원왕후	합장	사적194호	서울 서초구 내곡동.
추존	수릉(綏陵)	문조, 신정왕후	합장	사적193호	경기 구리시 인창동 동구릉내.
제24대	경릉(景陵)	헌종, 효현왕후, 효정왕후	삼연릉	사적193호	동구릉내.
제25대	예릉(睿陵)	철종, 철인왕후	쌍릉	사적200호	경기 고양시 원당동 서삼릉내.
제26대	홍릉(洪陵)	고종, 명성황후	합장	사적207호	경기 남양주시 금곡동.
제27대	유릉(裕陵)	순종, 순명황후, 순정황후	합장	사적207호	남양주시 금곡동.

선조宣祖의 가계도家系圖

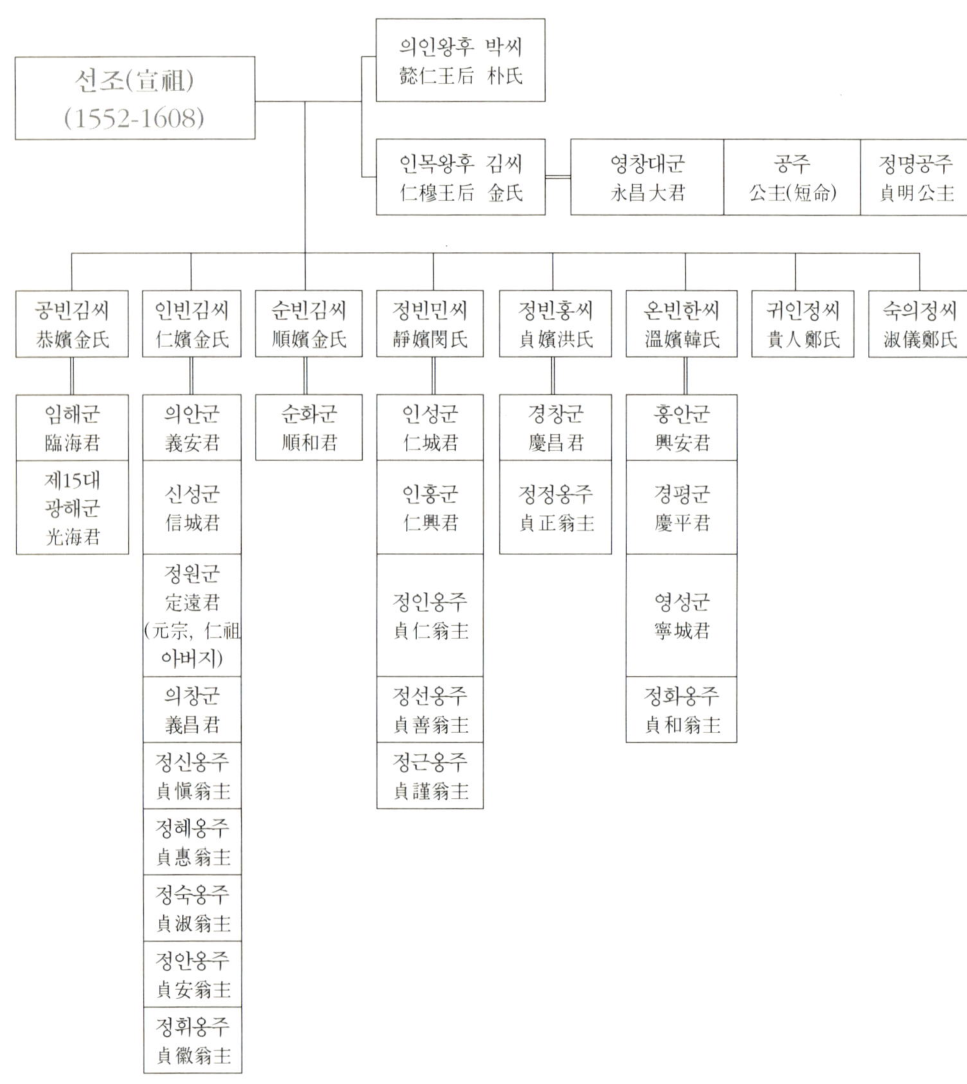

광해군 光海君의 가계도 家系圖

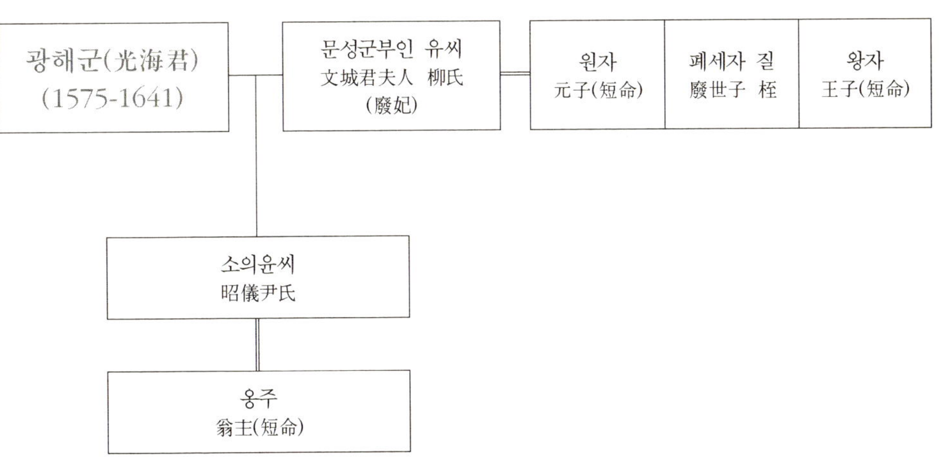

인조仁祖의 가계도家系圖

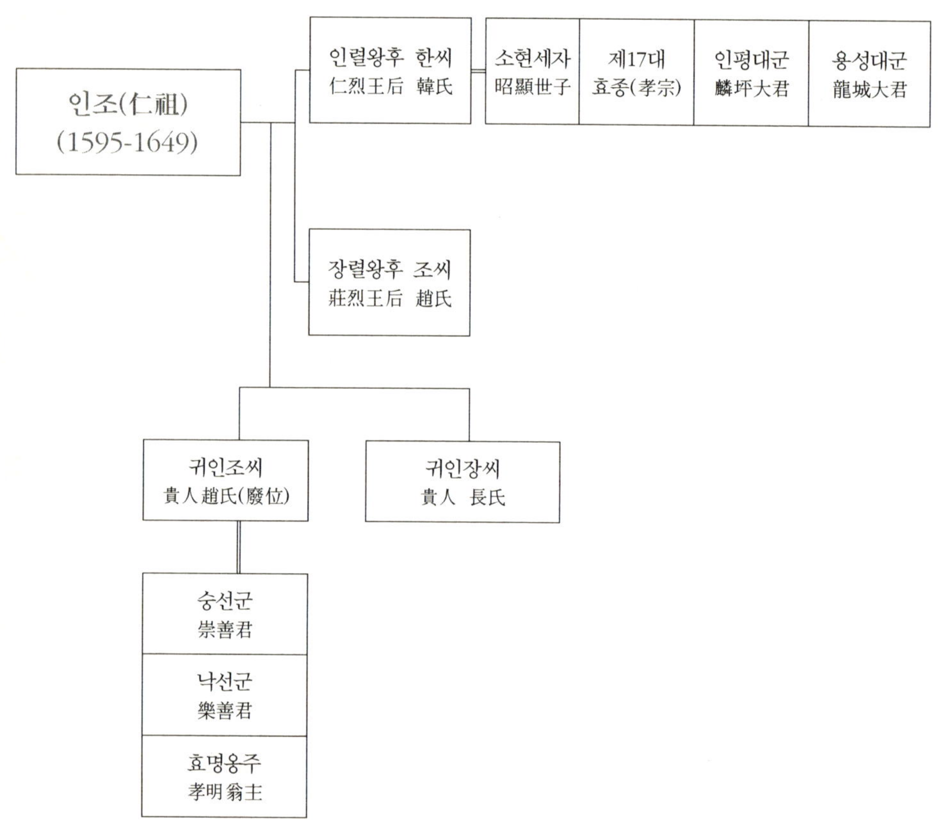

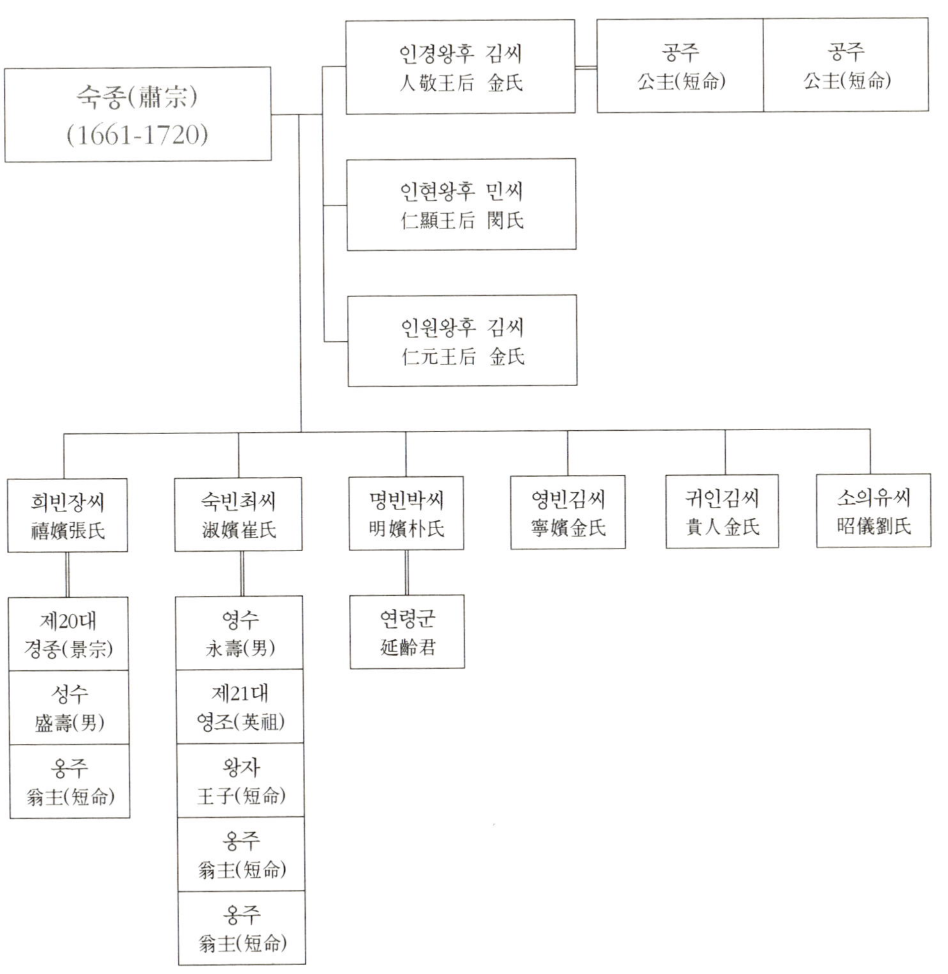

숙종(肅宗)
(1661-1720)

인경왕후 김씨
人敬王后 金氏

공주
公主(短命)

공주
公主(短命)

인현왕후 민씨
仁顯王后 閔氏

인원왕후 김씨
仁元王后 金氏

희빈장씨
禧嬪張氏

숙빈최씨
淑嬪崔氏

명빈박씨
明嬪朴氏

영빈김씨
寧嬪金氏

귀인김씨
貴人金氏

소의유씨
昭儀劉氏

제20대
경종(景宗)

성수
盛壽(男)

옹주
翁主(短命)

영수
永壽(男)

제21대
영조(英祖)

왕자
王子(短命)

옹주
翁主(短命)

옹주
翁主(短命)

연령군
延齡君

경종景宗의 가계도家系圖

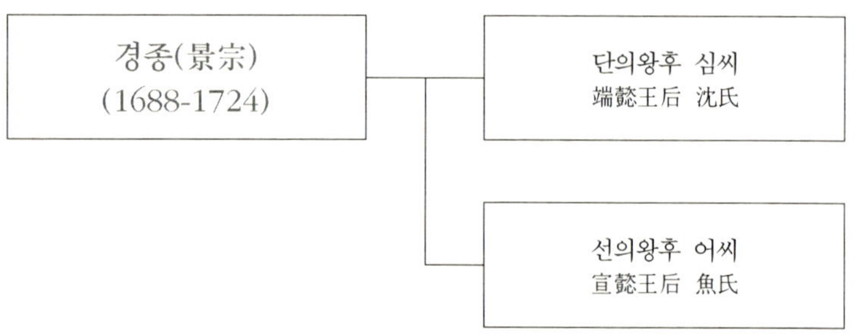

영조英祖의 가계도家系圖

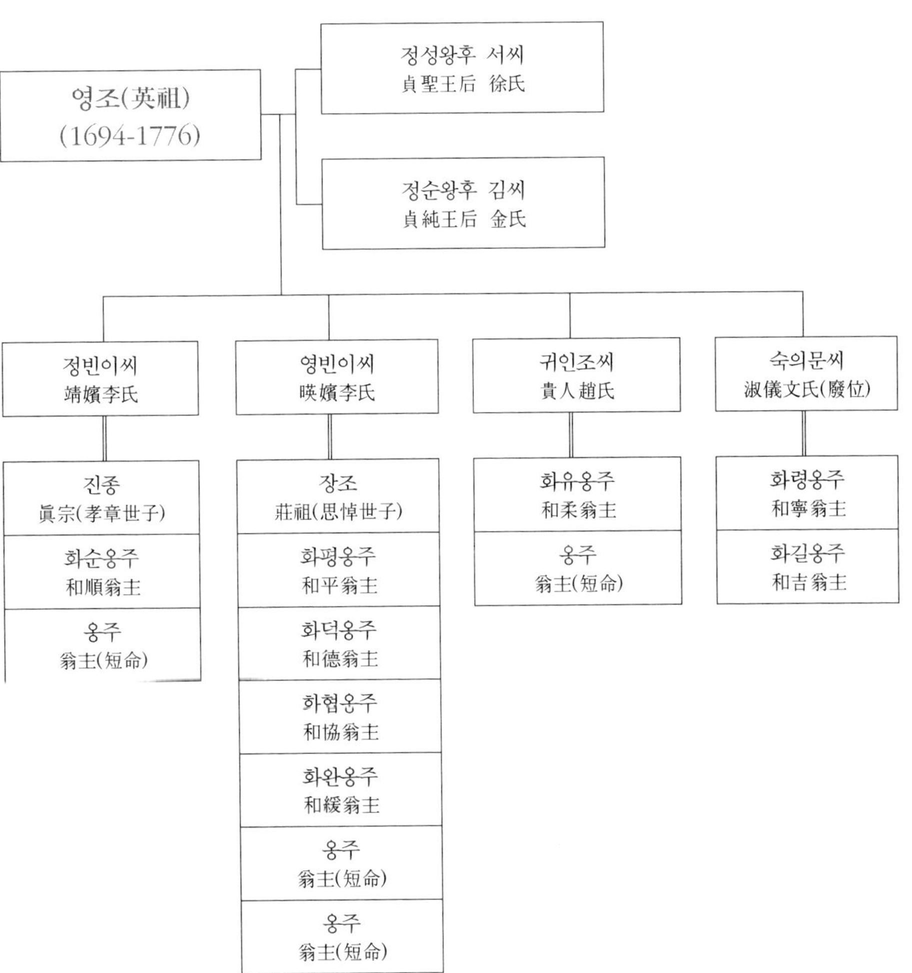

정조正祖의 가계도家系圖

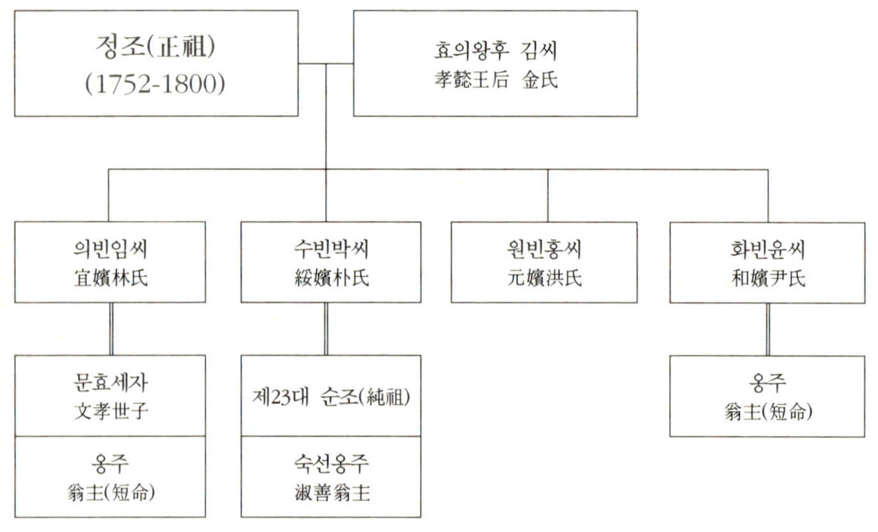

순조純祖의 가계도家系圖

순조(純祖) (1790-1834)	순원왕후 김씨 純元王后 金氏	익종 翼宗(孝明世子)	공주 公主(短命)	왕자 王子(短命)
		명온공주 明溫公主	복온공주 福溫公主	덕온공주 德溫公主

숙의박씨 淑儀朴氏
영온옹주 永溫翁主

■ 참고문헌

1. 자료

『경국대전(經國大典)』

『고려사(高麗史)』

『국조속오례의(國朝續五禮儀)』

『대전회통(大典會通)』

『삼국사기(三國史記)』

『삼국유사(三國遺事)』

『속대전(續大典)』

『선조실록(宣祖實錄)』

『광해군일기(光海君日 記)』

『인조실록(仁祖實錄)』

『 영조실록(英祖實錄)』

『경종실록(景宗實錄)』

『정조실록(正祖實錄)』

『순조실록(純祖實錄)』

2. 단행본

강한영 교주, 『계축일기』, 민협출판사, 1962.

고려대학교 민족문화연구소, 『한국민속대관』 2, 고대민족문화연구소출판부, 1980.

고정옥, 『국어국문학요강』, 서울대학출판사, 1949.

김기동, 『이조시대소설론』, 정연사, 1959.

______, 『국문학개설』, 태학사, 1981.

김동욱, 『국문학사』, 일신사, 1983.

______, 『종묘와 사직』, 대원사, 1990.

김명길, 『낙선재 주변』, 중앙일보사, 1977.

김민수, 『신국어사』, 일조각, 1970.

김용덕, 『한국전기문학론』, 민족문화사, 1987.

김용숙, 『한중록연구』, 한국연구원, 1983.

______, 『조선조궁중풍속연구』, 일지사, 1987.

김준영, 『한국고전문학사』, 형설출판사, 1971.

김창주, 『안자산의 국문학연구』, 국학자료원, 2000.

김형규, 『고가요주석』, 일조각, 1982.

남광우, 『고어사전』, 동아출판사, 1960.

문영빈, 『창경궁』, 대원사, 1991.

문화재청, 『궁궐의 현판과 주련』(1 · 2 · 3), 2004.

민영대, 『조선조 사실소설 연구』, 한남대출판부, 1991.

박광용, 『영조와 정조의 나라』, 푸른역사, 1998.

박성의, 『한국고대소설사』, 일신사, 1958.

박혜인, 『한국의 전통혼례연구』, 고려대 민족문화연구소, 1988.

백철 · 이병기, 『국문학전사』, 신구문화사, 1957.

선원보감편찬위원회, 『선원보감』(1·2·3), 계명사, 1989.

세종대왕기념사업회, 『만국고전용어사전』,(1-5). 2002.

신명호, 『조선왕실의 의례와 생활, 궁중문화』, 돌베개, 2002.

신병주, 『규장각에서 찾은 조선의 명품들』, 도서출판 책과 함께, 2007.

양택규, 『경복궁에 대하여 알아야 할 모든 것』, 도서출판 책과 함께, 2007.

유봉학, 『정조대왕의 꿈』, 신구문화사, 2001.

이강근, 『한국의 궁궐』, 대원사, 1997.

이능우, 『고소설연구』, 이우출판사, 1980.

이성무, 『조선왕조사』 1·2, 동방미디어, 1998.

이성미 외, 『장서각소장가례도감의궤』, 한국정신문화연구원, 1994.

이태진, 『왕조의 유산』, 지식산업사, 1994.

장덕순, 『국문학사』, 동화문화사, 1973.

장순용, 『창덕궁』, 대원사, 1990.

정은임 교주, 『한중록』, 이회문화사, 2002.

__________, 『인현왕후전』, 이회문화사, 2004.

정은임 외, 『동아시아 문학과 여성』, 국학자료원, 2005.

________, 『문학으로 읽는 옛 여성들의 삶』, 이회, 2005.

________, 『동아시아 여성문학의 지평』, 보고사, 2008.

정은임, 『계축일기』, 이회문화사, 2005.

______, 『궁궐 사람들의 삶과 문화』, 태학사, 2007.

조윤제, 『국문학사』, 동방문화사, 1947.

______, 『한국문학사』. 탐구당, 1983.

주왕산, 『조선고대소설사』, 정음사, 1950.

지두환, 『인조대왕과 친인척』, 역사문화, 2000.

______, 『광해군과 친인척』(1·2), 역사문화, 2002.

______, 『선조대왕과 친인척』(1 · 2 · 3), 역사문화, 2002.

최종덕, 『조선의 참 궁궐 창덕궁』, (주) 눌와, 2006.

한국문원편집실, 『문화유산 왕릉』, 한국문원, 1995.

한국정신문화연구원 역사실편, 『역주경국대전』(번역편), 한국정신문화연구원, 1986.

______________________, 『역주경국대전』(주석편), 한국정신문화연구원, 1986.

한영우, 『정조대왕 화성행행(幸行) 반차도』, 효형출판, 2001.

______, 『창덕궁과 창경궁 – 조선왕조의 흥망, 그 빛과 그늘의 현장』, 열화당, 2003.

______, 『조선의 집 동궐에 들다』, 열화당, 2006.

홍순민, 『우리 궁궐 이야기』, 청년사, 2004.

황패강, 『조선왕조소설연구』, 단대출판사, 1986.

3. 논문

김병국, 「고대소설 서사체와 서술시점」, 이상택 · 성현경 편, 『한국고전소설연구』, 새문사, 1983.

김신연, 「서궁일기연구」, 숙대 석사논문, 1985.

______, 「인현왕후전연구」, 숙대 박사논문, 1994.

김용숙, 「왕조사회와 실기문학」, 황패강 외 편, 『한국문학연구입문』, 지식산업사, 1982.

김일근, 「수기문학의 성립 – 인목대비 술회문을 공개하면서 – 」, 『문학사상』 3, 1972.

민영대, 「계축일기 연구」, 숭전대 석사논문, 1977.

소재영, 「한중록」, 김진세 편 『한국고전소설작품론』, 집문당, 1990.

신정숙, 「궁정 내에서 성립된 수기문학의 연구 - 〈계축일기〉를 중심으로 - 」, 성
　　　대 석사논문, 1964.

이병기, 「고전진안론 - 〈한중록〉에 대하여 - 」, 『문장』, 1939.2-1940.1.

______, 「인현성모민시덕행록」, 『문장』 1940년 2-9월호.

정규복, 「한국고대소설의 단상 - 그 범위의 모호성에 대하여 - (下)」, 서울신문,
　　　4584호, 1959. 7. 8.

정병설, 「계축일기의 작자문제와 역사소설의 성격」, 『고전문학연구』 15, 한국고
　　　전문학회, 1999.

정은임, 「계축일기는 과연 소설인가 - 장르파악을 위한 재조명 - 」, 숙대 대학원
　　　『원우논총』 제4집, 1986.

______, 「궁정실기문학연구 - 장르 이론과 수용 미학적 견지에서 - 」, 숙대 박사
　　　논문, 1988.

______, 「한중록에 나타난 실기문학적 성격 I」, 『논문집』 26집, 강남대학교 출판
　　　부, 1996.

______, 「한중록에 나타난 실기문학적 성격 II」, 『논문집』 2, 강남대학교 출판부,
　　　1996.

______, 「한중록에 나타난 실기문학적 성격 III - 영조의 성격과 만년의 주요 사건
　　　- 」, 『논문집』 2, 강남대학교 출판부, 1998.

______, 「「한중록」에 나타난 실기문학적 성격 IV - 사도세자의 생모 영빈이씨 - 」,
　　　『논문집』 32, 강남대학교 출판부, 1998.

______, 「한중록에 나타난 실기문학적 성격 V」, 『논문집』 34집, 강남대학교 출판
　　　부, 1999.

______, 「조선조 궁중문학의 장르 재조명」, 『동양학』 제32집, 2003.

_____, 「조선조 궁중문학의 특질」, 『문명연지』 제4권 3호, 2003.

_____, 「궁중문학 연구의 현황과 과제」, 『문명연지』 제9권 1호, 2008.

조종업, 「한국여류수필에 대하여」, 국어국문학회편, 『수필문학연구』, 정음문화사, 1985.